악양루에 오르다 登岳陽樓

가까운 친구들에게서는 편지 한 통 없으되
늙고 병든 내게는 외로운 배 한 척 있을 뿐
관산의 북쪽에는 전쟁이 한창이니
난간에 기대어 눈물 흘뿌린다

親朋無一字, 老病有孤舟.
戎馬關山北, 憑軒涕泗流.

反逆

반역강호

江湖

반역강호 1

도욱 新무협 판타지 소설

초판 1쇄 찍은 날 § 2006년 2월 21일
초판 1쇄 펴낸 날 § 2006년 3월 2일

지은이 § 도욱
펴낸이 § 서경석

편집장 § 문혜영
편집 § 장상수 · 최하나 · 문정흠

펴낸곳 § 도서출판 청어람
등록번호 § 제1081-1-89호
등록일자 § 1999. 5. 31
어람번호 § 제2-0844호

주소 § 경기도 부천시 원미구 심곡1동 350-1 남성B/D 3F (우) 420-011
전화 § 032-656-4452 팩스 § 032-656-4453
http://www.chungeoram.com
E-mail § eoram99@chollian.net

ⓒ 도욱, 2006

ISBN 89-251-0002-9 04810
ISBN 89-251-0001-0 (세트)

비련만장(悲戀萬丈)

1

반역강호

도욱 新무협 판타지 소설
Fantastic Oriental Heroes

청어람

목차

序 배신의 章

　"으아아악!"

　사각형의 각진 얼굴의 사내가 처절한 비명을 토했다.

　분수 같은 피 화살과 함께 팔뚝 하나가 바닥에 뚝 떨어졌다.

　"동관, 누가 시켰느냐?"

　단 한 올의 감정도 실리지 않은 음성이 사내의 고막을 파고들었다.

　"끄으으… 수, 수사(首士)님… 저, 정말이지 전 아무것도……."

　무릎을 꿇고 벽에 등을 기대고 있는 동관이란 사내는 어찌나 고통스러운지 말도 제대로 하질 못했다.

　번쩍!

　하지만 야속하게도 녹슨 철검은 또다시 허공을 갈랐다.

　서걱!

　"으아아아!"

섬뜩한 파육음과 함께 이번에는 하나 남아 있던 팔마저 잘려 나갔다.

　"누가 시켰느냐?"

　"끅! 으으… 저와 모사중이는……. 그저… 부수사(副首士)님이 시키는 대로……."

　"마세골의 지시였단 얘기냐?"

　"그, 그렇습니다."

　"그놈이 있는 곳은?"

　"그, 그것은 저도 모, 모릅니다. 정말입……."

　말이 미처 끝나기도 전에 철검은 재차 허공을 번뜩였다.

　"크아아악!"

　한쪽 귀가 잘려 나갔다.

　"반세골은 어디 있느냐?"

　"끄으으… 진짜… 모릅니다, 정말입니다. 미, 믿어주십쇼… 크으윽……."

　동관이란 이름의 사내는 양팔과 한쪽 귀가 잘려 나갔을지라도 어떻게든 살기 위해 눈물을 흘리며 애절하게 생명을 구걸했다.

　"부수사가 있는 곳을 안다면… 제가 어찌 이 꼴이 될 때까지 입을 다물겠습니까? 정말 모릅니다. 지금 어디서 어떻게 지내는지… 정말입니다……."

　낡은 마의 장삼 사내는 동관의 얘기가 진심이라는 것을 알고 있었다. 그의 얘기처럼 만약 알고 있다면 자신의 몸이 이렇게 만신창이가 되도록 입을 다물 만한 위인은 아니었으니까.

　하지만 그럼에도 사내는 그를 용서할 수가 없었다.

"네놈들은 나를 배신했다."

"크흑… 용서해 주십쇼."

"네놈들로 인해 그녀가 다른 사내와 결혼했다."

"저, 정말 죽을죄를 졌습니다……."

"나를 배신한 네놈들을, 내 인생을 이 지경으로 만든 네놈들을 찾기 위해 지난 반년 동안 천하를 이 잡듯이 돌아다녔다."

"크으윽… 제, 제발… 목숨만이라도……."

"그런데도 살려달라는 얘기가 나와? 이 버러지만도 못한 자식아―!"

마의 장삼 사내는 참고 참았던 분노의 일갈을 토하며 검을 뽑었다.

그것으로서 동관은 더 이상 그 어떤 애원도 하질 못했다. 사내의 철검은 동관의 입을 관통하여 그 뒤의 석벽에 깊이 박혀 버렸던 것이다.

사내는 또다시 배신자를 찾기 위해 나섰다.

하지만 천하는 너무나 넓었고, 배신자는 쉽게 나타나지 않았다.

사내의 분노는 점차 절망으로 변해갔다. 배신자를 찾는다 한들, 이미 다른 사내의 아내가 된 정인을 다시 되찾을 수는 없는 일.

분노와 복수심은 한으로 사무친 채……

육 년이란 세월이 덧없이 흘러가고 있었다.

第一章

밤에 피는 꽃

신이여……

나에게 바람이 있었다면, 그것은 사랑하는 여인과 짝을 이루어 살고 싶다는 오직 그 한 가지뿐이었소.

그런데 그게 그토록 곤란한 일이더이까?

도저히 탐내서는 안 될 무모한 욕심이더이까?

많은 사람들이 사랑하는 여인과 짝을 이루어 자식 낳고 사는데, 어째서 나만 그럴 수가 없는 것이오?

당신 눈에는 이 땅이 평온하고 아름답게 보이는지 모르겠지만, 나는… 정말이지… 내게는… 단 하루라도 술을 마시지 못하면 도저히 견딜 수 없을 정도로 빌어먹을 놈의 세상이란 말이오. 아시겠소?

빌어먹을······.

*　　　　*　　　　*

밤이면 깨어나는 곳이 있다.

그곳엔 꽃이 있었으며, 꽃들은 낮엔 죽어 있다가도 밤만 되면 어김 없이 다시 피어나 만개를 하였다. 그리고 기다렸다는 듯 꿀을 찾아 수 많은 벌들이 날아들었다.

야래향(夜來香).

아름다운 풍광으로 유명한 항주(杭州)에 위치한 기루 집단촌.

크고 작은 구십여 호의 기루가 길을 사이에 두고 양쪽으로 도열해 있었고, 취객들의 주정과 기녀들의 간드러진 교성이 어울리며 밤마다 인간의 원시적 본능에 충실해지는 곳이었다.

"뿌하하하!"

"호호호홍!"

해가 떨어지기 시작하면서 벌들은 변함없이 꽃을 찾아 날아들었는 데, 어둠이 짙어갈수록 취한 사내들의 호탕한 웃음과 기녀들의 웃음소 리가 유난히 높아가는 곳이 있었다.

대왕루.

구십여 개의 기루 중 규모 면에서 다섯 손가락 안에 드는 삼층짜리 대형 기루다. 삼 년 전 이곳을 인수한 왕 대인이 대대적인 내부 수리를 하는 바람에 다른 곳보다도 시설이 깨끗했고, 기녀들 또한 젊고 늘씬했 다. 물론 가무(歌舞)도 뛰어났다. 이런저런 매력적인 요인으로 대왕루 는 언제나 많은 벌들이 찾아들었다.

사내.

대왕루의 후원에 위치한 아담하고 작은 별채 안에 한 사내가 외롭게 홀로 술잔을 기울이고 있었다. 일신에 허름한 마의(麻衣)를 걸친 삼십 대 초반의 사내였다.

굵고 짙은 눈썹에 반듯한 이목구비.

사내는 어느 여인이라도 한 번쯤 눈을 흘길 수밖에 없을 정도로 상당히 매력적이며 준수한 외모를 갖추고 있었다. 특히 그의 눈은 보는 이로 하여금 절로 가슴이 아프게 느껴질 정도로 짙은 우수로 가득 차 있었다.

어느새 잔에 따르던 술병이 바닥을 보였다. 사내는 아쉬운 표정을 짓더니 이내 바닥에 드러누웠다.

한동안 취기에 젖은 흐릿한 눈으로 허공에 달려 있는 유등을 바라보던 사내는 잔기침을 토했다.

"쿨럭."

언제부터인가 그는 술에 의지하는 인간으로 전락해 있었다. 술을 마시지 않으면 온갖 잡생각이 뇌리를 가득 메웠고, 그 생각의 끝은 늘 하나였다.

화인(火印)처럼 심장에 박혀 버린 한 여인의 잔영이었고, 그것을 떨치기 위해서라도 그는 술을 찾게 되었다.

술 없이는 아무 일도 할 수 없는 폐인이라고 생각했는데…….

'별로 재미없는 곳이군, 이곳도.'

이곳에 온 지 어느덧 사흘. 사내는 이곳에서 보낸 시간들이 지루하고 따분하다고 느껴졌다. 너무도 애절하게 간청하는 왕 대인을 차마 거부할 수 없었던 탓에 이곳까지 오긴 했지만, 할 일도 없이 술이나 축

내며 지내는 것 역시 할 짓이 아니라고 생각했다. 내일 왕 대인을 만나면 그 얘기를 해야겠다고 사내는 마음을 다졌다.

그때였다. 문득 밖으로부터 인기척이 들려왔다.

"저… 예나(藝娜)예요."

예나.

사흘 전 사내가 왕 대인과 함께 이곳으로 왔을 때 가장 먼저 만났던 기녀이다.

"들어가도 되겠죠?"

사내가 뭐라고 대답도 하기 전에 이미 예나는 문을 열고 들어왔다. 그녀는 술 쟁반을 들고 있었다.

"치잇~ 벌써 혼자서 술을 마셨군요?"

예나는 주변에 널브러진 술병들을 보며 가볍게 인상을 찌푸렸다.

"무슨 일이오?"

사내는 반문하며 천천히 몸을 일으켰다.

"우리 사이에 무슨 특별한 일이 있어야만 하는 건가요? 그냥 심심해서 놀러 왔어요."

사내는 자신의 멋대로 들어선 여인의 행동보단 그녀의 말이 기억과 다른 모습에 적잖이 당황했다.

'우리 사이?'

아무리 생각해도 특별할 게 없었다. 사흘 전 그날, 왕 대인은 그녀에게 사내가 묵을 방을 안내하라 했고, 그 만남이 전부였다.

그때 여인은 잠에서 깬 지 얼마 안 된 것 같았다. 전혀 화장을 안 한 맨얼굴이었다. 평소 화장의 학대를 얼마나 심하게 받고 있는지 충분히 느낄 수 있을 만큼 그녀의 얼굴은 푸석했다.

하지만 지금의 그녀는 사흘 전 그때와는 달라도 너무 달랐다.

피지도 못한 채 시들어가던 장미가 비를 맞고 활짝 만개하듯 그녀는 화려한 홍의 궁장과 짙은 화장에 의해 황홀할 만치 요염한 모습으로 다시 피어났던 것이다.

예나는 술 쟁반을 내려놓으며 자신도 편한 자세로 착석했다.

"철우님이 심심하실까 봐 술과 안주 좀 갖고 왔어요. 그런데 벌써 혼자서 드셨다니 약간 섭섭하네요. 술 드시고 싶으면 다음부턴 저에게 얘기하세요."

철우(鐵羽).

사내의 이름이었다.

그때 그녀는 이곳을 안내하면서 잠꼬대 같은 음성으로 그의 이름을 물었는데, 용케도 잊지 않고 기억하고 있었다. 예나라는 자신의 이름 역시 그가 묻기도 전에 그녀가 먼저 얘기한 것이지만.

"심심이라……. 그렇게 보이던가요?"

"호호, 우리 기루의 기녀들을 지키고 취객들의 행패를 진정시키기 위해 특별히 채용된 총관님인데, 사흘 동안 단 한 번도 사고가 없었으니 심심하신 건 당연하잖아요."

그랬다.

철우가 이곳에서 하고 있는 일은 바로 그와 같은 일이었다.

대왕루의 주인인 왕 대인은 얼마 전 처가가 있는 소주(蘇州)에 다녀오던 중에 비적패들을 만났다. 물론 무술 실력이 뛰어난 두 명의 호위병을 대동하고 있었으나 그들의 능력으로 광포한 비적 패거리들을 막아내기엔 역부족이었다.

꼼짝없이 갖고 있는 모든 재물과 젊은 아내까지 비적들에게 빼앗길 수밖에 없는 절박한 순간에 구원자가 나타났다. 바로 철우였다. 그는 흉포하고 인원수도 많은 비적 패거리들을 너무도 간단히 처리해 버렸다.

비적단들이 꽁지가 빠지도록 내빼자 왕 대인은 너무도 감격한 나머지 그의 손을 잡고 닭똥 같은 눈물을 흘렸다. 그러면서 돈은 얼마든지 줄 테니 앞으로 자신을 좀 도와달라고 간절하게 애청했다. 그것은 자신과 자신이 경영하는 대왕루를 지켜 달라는 것이었다.

일정한 거처가 없고, 딱히 갈 곳조차 없는 철우였지만 기루에서 일을 한다는 건 마땅치 않았다. 그러나 거절하기엔 왕 대인의 부탁이 너무도 애절했다. 한 번 죽을 고비를 넘긴 탓인지 왕 대인은 모든 체면을 버리며 철우에게 사정했고, 결국 그렇게 해서 철우는 이곳으로 오게 된 것이었다.

쪼르륵.

예나는 술을 한 잔 따른 후 철우에게 잔을 건넸다.

"한잔하세요. 이미 전작이 있으시겠지만 그래도 제 성의를 봐서라도……."

"고맙소."

철우는 잔을 받아 들고는 이내 벌컥 들이켰다.

"호호, 받았으면 저도 한잔 주셔야죠?"

예나는 입술을 훔치고 있는 철우를 빤히 바라보며 생긋 미소를 지었다.

"일 안 하고 이곳에서 술을 마셔도 괜찮겠소?"

"젠장! 저의 단골이었던 표가장의 외아들 녀석이 제 대신 요희(天嬉), 그 계집애를 찾는데 일할 맛이 나겠어요?"

예나는 언제 미소를 지었냐는 듯 인상을 붉히며 짜증을 부렸다.

"망할 자식. 한땐 나보고 결혼하자고까지 말했던 놈이 내 앞에서 다른 여자를 찾다니, 아무튼 사내놈들은 믿을 게 못 된다니까. 어서 술이나 줘요."

주머니 사정이 넉넉한 단골이 많을수록 능력있는 기녀로 인정을 받는다. 함께 일하는 동료의 단골을 자신의 손님으로 만드는 것도 결국 능력이다. 예나처럼 자신의 단골을 동료에게 빼앗긴다는 건 그만큼 그녀가 매력을 잃었고, 화류계의 중심에서 멀어지고 있다는 뜻이다.

이런 식으로 손님으로부터 외면받게 되면 결국 야래향을 떠나 좀 더 저급한 곳으로 옮기게 되고, 그곳에서도 나이를 먹고 또 외면당하면 그보다 더 못한 곳으로 옮기는 것을 반복할 것이다. 그리고는 결국 아무 짝에도 쓸모가 없는 늙고 병든 폐기(廢妓)로 전락하게 될 것이다. 그것이 그녀들의 팔자고, 운명이었다.

간혹 기루에 진 기녀의 빚을 갚아주고 그녀를 아내나 첩으로 삼는 사람들도 있으나 그것은 많지 않은 극소수에 불과했고, 열심히 돈을 모아 딴 길을 찾아 나서는 기녀도 있었지만 그것 역시 극소수일 뿐이다. 때문에 손님을 빼앗긴다는 사실은 기녀들에겐 충격이며 비참한 일이었다.

"캬아!"

예나는 철우가 건네준 술잔을 홀짝 들이키고는 인상을 찌푸리며 술 트림을 했다.

"철우님, 괜찮죠?"

"뭐가 말이오?"

"왕 대인은 우리에게 총관님이라 부르라고 했지만 전 그냥 철우님이라 부르고 싶거든요. 총관님이라고 하면 왠지 멀리 느껴지고, 괜히 위화감도 생기는 것 같고…….”

“편한 대로 하시구려. 난 아무래도 상관없으니까.”

“호호, 고마워요. 그렇게 대답하실 줄 알았어요.”

예나는 깔깔거리며 또다시 술 한 잔을 들이켰다. 술 몇 잔이 연속해서 들어가자 그녀의 얼굴을 붉게 달아오르기 시작했다.

“그때도 문득 그런 생각이 들었는데… 정말 철우님 때문에 기녀들 간에 싸움깨나 벌어지게 생겼는데요?”

철우를 빤히 바라보며 그녀는 뜻 모를 미소를 지었다.

“그게 무슨 얘긴지……?”

“호호, 미남이시란 말예요.”

“이런, 벌써 취기가 오른 모양이구려.”

“두고 보세요. 이곳에 있는 애들이 결코 가만 놔두지 않을 테니까요.”

예나가 장담하는 투로 얘기를 꺼내자 철우는 미소를 지었다. 그러나 그의 미소는 결코 밝지 않았다. 공허했고, 쓸쓸했다.

“이곳이 그렇게 좋은 곳이오?”

“네?”

“여자들이 남자를 두고, 그것도 나같이 기루에서 뒷일이나 하며 술이나 축내고 있는 한심한 사내를 두고 싸울 만큼 그렇게 좋은 곳이냐는 얘기요.”

“철우님은 돈으로 거래를 하는 손님이 아니거든요. 그리고 무엇보다도 너무 잘생기셨고. 그러니 당연히 싸울 수 있죠. 다만 약주를 좀 과하게 드시는 게 흠이기는 하지만.”

"훗! 빈말이라도 가히 기분은 나쁘지 않구려."

"두고 보면 아시겠죠. 하지만 너무 좋아하진 마세요. 제일 먼저 철우님을 이곳에서 만난 만큼 당신의 첫 여자는 어쨌든 내 차지이니까요."

"……!"

너무도 도발적이고 직선적인 유혹에 철우는 그만 말문이 막혀 버렸다.

그 순간,

쾅!

거칠게 문이 열리며 어린 사내가 다급히 소리쳤다. 대왕루의 궂은 잡일을 맡고 있는 전삼(田三)이었다.

"초, 총관님, 어, 어서 나와보십쇼! 큰일났습니다!"

"큰일이라니?"

"군영이 때문에 손님들이 행패를 부리고 있습니다!"

군영(君暎).

어제저녁에 대왕루에 들어온, 아직 머리를 얹지도 않은 열일곱 살의 소녀였다.

"이, 이런! 어제 갓 들어온 애한테 손님을 붙여주면 어떡해? 걔는 아직 술 한 잔 마셔본 적도 없다고 했단 말이야!"

예나가 발딱 일어나며 노성을 질렀다.

"당연히 기녀로서 아직 기본 교육조차 못 받은 아이라고 충분히 말씀드렸는데도 괜찮다며 다짜고짜 자신들의 방으로 들여보내라고 하는 바람에……."

"이 멍청한 놈아, 그걸 지금 변명이라고 지껄이는 거냐? 아무리 원해도 안 보내면 그뿐이잖아."

예나는 마치 자신의 일처럼 크게 흥분하고 있었다.

"그럴 수가 없었습니다."

"왜? 어째서?"

전삼은 난처한 표정을 지으며 애꿎은 머리를 벅벅 긁었다.

"손님은 다른 사람이 아닌 사공 포두와 맹 포두였거든요."

와자장창!

"끼아아악!"

상다리가 부러지고, 상 위에 있던 음식들이 사방으로 나뒹굴고 있다. 이미 난장판이 돼버린 방 안에서 두 명의 사내가 여전히 흥분을 삭이지 못한 상태로 어린 기녀들을 두들겨 패고 있었다.

화려한 청의에 배가 불룩 튀어나온 중년의 사내가 허둥대며 사내들을 말리고 있었다.

"아이고, 포두님들! 지금 이곳엔 다른 손님들도 많이 계십니다! 제발 고정하십쇼!"

중년 사내는 대왕루를 책임지고 있는 점가(店家:지배인) 마달평이었다. 그는 비지땀을 흘리며 흥분한 사내들이 더 이상 행패를 부리지 못하도록 팔을 굳게 움켜잡았다.

"저 망할 계집애가 몸에 손 좀 댔기로서니 소리를 빽빽 지르며 난리를 치는데, 그럼 우리가 흥분 안 하게 생겼어? 놔! 이 손 놓으라고, 이 자식아!"

"술까지 엎지르고 감히 우릴 밀치기까지 했다고! 알겠어?"

두 명의 사내는 격앙된 표정으로 소리치며 마달평의 손을 뿌리쳤다.

마달평이 아무리 덩치가 커도 두 사람을 한꺼번에 진정시킬 만큼 물리적인 힘은 없었다. 그는 순전히 비곗살이었고, 상대는 비록 관복이 아닌 사복을 입고는 있었지만 일정 수준의 무술을 익힌 포두들이었기 때문이다.

포두 사공두(司空豆)와 맹팔(孟八).

항주 포청에서 일을 하는 사십대 중반과 삼십대 후반의 나이 든 포두들이다. 성내의 치안을 담당하고 성민들의 생명과 안전을 지키는 것이 포두의 임무이었으나, 그들은 본연의 임무보다는 주로 야래향과 시전의 상인들을 상대로 불법을 눈감아주는 조건으로 뒷돈을 챙기는 쪽으로 더듬이가 발달된 기생충 같은 인간들이었다.

장사를 하다 보면 자신도 모르게 크고 작은 불법을 저지르게 된다. 더욱이 야래향에 있는 거의 모든 기루들은 태생적으로 약점이 존재할 수밖에 없었다.

거느리고 있는 기녀들이 모두 자발적으로 기루를 찾는 게 아니라는 것부터가 그랬다. 그녀들 중에는 상당수가 인신매매단에 의해서, 아니면 질이 좋지 못한 사내들에게 속아서 어쩔 수 없이 이곳에 오게 된 경우일 테니까.

사공두와 맹팔은 기루들의 이런저런 약점들을 눈감아주는 대신 그에 상응하는 뇌물을 받아먹었던 것이고, 포두라는 신분임에도 불구하고 이처럼 당당하게 행패를 부릴 수 있었던 것이다.

"죄, 죄송합니다. 저 아이가 아직 제대로 교육을 받지 않은 상태라 뭘 모르고 있답니다. 예쁜 애들로 교체해 드릴 테니 노여움을 푸십쇼. 저를 봐서라도 말이죠. 헤헤……."

마달평은 비굴한 웃음까지 보이며 진정시키려 했으나, 그 둘 중 좀 더 늙은 사공두는 피를 흘리며 나가떨어진 어린 기녀를 향해 여전히 씩씩거렸다.

"일없다! 난 오늘 무슨 일이 있어도 저 계집에게 수청을 받을 것이다! 일각 정도 시간을 줄 테니 저 계집의 정신 상태로 바로잡아라! 물론 술상도 다시 차려 와야 할 것이고!"

"포, 포두님, 그러지 마시고 다른 애들로 하시라니까요. 쟤는 아직……"

"이런, 씨앙! 이젠 네 녀석까지 나를 열받게 할 거냐?"

차앙!

사공두는 발끈하며 차고 있던 철검을 뽑아 들었다.

포두라는 작자가 이만한 일에 쉽게 검을 뽑아 들 정도라니……. 무늬만 포두일 뿐이지 하는 짓과 그릇은 뒷골목의 삼류 건달과 다를 바가 없는 위인이었다.

'젠장! 저 육시랄 놈은 뻑하면 아무 데서나 검을 들고 사람 겁준다니까.'

마달평은 낭패스러웠지만 상대가 검까지 뽑아 들며 단호하게 나오자 더 이상은 어쩔 수 없었다.

"군영아, 포두님들의 흥분을 가라앉히려면 네가 정성껏 모시는 길밖에 없다. 피 묻은 얼굴 씻고 정신 차려서 이번엔 실수가 없도록 해라. 알겠냐?"

"술은 따를 수 있어요. 하지만……."

"하지만 뭐?"

"자꾸 허벅지와 가슴을 만지려고 하잖아요? 그 짓만 하지 않는다고 약속을 받아주세요. 제발, 그 짓만……."

군영이라 불리는 열일곱 살의 앳된 소녀의 커다란 눈은 두려움에 떨고 있었다. 비록 기루에 오긴 했지만 사내는 물론 세상 물정조차 전혀 모르는 소녀 같았다.

"이, 이런 정신 나간 년! 그런 게 싫으면 뭐 하러 기루에 왔냐? 기루에서 사서삼경이라도 가르치는 줄 알았든?"

사공두가 어처구니없는 표정을 지었다.

"아저씨도 저만한 딸이 있다면서요?"

"그래서?"

"그럼 어떻게 딸 같은 저에게 그러실 수가 있죠? 딸을 봐서라도 그러면 안 되잖아요?"

"얼씨구? 이젠 설교까지?"

사공두는 입을 벌리며 황당한 표정을 짓더니, 이내 험악하게 노성을 지르며 군영의 머리칼을 움켜잡았다.

"주둥이 찢어지기 전에 어서 앉아서 술이나 따라, 이년아!"

"아악!"

군영은 뾰족한 비명을 토하며 사공두의 옆으로 몸이 던져지듯 쓰러졌다. 사공두는 그녀의 치마를 들쳤다.

그 순간,

"쿨럭! 그만 하시죠, 포두 나으리들."

다소 취기가 느껴지는 음성과 함께 한 사내가 천천히 문 입구에 나타났다. 철우였다.

사공두는 눈썹을 꿈틀거리며 철우를 쏘아보았다.

"지금 뭐라고 지껄였나? 뭐, 그만 하라고?"

"그렇소. 일반 성민도 아닌 포두라는 분들이 술상을 뒤집어엎고, 아

무엇도 모르는 어린 기녀를 두들겨 패다니… 아무리 취했기로서니 이
건 너무 심한 것 같소."

"뭐가 어째? 네놈이 지금 감히 우릴 가르치겠다는 거냐?"

사공두의 얼굴이 붉게 타올랐고, 목소리는 치솟는 불쾌를 참을 수
없는 듯 갈라지고 있었다. 항주의 포두로 근무하는 동안 상급자가 아
닌 그 누구에게도 이와 같은 충고를 받아본 적이 없는 그다. 더욱이 철
우의 몸에서는 술 냄새가 풀풀 풍기고 있었으니, 사공두는 기함이 막힐
정도로 어이가 없었다.

"이, 이 새끼, 이제 보니 술에 취했잖아? 임마, 술을 대체 어디로 처
먹었기에 함부로 나대는 거야?"

"어디로 먹다니? 크큭, 당신은 입이 아닌 다른 곳으로도 술을 마실
수 있는 재주가 있는가 보구려."

사공두가 험악하게 인상을 찌푸리며 언성을 높였건만, 오히려 철우
는 빈정거리듯 키득거렸다.

"뭐, 뭐가 어째?"

모욕을 당한 듯 사공두의 얼굴이 시뻘겋게 달아오르는 순간 마달평
이 황급하게 끼어들었다.

"초, 총관까지 왜 이러나? 저분들에게 잘못 보이면 이곳에서 술장사
하기 곤란하다고. 어, 어서 잘못했다고 사과를 하게나."

그렇지 않아도 가뜩이나 곤란했던 마달평이다. 한데 철우가 나타나
서 오히려 불난 데 켜질을 해대고 있으니 혈색 좋던 그의 얼굴은 누렇
게 떴고, 등판은 식은땀으로 축축이 젖어버렸다.

하지만 철우는 사정하는 마달평과 무섭게 쏘아보는 포두들의 시선
에도 전혀 흔들림이 없었다.

"그런 것 없소. 난 누굴 가르칠 만큼 변변한 인간이 못 되니까. 다만 당신네들이 본분을 잊고 있는 것 같기에 상기시켜 주려는 것뿐이오."

"이, 이 새끼, 정말 피를 보고 싶어서 환장한 놈이군!"

사공두는 흥분을 더 이상 못 참겠다는 듯 또다시 검을 뽑아 들며 몸을 세웠다.

"총관이라고 했느냐?"

"직함은 그렇소."

"네놈이 꽤나 살기가 싫은 모양이구나. 기루에서 기녀들 뒤치다꺼리나 하는 주제에 감히 나랏일을 하는 우리에게 분수도 모르고 술 냄새 풀풀 풍기며 충고를 하다니……."

"그래서 하는 얘기요. 나랏일을 하는 사람들이 기루에서 행패를 부리기에……."

"으아아아! 이, 이놈! 더 이상 그 잘난 주둥이를 용납하지 않겠다!"

츄아앗!

사공두는 무섭게 노성을 지르며 결국 철우를 향해 검을 휘두르고 말았다.

"까아아악!"

군영과 함께 시중을 들던 기녀와 마달평, 그리고 철우의 뒤를 쫓아 온 예나와 난장판이 된 방 안을 예의 주시하던 많은 사람들이 차마 더 이상은 볼 수가 없는 듯 비명을 지르며 눈을 감고 말았다.

그런데,

"허억!"

정작 눈을 감은 이들의 귀에 전해져야 할 철우의 비명 대신 그들의 고막을 파고든 것은 사공두의 경악과도 같은 헛바람 소리였다.

쑤셨다.

좀 더 정확히 표현한다면 사공두는 험악하게 눈알을 부라리며 철우를 베려 했고, 그의 검은 거침없이 공기를 가르며 철우의 심장 앞에서 멈췄다.

그럼에도 철우는 피하지 않았다. 눈도 끔뻑이지 않은 채 그 자리에 그대로 서 있었고, 비명과 같은 당혹성이 터져 나온 것은 철우가 아닌 사공두였다.

"이, 이놈이… 검이 심장을 향해 날아드는 데도… 전혀 피하질 않다니……!"

사공두의 눈은 튀어나올 것처럼 크게 불거졌다. 음성은 심하게 흔들렸다. 반면 철우는 여전히 그대로였다. 여전히 눈빛은 흐릿했고, 무표정했다.

"나를 죽이지 못할 것이라는 것을 알고 있는데 굳이 피할 이유는 없지 않겠소?"

"그, 그러니까 네 심장을 쑤시지 못할 것이라는 걸 이미 예측했다고? 어떻게? 대체 그것을 어떻게 알았단 말이냐?"

"표정은 살기등등했으나 당신의 검끝에선 전혀 살기가 보이질 않았소. 그것뿐이오."

"뭣이라?"

사공두는 더욱 크게 경악했다. 그는 한때 해검문(海劍門)이라는 중소 문파에서 십여 년간 무예를 익힌 무사 출신이다. 하지만 날아드는 검에 실린 기운을 보고 살기를 판단할 수 있는 수준은 아니었다.

그 정도라면 자신을 가르친 해검문주 못잖은 경지이리라.

'설마……?'

하지만 이상하게도 말만으로는 상대를 신뢰하질 못하는 게 인간의 속성이다. 사공두도 그러했다. 상대가 자신보다 높은 경지에 달한 무사라고 생각하면서도 일면으로는 확인해 보고 싶은 욕망이 치솟았다. 더욱이 상대는 술에 취한 상태다. 아무리 봐도 그 정도의 고수라는 것에 신뢰가 가지 않았다.

"내가 야래향 일대의 치안을 맡은 지 올해로 십 년째다. 그동안 이곳에 그 정도로 엄청난 고수가 있다는 얘기는 단 한 번도 들어본 적이 없다."

"확인이라도 하시겠다는 모양이구려."

"물론이다. 난 절대 눈으로 보지 않은 것은 믿지 않으니까."

그와 동시에 그는 커다랗게 기합을 지르며 철우를 향해 달려들었다.

츄파아앗!

검은 뱀처럼 혀를 날름거리며 파고들었다. 이번에는 결코 협박이 아니라 상대를 베어버리겠다는 실전 초식이었다.

철우의 어깨가 슬쩍 젖혀졌다. 단지 그뿐이었던 것 같았다.

그런데,

뻐억!

육중한 마찰음과 함께 사공두는 비명을 지르며 격렬하게 곤두박질쳤다.

"끄으으……."

언제 어떻게 가격당했는지 그의 안면은 피로 뒤범벅이 되어 있었다. 그것을 본 사람은 아무도 없다. 심지어 얻어맞은 사공두조차 자신을 가격한 철우의 손을 보지 못했다. 단지 주먹에 얻어맞은 것 같다는 느낌만 있을 뿐이었다.

마치 무쇠에 얻어맞은 것처럼 충격은 컸고, 참을 수 없는 신음이 연신 흘러나왔다.

"이, 이노옴! 감히 포두에게 손찌검을 해? 내가 네놈을 응징하겠다!"

고통스러워하는 동료의 모습에 맹팔은 눈이 뒤집혔다. 분명 자신들의 수준으로선 감당할 수 없는 상대란 것을 눈으로 확인했음에도 불구하고 그는 검을 뽑아 들고 맹렬히 달려들었다.

"맹 포두, 멈춰!"

사공두는 흥분한 맹팔을 향해 소리쳤으나 이미 그의 철검에는 멈출 수 없는 가속이 붙어 있었다.

슈아아악!

흥분한 맹팔은 마치 일검으로 철우를 양단이라도 하려는 듯 거칠게 검을 휘둘렀다. 이미 동료가 맥없이 당하는 모습을 봤던 탓인지 그의 철검은 사공두의 것보다 광포했고, 섬뜩했다.

철우는 사공두를 대했을 때처럼 이번에도 신형을 슬쩍 움직였다. 단지 그것뿐이었다.

퍼어억!

"커억!"

하지만 결과는 같았다. 육중한 타격 음향과 동시에 터진 고통에 찬 헛바람 소리는 철우가 아닌 맹팔의 몫이었다. 단지 다른 것이 있다면, 이번엔 얼굴이 아니라 복부였다는 것뿐.

우당탕탕!

맹팔은 사공두가 주저앉아 있는 곳으로 나가떨어졌다.

"끄으으……"

맹팔은 얼굴을 얻어맞은 사공두보다도 더욱 고통스러워했다. 숨을 헐떡거리고 신형을 부르르 떨기까지 했다.

흥분한 모습으로 날뛰는 포두들이 철우에 의해 무참하게 박살나는 모습을 보자 기녀들은 차마 표현은 안 했지만 박수라도 치며 환호하고 싶을 정도로 기분이 좋았다. 그러나 마달평만큼은 그렇질 못했다. 그의 얼굴은 오히려 더욱 하얗게 질려 있었다.

'마, 맙소사! 그렇지 않아도 건수 못 잡아서 환장한 악질들을 저 지경으로 만들다니……. 에휴, 이제 문 닫는 일만 남았군.'

그는 주루의 모든 일을 책임지고 있는 점가답게 이후에 벌어질 후환이 두려웠던 것이다.

아니나 다를까.

"감히 우리를 이 지경으로 만들었겠다?"

사공두는 여전히 고통스러워하는 맹출을 부축하며 일어나며 철우를 노려보았다.

"앞으로 어떤 일이 벌어지게 될지 각오 단단히 해두는 게 좋을 게야! 이 앙갚음은 반드시 하고 말 테니까!"

그는 차갑게 말을 내뱉으며 철우의 곁을 스쳐 갔다. 마달평은 재빠르게 그들의 앞을 가로막으며 손이 발이 되도록 비볐다.

"포, 포두님, 죄송합니다. 저를 봐서라도 이번만큼만 너그럽게 용서를……."

"꺼져, 이 돼지 같은 새꺄!"

사공두는 거칠게 마달평을 밀치며 걸어나갔다. 사공두가 맹팔을 부축하며 문밖으로 나서려는 순간 철우의 음성이 그의 등판에 꽂혔다.

"알량한 감투를 믿고 행패를 부리겠다면, 목숨 내놓을 생각은 해두어야 할 게요."

"……!"

사공두는 흠칫하며 본능적으로 고개를 돌렸다. 철우는 그 자리에 변함없이 서 있었다. 사공두는 비릿한 미소를 지으며 여유를 부렸다.

"그런 협박이 우리에게 통할 것 같으냐?"

"글쎄, 그거야 두고 보면 알게 되겠지."

"후훗, 만약 우리에게 위해를 가한다면 네놈은 국법에 따라 능지처참당할 것이다. 그런데도 협박을 해? 감히……."

"물론 잃을 게 있는 입장이라면 그런 것들을 두려워할 수도 있겠지. 하지만 아쉽게도 난 잃을 게 없소, 지금 죽는다 해도."

철우는 사공두를 바라보며 미소를 지었다.

미소는 무심했고, 공허했다. 언제든지 삶을 포기할 수 있는 듯한 허무가 느껴졌다.

"……!"

사공두는 이제 아무런 말도 하지 않았다. 삶의 의욕이 느껴지지 않는 허무, 그리고 취기로 가득 찬 흐릿한 눈.

그는 철우의 얘기가 결코 빈말이 아님을 충분히 직감하게 되었다.

잃을 것이 없는 자는 두려울 게 없다.

더욱이 상대는 상상할 수 없을 정도로 고강한 무공을 보유했다. 삶을 체념한 그가 독이 오른다면 자신들의 목숨을 끊는 것은 너무도 간단한 일이었고, 그가 더욱 광기를 부린다면 자신의 소중한 가족들까지도 서슴없이 해칠 것이다.

무슨 짓이든 할 수 있는 이런 인물들을 함부로 건드려서는 안 된다. 그것은 그가 이십여 년의 포두 생활을 통해 터득한 교훈이었다.

사공두는 등을 돌렸다. 그리고 맹팔과 함께 조용히 사라져 갔다, 그

어떠한 협박도 없이.

"꺄호! 총관님 멋쟁이!"

"호호호! 정말 앓던 이가 빠진 것처럼 너무 속이 시원했어요!"

밖에서 조심스럽게 구경하던 기녀들이 환호성을 지르며 철우를 향해 몰려들었다. 철우는 그녀들을 조심스럽게 밀치며 바닥에 떨어져 있는 술병을 집었다. 다행스럽게도 술이 조금 남아 있었다.

벌컥벌컥!

그는 병째로 술을 들이켰다.

* * *

유달리 가문 여름이었다. 칠월이 들어설 때까지 비 한 방울도 오지 않았다.

야래향의 옆구리를 끼고 흐르는 개천도 곳곳이 바닥을 드러냈다. 평소에는 한길이 훨씬 넘는 깊이였으나, 지금은 배꼽 정도 차는 곳이 가장 깊을 정도였다.

덕분에 낮에는 이웃 동네 아이들이 멱을 감고, 밤에는 야래향 기녀들의 더위를 식혀주는 목욕터가 되었다.

칠월 보름의 만월이 천천히 기울어지며 손님의 발길이 일찍 끊어진 기루들이 하나둘씩 문을 닫고 있는 시간, 십여 명의 기녀가 개천에서 목욕을 하고 있었다. 아마도 오늘 공을 치거나 더 이상 손님을 받지 못한 기녀들일 것이다.

"앗! 차거! 지금 나한테 물 뿌린 년이 누구야?"

"궁금하면 직접 찾아봐, 그년이 어느 년인지. 깔깔깔!"

여기저기서 서로에게 물을 뿌리고 어린아이들처럼 장난을 친다. 첨벙거리는 소리와 함께 교성도 높아갔다. 물을 뿌리고 몸을 씻으며 그녀들은 개천에 오기 전까지의 일들을 깨끗이 잊어버린 듯하다.

물장난을 치면서 그녀들은 즐거워했고, 땀과 화장으로 범벅이 된 얼굴과 몸을 씻으며 피곤을 풀었다.

오늘 하루가 어떠했든 간에 더위에 지친 자신들의 육신을 씻어낼 개울이 있다는 사실이 좋았고, 하루를 살았다는 것만으로 자신들은 충분히 위로받을 만하다고 생각하는 것 같았다.

철우도 개울의 한 귀퉁이에 나와 있었다. 하지만 그가 있는 곳은 기녀들이 목욕을 하고 있는 곳과는 거리가 먼 제방 쪽이었다. 그는 제방 위에 앉아 오늘도 변함없이 술을 마시고 있었다.

철우는 이곳을 떠나야겠다고 생각했으나 그렇게 행동하지 못했다.

왕 대인뿐만 아니라 모든 기녀들이 그가 떠나는 것을 만류했다.

일단 물러난 포두들의 혹시 모를 행패를 막을 수 있는 장본인은 철우뿐이라는 게 두려웠고, 때를 같이하여 기루에 크고 작은 사건들이 연속해서 일어났다.

합방을 한 후 채찍질을 하며 기녀를 피투성이로 만드는 변태 성욕자가 있는가 하면, 엄청나게 퍼마시고 배를 째라고 드러누워 버린 막무가내 취객도 있었다.

그리고 실컷 퍼마시고 자기를 죽이려고 술에 독을 탔다며 행패를 부리는 억지꾼들까지 나타났으니, 왕 대인은 물론 기녀들의 입장에서도 그런 일들을 해결해 줄 수 있는 능력을 갖춘 철우를 결코 떠나게 할 수는 없었다.

'크큭! 술 없이는 하루도 살아갈 수 없는 나 같은 폐인을 붙잡는 사

람들도 있다니…….'

문득 철우의 입에서 실소가 흘러나왔다. 이젠 아무짝에도 쓸모없는 인간이라고 생각했건만, 그런 그를 필요로 하는 사람들이 있다는 게 그저 신기할 따름이었다.

철우의 시선이 허공에 걸렸다. 시원한 밤바람이 얼굴을 스쳤다.

'좋군, 방 안에서 술을 마실 때보다는 확실히.'

철우는 요 근자에 벌어진 일들을 떠올리며 씁쓸한 미소를 지었다. 원래대로라면 주루 문이 닫힐 때 그는 한 잔의 술을 걸친 후 잠자리에 들었을 것이다. 하지만 그게 쉽지가 않았다.

언젠가 예나가 경고한 대로 대왕루의 기녀들이 그에게 노골적인 유혹을 보내기 시작했고, 용감한 몇몇 여인은 직접 그의 방을 찾아오기까지 했다.

어제만 해도 그는 자신의 몸을 더듬는 기녀 요희의 손길 때문에 잠에서 깼고, 뒤이어 나타난 예나가 그 모습을 보고 흥분한 나머지 요희와 머리칼을 쥐어뜯으며 한바탕 혈전을 벌렸다. 덕분에 철우는 잠을 설치고 말았다. 하여 웬만하면 기녀들보다 늦게 잠들기 위해 그는 이렇듯 제방까지 나오게 된 것이었다.

총관, 혹시 고자 아냐? 그렇지 않고서야 어째서 자발적으로 옷을 벗고 달려드는 애들을 피하는 거지? 거참, 희한하네? 나 같으면 얼씨구나 하고 주는 대로 다 받아먹겠건만…….

여인들을 거절하는 철우에게 마달평은 도무지 이해할 수 없다는 표정으로 고개를 갸웃거리며 이렇게 말을 하곤 했다.

물론 철우도 그런 일이 있을 때마다 수컷으로서의 욕정이 생기지 않는 것은 아니었다. 하지만 그는 치솟는 동물적 욕망과 타협하기보다는 차갑게 외면했다. 본능 때문에 사랑하지도 않는 여자와 몸을 섞는다는 것이 내키지 않았기 때문이다.

　기녀들의 유혹을 받고 있는 자신을 무척이나 부러워하고 있는 마달평의 얼굴을 떠올리며 철우는 씁쓸한 미소를 지었다.

　그때였다.

　"총관님, 여기 나와 계시네요?"

　마치 은 쟁반에 옥구슬이 굴러가듯 단아하면서도 가녀린 음성이 철우의 고막으로 파고들었다. 철우의 고개는 자연스럽게 돌아갔고, 아름다운 한 소녀의 모습이 그의 동공으로 쏟아져 들어왔다.

　수정처럼 맑고 상큼한 눈망울, 유달리 짙고 깔끔한 곡선을 그린 한 쌍의 눈썹과 귀염성있게 오뚝 솟은 반듯한 코, 그리고 촉촉이 젖어 있는 앵두 같은 입술과 대조를 이루는 희디흰 살결.

　너무도 아름다웠고, 아름답다 못해 눈이 부실 지경의 소녀.

　"군영……?"

　그렇다.

　그녀는 바로 열일곱 살의 어린 기녀인 군영이었다.

　대왕루 내에 있는 오십여 명의 기녀 중에서 그녀의 미모는 단연 으뜸이었다. 그렇기에 많은 손님들이 군영을 원했지만 교육이 끝날 때까지는 두 번 다시 손님 방에 들이지 않기로 했다. 최고의 기녀가 갖춰야 할 모든 교육이 끝나면 그녀를 대왕루의 간판으로 내세우겠다고 내부적으로 결정했던 것이다.

　군영은 밝은 보름달 아래에서 더욱 아름다웠고, 빛이 났다. 철우는 군영의 아름다움이 낯설지 않았다.

군영을 보면 늘 그녀가 생각났다. 군영처럼 아름다웠고, 군영보다 더 화려했으며 정열적이었던 어느 여인이…….

"무슨 상념에 잠겨 있으신 것 같던데, 혹시 제가 방해된 건 아닌지 모르겠네요."

군영은 겸연쩍은 듯 머리를 긁적거리며 천진난만한 미소를 지었다. 영락없는 소녀였다. 철우는 그녀의 얼굴을 보며 이렇게 귀여운 소녀가 얼마 후엔 술시중을 들며 뭇 사내들의 노리개로 전락해야 한다는 사실이 너무도 잔인한 것 같다고 생각했다.

"상념은 무슨, 그냥 밤공기를 쐬고 있었을 뿐이야. 한데 군영은 어쩐 일이지?"

"너무 더워서 그런지 잠이 잘 안 오네요. 그래서 그냥 나와봤어요. 바람이나 쐬려고……."

철우의 시선이 군영을 넘어 어둠 속을 향했다. 그곳에 두 사내가 있었다. 대왕루의 잡일을 맡고 있는 전삼과 두석(杜石)이었다. 군영이 도망치지 못하도록 감시병으로 따라온 게 분명했다.

하지만 그들은 지금 감시병으로서의 본분은 망각하고 엉뚱한 곳에 정신이 팔려 있었다. 개천에서 멱을 감고 있는 기녀들의 알몸을 훔쳐보는 데 열중하고 있었던 것이다. 똑같이 넋 잃고, 똑같이 침을 질질 흘리고 있는 모습으로.

"그럼 우리 얘기나 좀 하다가 들어갈까?"

철우가 제안하자 그녀의 얼굴은 환하게 밝아졌다.

"예, 좋아요."

철우와 군영은 제방 둑 위에 나란히 앉았다.

군영에게서도 향긋한 냄새가 났다, 전혀 화장을 한 것 같지 않았음에도 불구하고.

향기와 함께 또 한 번 철우의 뇌리에 어느 여인이 스쳐 지나갔다. 그럴 때마다 철우는 마치 심장이 모래밭에 구르는 것 같은 싸한 통증을 느꼈다.

군영은 문득 철우의 손에 쥐어져 있는 술병을 쳐다보았다.

"총관님은 정말 술을 좋아하시나 봐요. 제가 볼 때마다 언제나 총관님 손에는 술병이 들려 있었던 것 같아요."

"그랬었나?"

"그렇게 매일같이 술을 많이 마시면 몸에도 안 좋을 텐데… 좀 줄이셨으면……."

군영은 차마 더 이상 말을 잇지 못하고 황급히 고개를 숙였다.

"죄, 죄송해요. 제가 주제도 모르고 감히……."

철우는 당황하는 그녀의 모습에 씁쓸한 미소를 지었다.

"내가 그렇게도 많이 마셨나?"

"예. 아니, 별로요……."

"괜찮아, 사실대로 얘기해도. 내가 생각해도 아마 맨정신이었던 적이 거의 없었으니까."

"죄송해요, 총관님. 총관님 기분 나쁘게 하려고 한 말이 아니었는데……."

"아냐, 기분 나쁠 것 없어. 하지만 군영이 때문이라도 조금은 줄여보도록 하지. 나를 염려해 주는 그런 얘기를 들어본 것도 정말 오랜만이거든."

"정말 줄이실 건가요?"

군영은 놀란 듯 눈을 동그랗게 뜨며 철우를 응시했다. 철우는 미소를 지으며 고개를 끄덕였다.

"응, 조금이라도 그렇게 해보도록 하지. 물론 내게는 그것도 쉽지 않은 일이겠지만."

"고마워요. 총관님이 기분 나빠하시지 않고, 오히려 제 얘기를 그렇게 쉽게 들어주실 거라곤 전혀 생각하지 못했는데……."

군영의 얼굴이 환하게 밝아졌다. 그녀의 꽃처럼 환한 얼굴을 바라보자 철우의 기분도 따라서 밝아졌다.

"술 얘기는 재미없으니까 그 정도로만 하고… 늘 군영이에게 궁금한 것이 있었는데 물어봐도 괜찮을까?"

"호호, 무슨 얘기든 좋아요. 말씀하세요."

"대체 어쩌다가 이곳까지 오게 된 거냐?"

물론 불우한 환경 때문일 것이라 나름대로 추측은 하고 있었지만, 막상 그녀의 얼굴을 보자 철우는 좀 더 알고 싶은 기분이 들었다.

"……."

순간 군영의 표정이 어두워졌다. 철우는 괜한 얘기를 꺼냈다고 생각하며 후회했다.

빌어먹을, 내가 지금 무슨 얘기를 지껄인 것인가?

어째서 이 아이의 환경이나 형편이 궁금한 것인가?

"내가 엉뚱한 소리를 했구나. 그만한 사정이 있으니까 왔을 텐데 그 당연한 것을 질문이라고 내뱉다니……."

"……."

"그만 일어나자. 내일 또 노래와 춤을 배우게 될 텐데 잠을 충분히 자둬야지?"

철우가 천천히 자리에서 일어서려는 순간,

"아버지 약값을 만들려면 어쩔 수 없었어요, 이 방법밖에는."

굳게 잠겼던 군영의 입술이 열렸다. 음성은 미세하게 흔들렸다.

철우의 시선이 군영의 얼굴을 향했다. 느낌대로 그녀의 눈시울은 어느새 촉촉이 젖어 있었다.

"말해서 힘들 것 같으면 하지 않는 게 좋아. 나는 너를 힘들게 하고 싶은 생각은 추호도 없으니까."

철우는 씁쓸한 표정을 지으며 군영에게 손을 내밀었다. 그만 일어나자는 의미였다. 군영은 고개를 저었다.

"앉으세요. 말해드릴게요. 총관님에게만큼은 무슨 얘기든 다 하고 싶었으니까요."

군영은 잠시 격해지는 자신의 감정을 진정시키고는 철우의 의지와는 상관없이 얘기를 꺼내기 시작했다.

그녀는 미인이 많기로 유명한 소주(蘇州) 출신이었다.

군영의 부친은 소주 관아(官衙)에서 공세(貢稅)를 담당하는 관리였다. 유혹이 많은 직책이었지만 그는 단 한 번도 흔들려 본 일이 없이 공직자로서의 소임에 충실한 인물이었다.

그랬던 그의 부친이 어느 날 도박장과 객점에서 뒷돈을 받고 세금을 감면해 줬다는 모함을 받았다. 관직에서 물러난 것은 물론 태형(笞刑)까지 당했다.

누명을 뒤집어쓴 사람은 관아에 있는 부친의 상급자들이었다. 그들은 평소 자신들과 친분이 있는 상인과 부농(富農)들의 공세를 감면해 주려 했으나 군영의 부친 때문에 여의치가 못했던 것이다.

뒤로 받아먹은 게 있으면서 결과적으로 봐주는 게 없었으니 그들로

선 이만저만 곤란한 일이 아니었다. 만약 투서라도 날아오는 날엔 그야말로 끝장날 만큼 절박한 처지였다. 어쩔 수 없이 상급자들은 그들이 살기 위하여 자신들끼리 은밀히 입을 맞춰 청렴결백했던 군영의 부친에게 누명을 뒤집어씌운 것이었다.

하지만 하루아침에 멀쩡하던 가장이 일터를 잃고 태형의 후유증으로 일어서지도 못하는 환자가 되었으니, 군영이네의 살림살이는 끼니를 걱정해야 할 만큼 절박한 지경이 되었다.

가정에서 자식 키우며 살림만 하던 모친이 결국 보다못해 시전의 생선 행상으로 나설 수밖에 없었다. 하지만 불행은 끝난 게 아니었다. 모친마저 겨울날 빙판에서 크게 미끄러지는 바람에 허리를 다쳐 병상에 눕는 신세가 되고 말았던 것이다.

누워 있는 병든 부모, 그리고 아직은 어린 열두 살과 아홉 살의 사내 동생들을 책임질 수 있는 사람은 이제 군영뿐이었다. 부모의 약값과 두 동생의 삶을 해결할 수 있는 일이라면 무슨 짓이든 할 수 있다고 생각했고, 결국 야래향까지 오게 된 것이었다.

"운이 좋은 것인지 왕 대인님이 선금으로 은자 오십 냥을 주셨어요. 그걸로 이웃들에게 진 빚을 모두 갚고, 쌀 두 가마니와 부모님 한 달 약재를 사드리고 올 수 있었죠."

어느새 군영의 얼굴은 눈물로 뒤덮여 있었다.

창졸간에 무너진 가정으로 인해 자신이 기녀로 전락해야만 했던 사연도 아팠지만, 병든 부모와 아직 어린 두 동생을 보살피지도 못한 채 떨어져 있어야만 한다는 현실이 그녀에겐 더욱 고통스러웠다.

"……"

철우는 어떤 말도 하지 못했다. 아니, 할 수가 없었다.

이렇듯 철저하게 불행한 소녀를 대체 어떤 얘기로 위로할 수 있단 말인가?

군영은 눈물을 훔쳤다. 그리고 철우를 응시했다.

"총관님, 제가 앞으로 이삼 년만 열심히 일하면 왕 대인님에게 진 빚은 물론 시전에서 포목점이라도 할 수 있는 돈을 마련할 수 있겠죠?"

"……."

"그때쯤이면 부모님 병세도 호전될 것이고, 동생들은 좀 더 커 있을 텐데……. 아, 시간이 빨리 지나갔으면 좋겠어요. 그래서 우리 가족, 예전처럼 다 함께 모여서 화목하게 살게 될 그날이 어서 왔으면 좋겠어요."

끝이 없는 절망 속에서도 희망의 끈을 놓지 않고 있는 군영.

여전히 젖어 있는 그녀의 눈을 똑바로 응시하며 철우는 고개를 끄덕였다.

"물론이지. 간절히 원하면 이루어지는 법이다. 군영이 원하는 대로 그렇게 될 거야, 틀림없이."

"고마워요, 총관님."

군영은 기쁜 듯 환하게 미소 지었다. 미소는 마치 활짝 피어나는 백합과 같았다.

"제가 만약 포목점을 하게 되면 꼭 한번 찾아오세요. 총관님께 가장 좋은 의차(衣次:옷감)를 선물해 드릴 테니까요."

"그래, 군영이 경영하는 포목점에 꼭 한번 들르도록 하지."

"정말 약속하시는 거예요."

"물론."

철우는 기분 좋게 미소를 지었다. 야래향에 온 이후 처음으로 느껴보는 유쾌한 기분이었다.

그 순간,

"이런 썅! 어떤 개새끼들이냐?"

개천에서 목욕을 하던 기녀 하나가 갑자기 벼락같이 소리를 지르기 시작했다. 곧이어 모든 여인들의 시선이 어느 한곳을 향해 욕지거리와 함께 돌멩이를 집어 던져 댔다.

"웬 수캐들이냐?"

"몰래 숨어 보지 말고 당당하게 가까이 와서 보라구, 이 치사한 자식들아!"

"물건(?)만 괜찮으면 공짜로 줄 수도 있으니까, 어디 한번 이리 와서 이 누나에게 보여줄래?"

"야, 이 수캐 새끼들아! 이리 오라니까 왜 도망가는 거야? 공짜로 준다니까!"

돌멩이와 함께 날아드는 노성과 농지거리가 창피한 듯 숨어 보던 전삼과 두석은 후닥닥 도망치고 있었다. 그들은 목욕하는 여인들의 알몸을 상세하게 보기 위해 좀 더 가까이 접근하려다가 그만 발각된 것이었다.

"초, 총관님, 오실 때 군영이 데리고 오십쇼. 그, 그럼 총관님만 믿고 저희는 먼저 들어갑니다."

그들은 힐끗 철우를 한 번 돌아보며 소리친 후 더욱 신속하게 내뺐다.

'허… 정말 군영이를 감시하러 나온 놈들이 맞긴 맞는 건가?'

철우는 황당했다. 문득 아무리 생각도 없는 전삼과 두석을 그래도 먹여주고 재워주고 돈까지 쥐어주며 데리고 있는 왕 대인이 생각보다는 성격이 좋은 사람이라고 생각되었다.

　허탈하고 황당한 실소가 흘러나오는 그 순간,

　"아아아아아악!"

　밤하늘 아래로 처절한 단말마의 비명이 울려 퍼졌다.

　젊은 여인의 비명이었다.

第二章

유권무죄, 무전유죄(有權無罪, 無權有罪)

여인이 죽었다.

너무도 아름다운 기녀였다.

천예야화(千藝夜花) 묘설하(苗雪霞).

눈처럼 하얀 살결, 화려한 얼굴에 터질 듯 풍만하면서도 굴곡이 완연한 몸매, 가무에 출중했을 뿐만 아니라 시화(詩畵)에까지 조예가 깊었던 여인.

아무리 천만 근의 황금을 준다 할지라도 무례한 손님들은 거절할 정도로 자존심이 강했고, 가난한 낙방 서생과 문사(文士), 예인(藝人)들에겐 돈과 상관없이 직접 술 한잔 대접해 줄 정도로 낭만이 있었던 야래향 최고의 기녀였다.

기녀였지만 항주의 많은 사내들이 사랑할 수밖에 없었던 여인.

그랬던 그녀가 죽었다.

바로 그 보름날 밤,

처절한 단말마의 비명을 토하며 아비의 권력만 믿고 날뛰는 어떤 망나니의 칼부림에 의해 너무도 허망하게 스러지고 만 것이었다.

*   *   *

"이리 와서 앉게."

철우가 대왕루의 주인인 왕 대인의 호출을 받은 것은 비명이 터진 그날 밤으로부터 닷새 후였다. 함께 술이라도 한잔하려는 듯 탁자엔 이미 술과 안주가 마련되어 있었다.

"자, 한잔 받게나."

왕 대인이 직접 술을 따라주었다.

"무슨 일이신지……?"

"자넨 꼭 별일이 있어야만 마시나?"

그 말에 철우는 입을 다물 수밖에 없었다. 어찌 무슨 얘기를 하겠는가? 깨어 있는 순간에는 항상 술을 끼고 사는 그가 아니던가?

"그냥 자네와 한잔하고 싶어서 불렀네."

왕 대인은 그의 마음을 아는지 씁쓸하게 미소를 지으며 술잔을 들이켰다.

오십대 후반의 나이에 적당히 살이 오른 둥글고 넓적한 얼굴, 기루의 주인으로서 왕 대인은 참으로 어울리는 외모를 갖추고 있었으나 뜻밖에도 그는 술을 마시지 못했다. 백화주 한 잔이면 얼굴과 몸 전체가 시뻘게질 정도였다.

"크으… 정말 안타까운 일이야. 설하와 같은 아이가 그렇게 허망하게 죽다니……."

입술을 훔치는 그의 얼굴이 어둡고 무거웠다.

"비록 다른 기루의 기녀였지만 인간 됨됨이가 참으로 훌륭한 아이였
는데… 그런 설하가 버러지만도 못한 담소충(潭宵沖)의 칼부림에 그만
저세상 사람이 되다니……."

담소충.

항주제일 권력가의 아들이다.

그의 부친 담중산(潭中山)은 십여 년 전까지 일인지하만인지상(一人
之下萬人之上)의 절대 권력인 승상(丞相)을 역임했던 인물이다. 그는 승
상으로 재임하던 시절 형률(刑律)을 바로 세웠고, 그 형률은 누구라도
이의가 없을 만큼 합리적이며 평등한 것이었다.

태자가 보위를 물려받는 것과 동시에 그는 물러나며 고향인 항주로
돌아왔다. 비록 담중산이 이곳에서 노후를 보내고 있었지만 현존하는
황궁의 고관대작들에게 영향력을 행사할 수 있을 만큼 그의 권위는 여
전했고, 절대적이었다.

하지만 그의 아들 담소충은 평소 부친의 권위를 믿고 온갖 악행을
서슴지 않는 망나니였다. 안하무인의 성격은 물론이었고, 기루에 나타
날 때마다 기녀들을 거품 물게 만들던 변태 성욕자였다.

그 보름날 밤,

비명 소리에 놀란 사람들은 소리의 진원지로 향했다. 그곳엔 옷이
갈기갈기 찢겨 나간 묘설하가 피를 흘리며 쓰러져 있었다. 피 묻은 검
은 바닥에 떨어져 있었고, 담소충은 침상에 앉아 술을 마시며 키득거리
고 있었다.

기녀들은 분노에 치를 떨었고, 포두들이 몰려와서 그를 끌고 갔다.

그런데 어이가 없게도 담소충은 곧바로 풀려났다.

묘설하의 성격상 담소충을 받아들이진 않았을 것이고, 그로 인해 흥분한 그가 검을 휘둘렀을 거라고 누구나 쉽게 생각할 수 있는 정황이다. 이처럼 명백함에도 불구하고 포두들은 그는 묘설하의 죽음과 무관하다며 풀어주었던 것이다.

그러나 항주의 어느 누구도 수사 결과를 신뢰하지 않았다. 담소충이 무혐의로 풀려날 수 있었던 것은 죄가 없어서가 아니라 그의 부친 담중산의 권력이 강했기 때문이라고 사람들은 수군거렸다.

그건 결코 틀린 소리가 아니었다.

항주의 포두들은 자신들이 소신있게 일을 처리하기엔 그의 권력이 너무도 두렵고 부담스러웠다. 담중산은 황도(皇都)의 도찰사를 언제든지 이곳으로 내려오도록 만들 수가 있었고, 그렇게 되면 자신들의 비리와 치부가 드러날 수밖에 없다. 항주의 관리들은 그런 후환이 두려웠기에 담중산의 눈에 벗어나는 일은 결코 할 수가 없었던 것이다.

"내참, 권력만 있으면 살인까지도 무죄라니, 세상이 그 정도로 썩어버렸다니⋯⋯."

그는 안타까운 표정으로 길게 한숨을 내쉬고는 문득 철우를 응시했다.

"참, 얼마 전에 예나에게 들었네. 자네가 이곳 생활을 그다지 달갑게 생각하는 것 같지 않다고."

"⋯⋯."

철우는 황당하면서도 씁쓸했다. 그녀에게 그런 말을 한 적이 없다. 하지만 그녀는 직감으로 그렇게 느꼈던 모양이다.

철우가 뭐라고 말을 꺼내기 전에 왕 대인이 먼저 고개를 끄덕였다.

"그럴 게야. 자네 같은 강호의 고수가 이런 곳에서 생활한다는 건 정말 재미없고, 무사로서의 체면도 안 서는 일일 게야."

"……."

"하지만 그럼에도 불구하고 난 계속 자네를 붙잡고 싶고, 자네가 이곳에서 오래도록 남아 있어 주길 원한다네."

"……."

철우는 대답하지 않았다. 딱히 갈 곳은 없지만 그렇다고 언제까지 이곳에서 머물 수는 없었다. 언젠가 때가 되면 그는 홀연히 떠날 것이다. 그것이 언제가 될지는 그도 장담할 수 없었지만.

벌컥!

왕 대인은 마시지도 못하는 술을 또 한잔 들이켰다. 취기를 빌려서라도 철우에게 꼭 하고 싶은 얘기가 있는 모양이었다.

"자네, 내가 어떻게 살아왔는지 알고 있나?"

당연히 알 리가 없는 철우였다. 생각해 보니 왕 대인은 철우보다 훨씬 오랫동안 일을 해왔던 대왕루의 식구들과 별의별 잡스러운 얘기는 다 했으면서도 그 부분에 대한 것만큼은 하지 않은 것 같았다.

철우가 고개를 젓자 왕 대인은 희미하게 웃었다.

"후후, 그럴 테지. 단 한 번도 내 입으로 그와 같은 얘기를 내비친 적이 없으니까."

미소를 짓던 왕 대인은 문득 허공을 응시했다. 눈가의 잔주름이 미세하게 흔들렸다.

"난… 고생이란 고생을 안 해본 게 없을 만치 정말 힘들고 더럽게 살아왔다네."

천천히, 그리고 낮게 가라앉은 음성과 함께 왕 대인은 자신의 옛날을 털어놓기 시작했다.

그는 일찍 부모를 잃은 고아였다. 그가 세상을 기억할 수 있을 만한 나이가 되었을 때 자신에겐 세 살 위의 형 한 사람뿐이었다고 했다. 부모도 없는 어린 형제들이 헤쳐 나가기엔 세상이 너무도 막막했다.

허기진 배를 채우기 위해선 무슨 짓이든 다 했다. 구걸도 했고, 남의 집 쓰레기통을 뒤진 적도 있었다.

여덟 살 때 지독한 가뭄이 들었다. 모두가 먹을 게 없어 죽어가던 그 시절에 그도 결국 견디지 못하고 쓰러지고 말았다. 의식을 놓고 죽음을 기다리고 있을 때 그의 형은 어디선가 소나무 껍질을 구해왔고, 이로 잘게 씹은 다음 그것을 자신의 입에 넣어주었다.

몇 번 그렇게 허기를 채우며 삶을 이어나갔다. 그토록 기다리던 소나기가 쏟아지는 날, 그는 이젠 살았다는 안도의 한숨과 함께 옆에서 자고 있는 형을 흔들며 물을 길으러 가자고 했다. 그러나 형은 깨어나지 않았다. 아무리 수없이 소리쳐도 다시는 일어나지 않았다. 이미 죽은 것이다. 쓰러진 동생에겐 소나무 껍질을 먹였지만 정작 자신은 아무것도 먹지 못한 채 그렇게 죽어간 것이다.

형의 죽음과 자신의 삶을 바꾼 그는 눈물을 흘리며 형의 몫까지 살겠노라고 결심했다. 그리고 열심히 살았다.

남이 더러워서 안 하는 짓, 위험해서 안 하는 짓들을 마다하지 않고 온몸으로 부딪치며 그렇게 살았다. 그러는 동안 그는 몸으로 체득했다.

사람이란 동물은 위급하면 위급할수록 더욱 끈질기게 살아남으려고 하는 동물이라는 것을. 그렇게 하면 대개는 성공을 한다는 것을…….

그리고 죽을 고비를 넘길수록 사람은 교활해지며, 어떡하든 살아날 구멍을 찾기 위해 본능적으로 더욱 지혜로워진다는 것을 그는 깨닫게 되었다.

"난 지금 남들이 보기엔 별것 아닌 기루의 주인이지만, 형의 죽음으로 삶을 맞바꿀 만큼 절망스러웠던 그때를 생각한다면 이만한 것도 기적과 같은 일이라고 말할 수 있겠지. 그리고 이젠 이 짓을 하지 않아도 남은 세월, 우리 식구 충분히 먹고살 정도의 여력은 갖췄으니 정말 출세를 해도 많이 한 걸 게야."

힘든 과거를 떠올린 탓인가? 혈색 좋던 그의 얼굴은 짧은 순간에 늙어버린 것 같았다.

"총관."

"말씀하십시오."

"내가 젊은 마누라에게 꼼짝없이 잡혀 사는 공처가라는 거, 자네도 알고 있지?"

철우는 대답 대신 미소를 지었다. 그의 말처럼 왕 대인이 스무 살 이상이나 차이가 나는 젊은 부인에게 쩔쩔매는 모습을 본 적이 있었기 때문이다. 하지만 그렇다고 긍정을 하기란 곤란한 일이었다.

"내가 우리 마누라의 모든 잔소리를 다 복종(?)하면서도 유일하게 항명을 하는 게 하나 있는데 그게 뭔지 아나?"

"글쎄요……."

"그건 이 기루를 팔지 않고 지키겠다는 거라네."

"……?"

"마누라가 제발 술집 좀 그만 하고 편하게 살자고 보채고 있지만, 이곳만큼은 꼭 지키고 싶은 게 나의 바람이라네."

철우로선 전혀 뜻밖이었다. 그가 생각하는 왕 대인은 다른 기루의 주인보다 기녀들에게 약간 더 나은 대우를 해주는 정도일 뿐, 그 역시 결국은 기녀들을 통해 개인의 주머니를 챙기는 그런 인물이라고 여겼다. 그런데 그는 이곳을 끝까지 지키고 싶다고 한다. 마치 그 어떤 사명처럼……

"기루를 운영하면서 난 참으로 불행한 모습의 젊은 여인들을 모습을 많이 보았네. 천향루의 묘설아처럼 취객의 손에 죽임을 당하는 경우는 물론 대단히 안타깝고 속상한 일이지만, 더욱 나를 아프게 했던 것은 바로 스스로 목숨을 끊는 기녀들이라네."

"……!"

조용히 들려진 철우의 술잔이 허공에서 멈칫거렸다. 그는 굳은 표정으로 왕 대인을 응시했다.

"스스로 목숨을 끊는다니, 그런 일도 있었습니까?"

"자네는 아직 경험하질 못한 모양인데, 이곳에선 꽤나 빈번하게 일어나는 사고지."

"그 이유가 뭡니까?"

"이유라니? 뭣 때문에 자살하느냐는 얘긴가?"

철우는 대답 대신 고개를 끄덕였다.

"이유야 갖고 있는 사연만큼이나 제각각이지. 늙은 퇴기가 되었다는 비관으로, 별의별 짓을 다해도 손님 하나 찾지 않는다는 이유로, 먹을 것도 제대로 안 먹어가며 모은 돈을 사기당했다는 이유로, 기껏 몸팔아 가며 기둥서방 봉양했는데 그놈이 다른 여자와 눈이 맞았다는 이유로, 아무리 다리를 벌리고 돈을 벌어도 도저히 희망이 보이지 않는다는 이유로, 아무튼 기녀들의 죽음에는 그만한 사연이 있었고, 그런 사고는 두 달에 한 번 정도 생길 만큼 빈번하다네."

"……."

철우의 얼굴이 무거워졌다. 밑도 끝도 없이 '오죽'이란 낱말이 떠올랐다. 아니, 떠올랐다기보다 그 낱말은 마치 창과 같이 날아와 그의 뒷덜미에 탁 하고 꽂히는 느낌을 받았다.

오죽했으면 스스로 목숨을 끊으랴.

"이제 갓 스물이 넘어 한창 아름다워야 할 젊은 기녀들이 절망하고 자살하는 모습들을 보자 나의 힘들었던 과거가 떠올랐네. 그래서 난 결코 그녀들의 절망을 무시할 수가 없었고, 그녀들이 자립의 기반을 만들 수 있도록 인생의 선배로서 돕고 싶은 게 나의 바람이라네."

"한번 물욕(物慾)에 눈이 어두워지면 다른 사람이 입에 물고 있는 것까지 욕심을 내는 게 사람의 속성이라는데. 어째서 이곳의 사람들이 루주(樓主)님을 대인이라고 부르는지 이제야 알 것 같군요."

철우는 왕 대인의 따뜻한 마음을 충분히 느낄 수 있었다.

고통받아 보지 않은 사람이 고통받은 사람의 편인 척하며 등을 치는 게 다반사다. 설령 힘든 시기를 극복했다 할지라도 성공한 대다수의 사람들은 자신이 겪은 고통조차 배반하며 살아간다. 그런데 왕 대인은 그것을 잊지 않고 있다는 사실이 여느 사람들과는 달랐고, 고통받고 있는 이들의 편에 서고자 하는 게 더욱 달랐다.

"영원히 이곳에 머물러 있겠다는 약속은 할 수 없습니다. 하지만 저역시 이곳 기녀들의 얼굴에서 희망을 보고 싶습니다. 최소한 그때까지는 이곳에 남아 있겠습니다."

철우가 미소를 지으며 대답했다. 그러자 왕 대인은 환하게 밝아진 표정으로 철우의 손을 잡았다.

"고맙네. 정말 고맙네."

덥석 잡은 손을 통해 이번에는 왕 대인이 느꼈다. 언제나 쓸쓸해 보이는 이 사내의 손이 매우 따듯하다는 것을…….

*　　　*　　　*

송산(松山).

야래향에서 그리 멀지 않은 곳에 위치한 야트막한 야산. 이름처럼 소나무가 많은 산이었다.

왕 대인과 얘기를 나눈 후 철우의 발걸음은 송산으로 향했다. 그는 얼마 오르지 않아 소나무들 사이로 무덤이 있는 것을 발견할 수 있었다.

제대로 떼가 자라지 않은 붉은 무덤들. 그 위로 쏟아지는 가문 햇볕, 그리고 죽은 사람들의 동네다운 무거운 침묵. 이곳이 바로 야래향에서 죽어간 기녀들의 공동묘지였다.

춘앵(椿櫻)의 묘. 다음 세상에 좋은 팔자로 태어나거라.
노나나(魯娜娜)의 묘. 언니, 하늘나라에선 꼭 행복하세요.
미염(美炎)의 묘. 더러운 세상 잘 죽었다. 우리도 곧 따라가마.
여정(呂婣)의 묘. 묻힌 곳이 고향이다. 부디 편히 쉬어라.

등등… 혹은 바래고, 혹은 아직도 먹물 자국이 선명한 각목의 묘비명이 철우의 눈길을 끌었다.

철우는 그 무덤들 사이를 더듬어 올라갔다.

“……?”

문득 그는 가장 최근의 것처럼 느껴지는 어느 무덤 앞에 무릎을 꿇고 애통한 모습으로 앉아 있는 한 사내의 모습을 발견할 수 있었다.

묘설하의 묘. 스물넷 꽃다운 청춘 이곳에 잠들다.

예상처럼 그곳은 얼마 전에 죽은 묘설하의 무덤이었다. 그런데 이십대 중반의 사내가 그녀의 무덤 앞에서 어깨를 들썩이며 소리없이 흐느끼고 있었으니…….

인기척을 느꼈음인가? 벼락처럼 사내의 고개가 돌려졌다. 눈빛은 싸늘했다. 그리고 분노와 적개심으로 이글거렸다.

철우는 본능적으로 흠칫했다. 이런 눈빛을 갖고 있는 자들의 다음 행동을 그는 알고 있었다.

"타아앗!"

철우의 예상처럼 사내는 불문곡직하고 허리춤에서 검을 뽑아 들었다.

쐐쐐쐐쐐!

섬뜩한 검기가 철우의 단전을 향해 짓쳐들었다. 철우는 그가 펼치는 초식이 화산파(華山派)의 매화검법 중 만화홍천(萬花弘天)이라는 것을 알았다.

"허, 이거야 원."

철우는 다짜고짜 살검을 휘두르는 사내의 행동에 어이가 없었지만, 그렇다고 가만히 서서 당할 수만은 없는 일이었다. 철우는 장(掌)을 뻗어 사내의 행동을 제지시켰다.

퍽!

육중한 음향이 터지는 것과 동시에 가슴을 가격당한 사내는 뒤로 주춤거렸다.

"제법 밑천이 두둑한 놈이었군. 재주를 감추지 말고 전력을 다해라. 그렇지 않으면 네놈은 목을 내놓아야만 할 것이다."

사내는 철우가 자신의 공력을 전부 쏟지 않고 있음을 알았다. 그게 더욱 불쾌했고, 수치스러운 듯 그의 공세는 더욱 강맹해졌다.

폭우만변(暴雨萬變), 뇌정만겁(雷霆萬劫) 등 매화검법의 현란한 초식들이 검망(劍網)을 형성하며 철우를 향해 조여들었다. 그러나 사내의 살기등등한 맹공에도 불구하고 철우의 표정엔 여유가 있었다. 철우는 우수를 말아 쥐더니 일직선으로 뻗었다. 권심에서 회오리바람과 같은 권풍이 사내의 검망을 와해하며 돌진했다.

"헉!"

사내는 헛바람을 토하며 급히 검의 방향을 바꿨다. 앞으로 진격하며 검초를 펼쳐 나가다가는 치명상을 입을 게 자명했기 때문이다. 그는 다급하게 수비 자세를 취했다. 하지만 권풍은 거칠고 교묘했다. 사내의 능력으로 막아내기엔 역부족이었다.

"으악!"

사내는 비명을 지르며 뒤로 곤두박질쳤다. 철우가 사내의 앞으로 다가갔을 때, 그는 삶을 체념한 표정으로 계속 누워 있었다.

"끄으… 죽여라……"

"살기가 권태로운 친구인가 보군. 이유도 없이 살수를 펼치더니만 이젠 내게 죽여달라고 명령이라도 하겠다는 건가?"

철우는 어이없다는 표정으로 그를 내려보았다.

"살아 있는 게 죽음보다 수치스럽다. 잔소리 말고 그냥 죽여다오."

"원한다면 얼마든지 죽여줄 수 있다. 그전에 한 가지만 묻자. 어째서 나를 공격했나?"

"이유 같은 건 없다. 그냥 어느 놈이든 걸리면 죽이고 싶었을 뿐이고, 그게 전부다."

"어째서 그런 생각을 한 거지? 사랑하는 여인이 죽었기 때문인가? 그 복수심 때문에?"

물론 넘겨짚는 말이었다. 하지만 그 얘기에 사내는 당황했고, 그의 눈은 심하게 흔들렸다.

"다, 당신이 그것을 어떻게……?"

"후후, 하는 짓만큼이나 정말 단순한 친구로군. 죽은 기녀의 무덤 앞에서 눈물을 흘리며 오열하고 있다면, 그것만으로 두 사람의 관계를 짐작하는 건 그리 어려운 일이 아니잖는가?"

"빌어먹을……."

사내는 자신도 모르게 그 사실을 인정했다는 게 낭패스러운 듯 인상을 구겼다. 그리고는 천천히 몸을 일으켰다. 앉은 상태로 길게 한숨을 내쉬고는 입을 열었다.

"혹시… 당신, 대왕루의 총관으로 왔다는 바로 그 사람인가?"

"나를 알고 있나?"

"소문 들었다, 대왕루에 무공이 높은 총관이 있다고. 그리고 악질 포두들을 혼내주었다고."

"그렇다면 더욱 이해할 수 없는 일이군. 내가 자네와는 전혀 무관한 사람이라는 것을 알면서 다짜고짜 살수를 휘두른 것은 무슨 경우인가?"

"억울해서, 미치도록 억울해서 누구에게라도 해코지를 하고 싶었다.

설령 상대를 잘못 만나 내가 죽더라도 상관없고……. 아무튼 미친 듯이 발광이라도 하지 않고선 도저히 견딜 수가 없었다."

사내는 자신의 머리칼을 쥐어뜯으며 세차게 고개를 저었다.

"빌어먹을……. 사랑하는 여인이 살해당했는데도 이렇게 그녀의 무덤 앞에서 눈물을 흘리는 것 외에는 아무것도 할 수 없는 내 신세가 너무도 한심하고… 비참해서… 도저히……."

목이 메이는지 사내의 음성은 더 이상 흘러나오지 못했다. 철우는 그의 옆에 앉았다. 잠시 죽은 사람들의 동네다운 겸손한 침묵이 감돌았다. 철우는 여전히 괴로움에 고개를 떨구고 있는 사내의 어깨 위에 천천히 팔을 올렸다.

"어떡하다가 그녀를 사랑하게 되었나? 무림 명문인 화산파에서 무공을 익힌 모양이네만, 내가 보기엔 평범한 유생 같은데……."

"……."

"누군가는 들어줄 사람이 필요한 것이 아니었나?"

"…그렇소. 누군가에게는 얘기하고 싶었소. 그녀에 대한 나의 사랑을……."

사내는 고개를 끄덕였다. 어느새 말투도 바뀌었다.

사내는 천천히 고개를 들고는 허공을 응시하는 그의 두 눈은 어느새 아련한 추억에 젖어들었다.

"스물다섯 해를 사는 동안 나는 무엇 하나 제대로 내 뜻을 이뤄본 적이 없는 전형적인 인생 낙오자였소. 술과 노름, 그리고 계집질로 나의 젊음을 자학하고 있는 나를 바로 세워준 여인이 있었소. 바로 묘설하, 그녀였소."

사내는 누군가에게는 꼭 밝히고 싶었던 자신의 사랑을 털어놓기 시작했다.

초진양(楚珍陽).

사내의 이름이었다. 나이 스물다섯.

몰락한 선비 가문의 후손이었으나 그는 글보다는 무술 연마하는 것을 더 좋아했다. 그리고 스스로도 상당한 재주가 있다고 생각했다. 마을에 있는 작은 도장(道場)에서 함께 시작한 친구들보다는 늘 빠른 성취를 보였다. 하여 좀 더 높은 수준의 무술을 연마하기 위한 마음에 검술의 명가인 화산파에 입문했다.

그런데 그곳에서 수련하는 많은 제자들과 함께 부대끼며 생활하는 동안 탁월한 무재(武才)라 여기던 자신의 재주가 너무도 미천하게 느껴졌다.

한 단계 높은 수준의 무공을 연마하기 위해선 뼈를 깎는 고통과 인내가 필요했다. 그의 능력으로 그 과정들이 결코 만만치가 않아 지치기 시작했다. 자신보다 빠르게 치고 나가는 동료도 생겨났다. 그는 자신의 미천한 재주에 끝없는 절망을 느꼈다. 결국 그는 무공 연마를 포기하고 하산하고 말았다.

품었던 야망이 허망하게 부서진 그가 택할 수 있는 건 자학이었다. 술과 노름, 그리고 계집질로 자신을 한없이 망가뜨릴 때 묘설하를 만났다. 묘설하는 만신창이 되어버린 그를 향해 이렇게 얘기했다.

"걱정하지 마세요. 절망이야말로 가장 순수하고 치열한 정열이에요. 사람들이 불행해지는 것은 진실하게 절망하지 않았기 때문입니다. 새는 날아야 하고 말은 달려야만이 존재를 증명할 수 있죠. 새가 날기를 포기하고 말이 달리기를 포기한다면, 그것은 이미 새와 말이 아닐 겁니다. 존재가 지속을 포기한다면 그것은 이미 존재라 할 수 없는 것처럼 절망은 존재의 끝이 아니라 진정한 출발입니다. 돌아가세요. 당신의 나이, 당신이 꿈꿀 수 있는 그 세상으로 돌아가서 더 읽고 더 많이 생각해 보세요. 더 이상 자학이란 대가를 지불하지 않고 진실하게 절망할 수 있는 길이 보일 거예요. 분명히.”

묘설하는 절망에 쓰러져 가는 한 영혼을 자신의 품으로 감싸주었고, 일으켜 주었다. 절망의 끝에서 자학의 몸부림을 치던 초진양은 그날 밤 그녀의 품속에서 목청 높여 통곡했다. 그리고 결심했다.

이 아름다운 여인을 절대 실망시키지 않으리라.

그날 이후 초진양은 다시 목표를 세웠다. 대과(大科)였다.

무공에 대한 미련은 남았으나 무공으로 얻을 수 있는 성취보다는 과거를 통해 얻을 수 있는 성취가 더욱 크다는 게 이유였고, 세속적인 성취를 더 크게 생각할 수밖에 없었던 것은 바로 묘설하 때문이었다.

대과에 급제하여 그녀를 기루에서 나오게 하고, 자신의 여자로 만들고 말겠다는 꿈 하나에 매달려 그는 책과 씨름했다. 숱하게 날밤을 새면서도 단 한 번도 힘든 것을 몰랐다. 오히려 급제 후에 일어날 수 있는 아름다운 상상으로 인해 공부가 즐겁기만 했다.

그렇듯 단 하나의 목표만을 위해 미친 듯이 책과 씨름했는데, 그의 모든 꿈과 목표가 한순간에 사라진 것이었으니……

“크흑… 빌어먹을……”

초진양의 입에선 상처받은 승냥이의 신음이 흘러나왔다.

“제 여자 하나 지키지도 못하는 한심한 놈, 나 같은 놈이 살아서 무엇 하겠소이까.”

철우는 씁쓸한 표정으로 초진양을 응시했다.

술집 기녀와 결혼하기 위해 과거에 급제할 생각을 했던 초진양의 사고가 너무도 순수하게 느껴졌다. 과거에 급제하는 순간 신분은 상승하고, 그에 따라 눈높이도 달라지는 게 보통의 인간들이다. 고생했을 때의 기억 따위는 잊고 화려하게 펼쳐질 앞날에 빠르게 적응해 나가는 게 인간의 속성이거늘. 그는 그런 면이 달랐고, 순수했다.

"그렇게 사랑했다면… 계속 공부에 전념하여 대과에 급제하는 게 어떻겠나? 그러면 묘설하도 기뻐할 것 같은데……."

"그것은 그저 말장난에 불과한 얘기요. 이미 땅속에 묻힌 사람이 어찌 기뻐할 수 있겠습니까? 정말이지, 나의 급제로 그녀가 기뻐하고 밝게 웃는 모습을 너무도 보고 싶었지만… 그것은 이제 저승에서나 가능한 얘기가 돼버렸습니다."

또다시 초진양의 눈가에 이슬이 맺혔다. 묘설하의 죽음으로 모든 것을 잃은 사내. 얼마 전까지만 해도 그는 세상이 아름다웠을 것이고, 살 만한 것이라고 생각했을 것이다. 벅차 오르는 희망으로 많은 것들을 설계했을 것이고, 당당하면서 행복했을 것이다.

하지만 지금의 그는 어느 누구보다도 왜소했고, 초라했다.

철우는 문득 사람이 당당할 수도 초라할 수도 있는 건 꿈과 희망을 갖고 있느냐, 아니면 그것을 잃었느냐는 차이가 아닐까 하는 생각을 했다.

그렇기에 그는 자신이 이 사내에게 그 어떤 위로의 말도 해줄 수가 없다는 것을 알고 있었다. 희망없이 살아가는 것은 자신도 마찬가지였으므로. 이런 상황에서 그가 할 수 있는 얘기는 그저 한 가지뿐이었다.

"이봐, 일어나. 내려가서 술이나 한잔하세. 저승 가면 술도 제대로 못할 테니 왕창 마시고 가야 후회를 안 하지."

그날 철우는 초진양이 탁자에 얼굴을 묻을 정도로 술을 퍼먹였다. 그리고 잠든 초진양을 직접 객점 방으로 데려가서 눕혔다.

앞으로 며칠 동안 머리가 아프고 속이 쓰려서 고생 좀 할 거라고. 그리고 그 고통 때문에 적어도 당분간은 자살 같은 건 전혀 생각할 여력이 없을 거라고 생각하며 철우는 씨익 미소를 지었다.

第三章
만날 사람은 만나게 된다

중추절(仲秋節).

대륙 최대의 명절이 사흘 앞으로 다가왔다.

해가 지기 두 시진 전인 신시(申時) 무렵, 항주에서 가장 큰 번화한 상가 거리인 태흥로(泰興路)는 많은 행인들로 붐볐고, 대로변의 수많은 점포들은 밀려드는 손님들로 모처럼 즐거운 비명을 지르고 있었다. 모처럼 활기가 넘치는 모습이었다.

붐비는 사람들 사이로 일남일녀가 나타났다. 여인은 가벼운 백의 경장에 아직은 앳되어 보이는 소녀였고, 사내는 마의 장삼에 키가 훤칠했다.

군영과 철우였다.

군영은 문득 원숭이들이 있는 노점상 앞에서 걸음을 멈췄다. 작은 애완용 원숭이였는데, 녀석들은 구경하는 꼬마들이 건네주는 과일과 다과를 넙죽넙죽 받아먹고 있었다.

"호호, 총관님. 여기 보세요. 원숭이에요."

군영은 깔깔거리며 즐거워했다. 열일곱 소녀다운 밝은 얼굴이었다. 철우는 군영의 환한 얼굴을 바라보며 미소 지었다.

그가 이곳에 나온 이유는 기실 군영 때문이었다.

타지 생활을 하는 기녀들의 입장에선 명절이 그리 반갑지 않았다. 아니, 아예 싫었다. 억지로라도 고향과 가족을 잊은 채 살아가고 있는데, 그러한 인내를 무너뜨리는 시기가 바로 명절 때였다. 초인이 아니고 두 발을 딛고 살아가야 하는 인간인 이상 아무리 이를 악물어도 가족에 대한 그리움으로 사무치는 것은 어쩔 수 없는 현실이다.

평소 찾아오는 단골도 이때만큼은 발걸음이 뜸했고, 그러다 보니 자신도 모르게 홀로 술잔을 기울이며 길게 한숨을 내쉬는 기녀들의 모습을 쉽게 발견할 수 있었다. 기녀로서 경력과 연륜, 그리고 가족들에 대한 애정의 깊이에 따라 그 심란함에 차이가 있었는데, 그런 면에서 군영 같은 경우는 최악이었다.

평소에도 고향에 있는 병든 부모와 어린 두 동생 생각에 늘 한숨을 쉬던 군영은 지난밤 후원에 앉아서 서서히 부풀어지는 달을 보며 하염없는 눈물을 흘렸는데, 우연찮게 일찍 잠에서 깬 철우가 그 모습을 보았다. 아무리 기녀라 해도 군영은 그리움을 조용히 감내하기 힘든 이제 열일곱 살에 불과한 소녀였을 뿐이다.

그래서 그녀를 데리고 태홍로로 나온 것이다.

물건을 사고 이것저것 구경하다 보면 답답한 마음도 잠시 풀어질 거라는 게 철우의 생각이었다.

"어머, 총관님, 애 좀 보세요. 세상에… 털이 흰 원숭이도 다 있어요."

군영은 흰 털에 유난히 작은 원숭이를 보며 눈을 휘둥그렇게 떴다.

설산백원(雪山白猿).

대설산의 눈밭에서 서식한다는 원숭이였다. 털이 눈처럼 하얗고 꼬리가 길며, 동종(同種)의 다른 원숭이들에 비해서 상당히 총명하다는 얘기를 듣는 바로 그것이었다. 설산백원은 군영이 앞에 편하게 주저앉은 상태로 그녀가 건네주는 다과를 받아먹었다.

"맘에 드냐?"

철우는 군영의 등 뒤에 선 채로 입을 열었다.

"호호. 예, 하는 짓이 너무 귀여워요."

"그럼 한번 키워볼래?"

"예?"

군영은 눈을 휘둥그렇게 뜨고는 고개를 돌리며 올려다보았다.

"그 녀석이 있으면 심심하거나 외롭지 않을 거야."

"그, 그거야 그렇지만……."

군영의 마음은 굴뚝같지만 돈 때문에 차마 엄두를 못 내는 것 같았다. 이틀 전부터 예기(藝妓)로서 손님 방에 출입하기 시작한 군영이다.

예기란 고관이나 교양이 높은 유생들이 왔을 때 그림, 춤, 노래, 악기 연주 같은 행위로 손님의 흥을 불러일으키는 기생이다. 수청이나 동침은 하지 않는 탓에 수입은 시원치 않았다.

어차피 돈 때문에 이쪽으로 흘러들어 온 이상 그녀도 언젠가는 돈 많은 사내 앞에서 옷고름을 풀어야 할 것이다. 그래야만 빚도 갚고, 자신이 원하는 포목점도 차릴 수 있다는 것을 머지않아 스스로 터득하게 될 것이다.

철우는 돈 때문에 차마 엄두조차 내지 못하는 군영의 마음을 처음부터 알고 있었다. 해서 그녀의 표현과는 상관없이 상인에게 물었다.

"그 원숭이, 얼마요?"

"설산백원 말씀이십니까? 이건 좀 비싼 건데……."

원숭이만큼이나 작은 두상에 염소수염을 한 오십대 상인은 철우와 군영의 모습을 상세히 살펴보며 고개를 갸웃거렸다. 그의 장사판 삼십 년 경험에 의하면 설산백원을 살 만한 사람은 따로 있었다. 그것은 아무나 취미로 키울 만큼 흔한 원숭이가 아니었다.

그가 원숭이 판매상으로 나선 삼십 년 동안 일견하기에도 기품과 귀티로 치장을 한 고관대작이나 대상의 가족들만이 그것을 사 갔다. 단 한 번의 예외가 없이.

"얼마냐고 물었소."

"내참, 은자 열 냥이외다."

상인은 콧구멍을 후비며 짜증스럽게 대꾸했다.

은자 열 냥. 쌀 한 가마니가 대홍수나 큰 가뭄이 일어나지 않은 평범한 일상에서 거래되는 가격이 은자 두 냥이다. 때문에 여간한 재력을 갖고 있지 않는 한 취미 생활로 은자 열 냥을 지불한다는 건 있을 수 없는 일이었다. 상인이 어째서 퉁명스러웠는지 충분히 이해할 만했다.

"확인해 보시오."

철우는 작은 전낭을 꺼내더니 망설임없이 열 냥의 은자를 건네주었다. 상인은 물론 철우의 곁에 있던 군영의 눈이 동시에 휘둥그레졌다.

"아, 예. 여, 열 냥이 맞습니다."

오만하던 상인의 말투가 극도로 공손하게 바뀌었다. 그리고는 이내 설산백원의 목에 걸려 있는 줄을 넘겨주었다.

"받아라. 이제부턴 네 것이다."

철우가 줄을 다시 군영에게 건네자 그녀는 여전히 당혹스런 표정을 지우지 못하고 있었다.

"시, 싫어요. 이렇게 비싼 것을 제가 어떻게……."

"그냥 받아. 내가 군영에게 명절 선물로 주는 거니까."

"하지만… 선물로 받기에는 너무 비싼데……. 그리고 총관님이 무슨 돈이 있다고……."

"녀석… 네게 원숭이 한 마리 사주지 못할 정도로 궁색하진 않으니까 염려 말고 받아. 갖고 싶다고 했잖아."

"그래도… 이건 너무 부담스러워요."

"포목점 차리면 내게 최고급 옷감으로 멋진 옷을 선물한다고 했었지? 부담스러우면 그 약속을 꼭 지켜주면 돼. 알겠어?"

"그래도……."

"어허, 성의를 계속 그런 식으로 무시하면 나 화낸다."

철우가 짐짓 인상을 쓰자 군영은 어쩔 수 없다는 표정으로 줄을 건네받았다.

"고마워요, 총관님. 나중에 꼭 갚을 테니 꼭 찾아오셔야 해요?"

"암, 물론이지."

철우는 미소를 짓고는 문득 자신의 배를 만졌다.

"그나저나 돌아다녀서 그런지 배가 고프군. 어디 가서 뭐 좀 먹을까?"

"예, 좋아요. 대신 음식값은 제가 계산할 거예요. 아셨죠?"

처음으로 군영은 밝게 미소 지었다.

태흥객점(泰興客店).

군영은 단단히 대접할 생각인지 태흥로에서 가장 큰 객점인 이곳으로 앞장섰다. 그리고 소면을 먹겠다는 철우에게 언젠가 기녀 아선(娥仙)과 함께 와서 먹었던 향송은어(香松銀魚)를 주문했다. 태호(太湖)의 신선한 은어가 주재료로 태홍객점에서 가장 자신있게 내놓는 그런 요리였다.

요리를 기다리며 설산백원을 탁자 위에 올려놓고 장난을 치던 군영이 문득 입을 열었다.

"저… 총관님, 이 녀석의 이름을 반반이라고 지을까 하는데 괜찮을까요?"

"반반? 왜 하필 반반이지?"

"소주에 있는 저희 고향 앞에 흐르는 개천 이름이 반반천이에요. 그곳에서 어린 시절에 두 동생과 함께 물장구를 치며 재밌던 추억이 많았거든요."

"음… 고향에 있는 개천 이름을 따서 반반이라……? 몇 번 불러보니 괜찮은 것도 같구나, 쉽고 부르기도 편하고."

"호호, 정말이시죠?"

군영은 환하게 밝은 표정을 짓고는 설산백원을 자신의 얼굴 앞으로 번쩍 쳐들었다.

"반반아, 들었지? 이제부터 네 이름은 반반이야. 나의 동생 반반이라구. 알겠지?"

설산백원은 마치 그녀의 말을 알아듣기라도 하듯 눈빛을 반짝이며 고개를 끄덕였다. 소문처럼 총명함이 느껴지는 그런 원숭이였다.

"총관님, 오늘은 술을 안 드신 것 같은데, 맞죠?"

문득 군영은 철우의 안색을 빤히 살피며 입을 열었다. 철우는 미소를 지으며 고개를 끄덕였다.

"그래, 오늘은 맨정신이다."

"어머~ 정말 그랬구나. 어쩐지 술 냄새가 전혀 풍기질 않는다고 했더니만……."

그녀는 마치 매우 반가운 사실을 발견한 것처럼 좋아했다.

"술 안 마시니까 너무 보기가 좋아요. 눈빛도 달라진 것 같고, 원래도 미남이셨지만 오늘은 더욱 잘생기신 것 같아요."

"하하, 그거 빈말이라도 기분이 좋구나."

"어머, 농담 아닌데……. 총관님, 정말 미남이세요. 총관님이 얼마만큼 미남이신지 다른 사람들에게 물어볼까요?"

"하하, 됐다. 빈말이든 아니든 기분 좋으니까 그만 하자."

철우는 크게 웃으며 다른 사람을 불러 자신의 얘기를 증명하고자 하는 군영의 행동을 제지했다.

객점 안은 명절 밑이라 많은 사람이 거리에 나온 탓인지, 식사 때가 아님에도 불구하고 손님들이 가득했다. 삼삼오오 무리를 지어 식사를 하는 그들의 공통적인 대화 내용은 신임 성주에 대한 것이었다. 특히 철우의 옆 자리에 앉아 있는 오십대의 상인 두 사람은 먹는 것을 중단하면서까지 얘기꽃을 피우고 있었다.

"자네들, 신임 성주 얼굴 봤나?"

신임 성주.

중추절을 사흘 앞두고 성주가 새로이 부임했다. 평소 지병을 앓고 있던 전임 성주가 물러나고 새로운 성주가 부임한 것이다.

들창코의 사내가 얘기를 꺼내자 역삼각형의 눈을 갖고 있는 인물은 자신도 대충은 알고 있다는 투로 대답했다.

"무척 젊은 분이라면서?"

"그래, 서른다섯이라더라. 황도에서도 그 능력을 인정받았던 분이라는데, 일견하기에도 매우 똑똑하고 야무지게 생기셨더라고. 해서 난 이번 성주님에 대한 기대가 누구보다도 훨씬 크다네. 총각이면 사위 삼으려고 했는데 아쉽게도 유부남이라지 뭔가?"

"내참, 이 친구야! 멀쩡한 사람 사위 삼을 생각 말고 집 나간 자네 딸이나 먼저 찾는 게 순서가 아닐까?"

"뭐가 어째? 집이 싫어서 가출한 년을 내가 왜 찾아! 이런 젠장, 또 갑자기 염통이 끓어서 술을 안 마실 수가 없군. 이봐, 여기 죽엽청주 한 병 냉큼 갖고 와라!"

갑자기 씩씩거리며 술을 주문하는 주먹코의 사내를 보며 군영은 미소를 지었다. 어느새 요리는 나와 있었고, 철우는 맛있게 먹고 있었다.

"요즘 어딜 가나 전부 신임 성주에 대한 얘기뿐이에요. 야래향도 그렇고, 태흥로도 그렇고."

"늘 새로이 부임하는 권력자에게 기대가 많은 편이지. 지난번보다 잘해주기를 바라는 게 백성들의 마음이니까."

"아마 이번에 새로 오신 분은 억울한 백성들이 없도록 잘하실 것 같아요."

"군영이도 기대가 큰 모양이군. 보지도 않은 신임 성주를 그 정도까지 신뢰하다니."

"들리는 소문이 그래요. 중추절이 지난 다음에 부임하실 거라고 모두가 생각했는데, 그분은 명절과는 상관없이 그 먼 황도에서 이곳까지 달려와서는 벌써부터 관헌에 와서 업무 실태를 파악하고 계신다고 하지 뭐예요? 서둘러 오시느라고 가족도 대동하지 못하고 혼자만 먼저 이곳에 오셨다고 하더군요. 그렇듯 자신의 본분에 충실한 분이라면 결코 항주 성민들을 실망시키지 않을 것 같아요."

아직 직접 한 번도 대면하지 못한 신임 성주에 대한 군영의 신뢰는 상당했다. 그것은 그렇게 해줬으면 하는 그녀의 바람이겠지만, 어찌됐든 명절을 앞에 두고 그 먼 거리에서 달려올 정도의 원칙주의자라면 철우 역시 어느 정도는 믿을 만하다고 생각했다. 적당하게 대충 넘어가는 게 관료들의 타성인데, 신임 성주는 일단 그런 면이 달랐기 때문이다.

"훗! 능력있고 양심적인 신임 성주가 부임한 것도 좋지만, 그 은어는 언제 먹을 건가? 반반이가 혼자 신났구먼."

철우의 한마디에 군영은 화들짝 놀랐다. 자신이 얘기하는 동안 앞에 놓여진 음식을 반반이 넙죽넙죽 먹고 있었던 것이다. 군영은 울상을 지었다.

"어, 어머? 뭐, 뭐야? 난 제대로 입도 대지 않았건만 얘가 그사이에 다 먹었잖아?"

군영은 울상을 지었는데, 반반은 하얗게 비워진 접시 옆에 앉아 천연덕스럽게 배를 만지며 트림을 하고 있었다. 그 절묘한 대조에 철우는 그만 크게 웃고 말았다.

"하하하! 기껏 다 먹고 하품하는 모습이라니……! 신임 성주와 달리 반반이는 뻔뻔스러운 모양이구나!"

객점 밖으로 나온 군영은 골이 났다. 반반이 때문에 요리를 시켜놓고도 제대로 먹지 못했으니 그럴 만도 했다.

깍깍!

자신의 주인이 뾰로통한 모습을 보이자 반반은 그녀의 다리에 꼬옥 안기며 애교를 떨었다.

"비켜! 너 때문에 아무것도 못 먹었어! 내가 은어를 얼마나 좋아하는데……!"

군영이 화를 내며 다리에 안겨 있는 반반을 뿌리치려 했다. 하지만 반반은 마치 찰떡처럼 그녀의 다리에 붙어서 떨어지질 않았다. 그것이 군영을 더욱 약 오르게 만들었다.

"너 정말 안 떨어질래? 어, 어……!"

반반을 떨어뜨리기 위해서 연신 발길질을 하던 군영이 그만 중심을 잃고 기우뚱거리며 크게 널브러졌다.

그때였다.

"허걱! 뭐, 뭐야?"

콰두두두!

길 위를 달려오던 쌍두마차의 마부가 기겁했다. 쓰러져 있던 군영의 놀람은 더욱 컸다. 그대로 있다가는 말 다리에 깔려 죽기 십상이었다. 마부는 급히 말을 멈추려 했으나 이미 가속이 붙은 말이 멈추기에는 거리가 너무 짧았다.

이히히잉!

"타앗!"

거품을 문 말들이 군영의 몸 위로 지나치려는 순간, 빛처럼 움직이는 한 신형이 있었다. 그리고 마차는 좀 더 지나친 다음에 멈춰 섰다.

"으으……."

마부는 식은땀을 흘리며 멈춰진 마부석에서 눈을 질끈 감고 미동도 하지 못했다. 사람을 죽였다는 끔찍함 때문이었을 것이다. 하지만 생각해 보니 느낌이 이상했다. 말과 마차에 사람이 깔렸다면 그만한 높이로 덜컹대는 느낌이 있었어야 하는데 그런 게 없었다. 자신이 너무

황망한 탓에 그런 느낌조차 못 받은 것인지, 아니면 혹시 운 좋게 쓰러진 소녀를 피해 마차가 달린 것인지 확인하고 싶었다. 천천히 눈을 뜨고 고개를 돌리는 순간,

"아니?"

그는 자신의 눈을 의심하듯 다시 한 번 크게 끔뻑거렸다. 마찬가지였다. 어떻게 된 일인지 도저히 알 수는 없지만 쓰러진 그 소녀는 어떤 건장한 사내의 품에 안겨 있는 것이었다.

"휴!"

소녀가 죽지 않고 살아 있다는 사실에 그는 일단 안도의 한숨을 크게 내쉬었다. 하지만 그것도 잠시였다. 간사한 게 인간의 마음이라더니, 죽었을까 봐 걱정했던 소녀가 사내의 품에 멀쩡히 살아 있는 모습을 보자 불현듯 화가 치밀었다.

"이봐! 마차가 달려오는데 거기서 누워 버리는 정신 나간 년이 어딨냐? 내가 너 때문에 간이 얼마나 콩알만해졌는지 알아?"

그는 마부석에서 벼락처럼 뛰쳐나오더니만 버럭 목청부터 높이며 성질을 부렸다. 철우는 안고 있는 군영을 한쪽에 내려놓았다. 군영은 여전히 놀람이 가시지 않은 듯 얼굴이 백짓장처럼 새하얗게 탈색되어 있었고, 심하게 딸꾹질까지 하고 있었다.

딸꾹딸꾹.

깍! 까악!

반반이 어느새 달려와서는 하얗게 질려 있는 그녀의 얼굴을 어루만지며 진정시켜 주고 있었다. 철우는 마부의 앞으로 다가섰다.

"무슨 말을 그런 식으로 하는 건가? 사람이 다니는 길 위를 그렇게 미친 듯이 마차를 몰았던 게 잘못이 아닌가!"

"그거야 처음엔 사람이 별로 없었으니까 급하게 몰았지, 누군들 그렇게 갑자기 길바닥에 사람이 자빠질 줄 알았겠어?"

"사과를 못하겠다는 건가?"

"허엉! 뭐, 나더러 사과하라고? 이거 왜 이래? 사과받을 사람은 오히려 나……."

마부는 크게 콧방귀를 치며 냉소를 쳤다. 그러나 철우의 차가운 시선에 그는 또 한 번 간이 오그라드는 느낌을 받았다. 단언컨대 그가 살아오면서 이렇듯 자신이 숨조차 제대로 못 쉴 정도로 위압적인 눈빛은 처음이었다. 하지만 그럼에도 불구하고 그는 믿는 구석이 있었다.

"자, 자네가 지금 뭘 몰라도 한참 모르는 모양인데, 마차 안에 계신 분이 누군지 알고나 있는 건가?"

"그래서?"

"어허, 이 친구, 정말 답답하구먼. 이 정도로 얘기했는데도 못 알아듣다니……."

"좋아, 그렇다면 너의 주인에게 직접 사과를 받겠다."

"뭐, 뭐라고?"

마부는 대경실색했다. 그 정도 얘기하면 대충 알아듣고 물러날 줄 알았는데, 오히려 주인에게 사과를 받겠다고 나설 줄은 꿈에도 생각지 못했던 것이다.

"이, 이봐! 감히… 무슨 짓을 하려고……! 안에 계신 분들이 누군지 알아? 그분들은 이번에 새로 부임하신 성주님의 가족이라고!"

마부는 마차를 향해 다가선 철우를 잽싸게 막아섰다. 죽어도 물러나지 않겠다는 완강하고도 절박한 기세였다.

그 순간,

"물러나세요."

마차의 문이 열리며 장미처럼 붉은 홍의 궁장을 입은 여인의 모습이 철우의 시야에 들어왔다.

쾅!

철우의 심장은 폭발할 것 같았고, 얼굴은 돌처럼 굳었다.

"……!"

환영처럼 철우의 망막으로 비쳐 든 여인의 영상은 눈부신 아름다움 그 자체였다. 어찌 여인의 자태가 이보다 더 아름다울 수 있으랴.

고즈넉이 내리깐 속눈썹 아래로 별빛을 담은 눈망울이 호수처럼 찰랑이고, 곧고 미려하게 솟아오른 콧날과 농염한 애욕의 향기를 머금고 있는 듯한 입술, 자극적인 관능이 도사린 듯 완벽한 균형 속에서 사뭇 애처로운 가냘픔을 느끼게 하는 풍만하면서도 늘씬한 교구…….

눈앞에 서 있는 여인을 바라보는 철우의 눈은 크게 흔들리고 있었다. 그의 기억으로 이처럼 절대적인 아름다움을 갖고 있는 여인은 오직 단 하나뿐이었다.

여전히 여인에게서 시선을 떼지 못한 채 철우의 입술이 더듬거리며 천천히 열렸다.

"부, 부용(浮蓉)……."

부용, 그것은 여인의 이름이었다.

부용의 충격 또한 철우 못지않았다. 아니, 오히려 더한 듯했다. 그녀는 철우와 달리 단 한 마디도 하지 못한 채 몸을 크게 휘청거렸다. 철우는 급히 그녀를 부축했다.

"부, 부용……!"

"괘, 괜찮아요."

부용은 잠시 놓았던 정신을 가다듬으며 천천히 철우의 손을 뿌리쳤다. 하지만 부용의 눈은 어느새 붉게 젖어 있었다.

"어… 떻게 당신이… 이곳에……."

그녀가 힘겹게 입술을 떼며 얘기를 꺼내려는 순간, 어린아이가 마차에서 몸을 반쯤 내밀며 소리쳤다.

"엄마, 무슨 일이에요?"

아이는 이제 여섯 살쯤 되는 소년이었다. 소년은 질 좋은 금의를 입고 있었는데, 이목구비가 수려하고 눈빛이 맑았다. 피부 또한 뽀얀 우윳빛에 젖살이 아직 빠지지 않은 얼굴이 더욱 귀여운 느낌을 주었다. 엄마를 많이 빼닮은 아이였고, 누가 보아도 유복한 가정에서 귀하게 자라고 있다는 것을 알 수 있는 그런 소년이었다.

"의천(義天)아, 아무것도 아니다. 엄마, 곧 돌아갈 테니까 나오지 말고 마차 안에 앉아 있거라."

"예. 알았어요, 엄마. 그럼 기다리고 있을게요."

의천이라 불리는 소년은 짧게 대답하고는 이내 마차 안으로 모습을 감췄다. 엄마의 말에 어떤 토도 달지 않고 순순히 따르는 것을 보면 평소 가정에서의 교육이 어떠했는지 충분히 미루어 짐작할 수 있었다.

"아들인가?"

철우는 속에서 납덩이 같은 것이 북받쳐 오르는 것을 느꼈다. 부용이 결혼한 것을 모르는 바는 아니다. 결혼을 했으니 자식이 있는 것은 당연한 것임에도 불구하고 그는 이 순간 힘겨운 인내를 하고 있었다.

"부용을 많이 닮은 것 같군."

"……."

"새로 온 신임 성주가… 부군이라고 들은 것 같은데……."

"......"

어색한 질문에 어색한 침묵.

철우는 격동치는 가슴을 진정시키며 힘겹게 질문을 던졌고, 부용은 그의 시선을 차마 응시하지 못한 채 침묵하고 있었다. 철우는 무슨 얘기라도 듣고 싶었지만 그녀는 입술을 열지 않았다. 다만 외면하고 있는 그녀의 검은 눈동자 위로 엷은 물방울의 막 같은 것이 씌워져 있다는 것을 볼 수 있었다. 그 물방울의 투명한 막은 곧 터져 버릴 듯이 격하게 흔들렸는데, 그녀는 그것이 터져 버리는 것을 막기 위함인 듯 눈을 크게 뜨고 허공을 바라보았다. 그리고 마침내 한동안 잠겨져 있던 그녀의 입술이 열렸다.

"조금이라도 빨리 도착하고자 제가 채근했어요."

"......"

"만약 저 아가씨한테 문제가 생긴다면 그 부분에 대해서 책임져 드리죠. 그럼 이만......"

단 한 올의 감정조차 담기지 않은 목소리였다. 부용은 지극히 사무적인 모습으로 그를 대하고는 다시 마차를 향해 등을 돌렸다.

마부는 난처한 모습으로 그녀의 뒤를 따랐다. 자신의 부주의로 인해 주인까지 나오게 만들었다는 죄책감에 차마 고개조차 들지 못했다.

"저… 마님, 죄, 죄송합니다. 괜히 저 때문에……"

"그이가 많이 기다리고 계실 거예요. 어서 출발하도록 해요."

"예, 마님."

콰두두두!

마차는 다시 달려나가기 시작했다. 먼지를 내며 사라져 가는 마차의 뒷모습을 철우는 멍하니 바라보고 서 있었다.

마차가 먼지 속의 점으로 보일 때까지, 말굽 소리가 차츰 작아지다가 마침내 들리지 않게 된 이후에도 그는 계속 그렇게 바라보고 있었다.

"부용······."

당장이라도 쫓아가서 마차를 막아서고 싶은 자신의 욕망을 철우는 혼신의 힘을 다해 견뎌내고 있었다.

그날,

철우는 자신의 숙소에서 유등도 키지 않은 채 그 어느 때보다도 많은 술을 마셨다. 정말 숨도 쉬지 않고 미친 듯이 퍼마셨다. 한때 미치도록 사랑한 여인이 자신의 앞에서 너무도 차갑게 뒷모습을 보였다는 것이 고통스러웠다. 그것은 그녀가 다른 사내와 혼례를 올렸다는 소식을 들었을 때만큼, 아니, 오히려 그보다 더 아프게 느껴졌다.

그것은 단순한 정신적 고통만이 아닌 육체적 통증을 동반했다. 우선 심장에 고통이 오기 시작했다. 그 다음에는 전신이 굵은 동아줄에 꽁꽁 묶인 것 같은 고통이 뒤따랐다. 그리고 마침내는 거대한 압착기 같은 것이 전신을 옥죄어오는 듯한 고통이 엄습했다. 울고 싶었다. 상처받은 짐승처럼 목놓아 크게 절규하고 싶었다.

"어머, 왜 방에 불이 꺼져 있어요?"

여인의 목소리가 들려온 것은 바로 그때였다. 그리고 방 안이 환해졌다.

"철우님, 뭐예요? 혼자서 무슨 술을 이렇게 많이 마셨어요? 요즘은 술을 좀 자제하시는 것 같더니만······."

예나였다. 그녀는 이곳저곳에 어지럽게 흩어진 술병들과 한없이 취해 있는 철우의 모습을 본 것이다.

"도대체 무슨 일이에요? 술 마실 일이 생기면 저를 찾으시지. 그러잖아도 저 역시 오늘 찾아오는 손님도 없어서 기분이 더러웠는데……."

예나는 바닥에 쓰러져 있는 철우를 침상으로 옮기려는 듯 그를 부축했다. 철우는 그녀의 도움으로 힘겹게 방바닥에 앉으며 그녀를 향해 히죽 미소를 지었다.

"후후, 술이나 좀 갖다 주시겠소?"

"뭐라구요? 이렇게 대취를 하고서 또 술을 드시겠단 말인가요?"

"수고하기가 귀찮으신가 보군. 끄윽! 알았소. 내가 갖고 오리다."

철우가 흔들거리며 몸을 일으키려 하자 예나가 짜증을 내며 그녀를 강제로 앉혔다.

"내참, 일어설 기운도 없는 사람이 어떻게 주방까지 가서 술을 챙겨 오겠다는 거예요? 가만히 계세요. 제가 갖다 드릴 테니까."

그날 밤, 철우는 예나가 갖고 온 백화주 한 병을 더 마시고서야 기어코 잠이 들었다.

그리고 잠결에 자신의 몸을 더듬고 있는 예나의 손길을 느꼈다. 예나는 이미 발가벗겨진 그의 몸을 뜨겁고 정성스럽게 어루만져 주었다. 그녀의 살결은 가슬가슬한 감촉을 느끼게 했고, 탄탄하고 따듯했다.

철우는 순간 미어지는 듯한 그리움과 함께 한 여인이 떠올랐다.

"부용—!"

철우는 상처받은 짐승처럼 울부짖으며 그녀의 몸을 부둥켜안았다. 그리고 맹렬하게 돌진했다. 예나는 광풍처럼 몰아치는 사내를 다소곳

하면서도 너그럽게, 때로는 힘차게 받아주었다. 그녀는 다소 서투르다
고 할 수 있는 사내를 위해 상냥하고 호의적인 안내자 노릇을 해주었
고, 철우는 마침내 온몸이 설움으로 가득 차는 순간을 느끼게 되었다.

＊　　　　＊　　　　＊

금룡표국(金龍鏢局).

천년 고도인 낙양(洛陽)은 물론 하남성(河南省)에서도 가장 큰 표국
이었다. 국주인 금룡대야(金龍大爺) 노적산(魯積山)이 선친으로 가업을
물려받을 때만 해도 이곳은 낙양에서 열 손가락 안에도 들지 못하는
영세한 곳이었으나, 탁월한 사업적 수완을 발판으로 그는 가업을 놀랍
도록 성대하게 일으켜 세웠다.

그의 성공의 비결은 처세와 변신이었다. 그는 일단 관부(官府)에 적
당히 손을 대었고, 그로 인해 관의 화물을 주로 맡음으로써 대외적인
신용도를 쌓아갔다.

무림(武林)과도 매우 가까운 관계를 유지했다. 예를 들면 하남성의 최
대 무림 문파인 소림사(少林寺)에 때마다 크게 성금을 내었고, 그로 인
해 소림의 우수한 속가제자들을 자신의 표사로 받아들였다. 석가보(石
家堡)와 좌문세가(左門勢家)에도 마찬가지였다.

이렇듯 하남성 내의 우수한 무사들을 그의 금룡표국으로 쓸어오고,
게다가 관부의 화물 운송으로 신용도까지 높이게 되니 자연적으로 일
반인들도 금룡표국을 찾게 되었다. 명파의 제자들을 채용하게 되면 훗
날 사고가 났을 때도 표사가 속한 문파에서 결코 모른 척하지 않는다
는 장점이 있었다.

일례로 초기에 비적 패거리의 습격에 의해 석가보 출신의 수석 표사가 있는 제삼조의 열두 명이 반 이상 죽거나 크게 다치게 되자 석가보에서 나서서 비적들을 응징한 적도 있었다. 때문에 그는 명파의 제자들만 받아들였고, 다른 표국의 표사들의 두세 배에 해당되는 녹봉을 기꺼이 주었다.

물론 다른 표국이라고 해서 그와 같은 방법을 쓰지 않은 것은 아니었으나 뇌적산은 좀 달랐다. 뇌물을 줄 때만큼은 상대의 눈이 휘둥그레질 정도로 화끈하게 집어주었다. 그리고 고위층 관료와 무림 명가의 가주와 호형호제할 정도로 그에겐 특유의 친화력이 있었다.

철우.

그는 하남성 최대인 금룡표국의 표사였다.

금룡표국은 열여덟 개의 조(組)로 나뉘어져 있었고, 조의 수장을 수석 표사라 했는데, 철우는 표국 내에선 유일하게 하남성 내 명문 거파가 아닌 인물로선 처음으로 그 위치까지 오른 인물이었다.

기라성 같은 무림 명파 출신의 무사들이 즐비한 금룡표국에서 철우가 수석 표사라는 중책을 맡을 수 있었던 데엔 그만한 이유가 있었다.

우선 그의 무공이 명파 출신들을 능가했다. 어린 시절 철우는 그의 부친으로부터 무공을 배웠다. 술 없이는 단 하루도 살아갈 수 없을 정도로 폐인의 삶을 살았던 그의 부친이었지만 무공 수련만큼은 비정했고, 혹독했다.

어차피 한 번 살다가 죽을 목숨, 힘이 약해 남에게 휘둘리며 살다가 삶을 마감한다는 것은 비참한 일이라며 어린아이가 감당하기 힘들 정도로 냉혹하게 수련을 시키며 자신의 모든 절기를 물려주었다. 그리고 철우가 스물한 살이 되던 해에 어느 늙은 퇴기의 치마폭에서 피를 토하며 죽음을 맞이했다.

"우야, 절대 계집을 믿어선 안 된다. 쿨럭… 쿨럭……."

유언은 짧고도 간결했다. 그리고 부친은 씁쓸한 미소를 흘리며 영원
히 눈을 감았다.

그로부터 이 년 후, 철우는 강호로 나왔다. 나오자마자 그는 위기에
빠진 금룡표국의 사람들을 발견했다. 표사들이 개색교(開色敎) 교도들
의 파상적인 공격을 당하고 있었다. 표사들 중에는 무림 명파 출신의
일급 표사들이 있었음에도 불구하고, 그들은 제대로 대항조차 못하며
속절없이 쓰러지고 있었다.

개색교.

얼마 전부터 강호에 새로이 등장한 사교(邪敎) 집단이었다.

색(色)으로 세상을 연다!

교주인 색황(色皇) 변광팔(卞匡八)은 이와 같은 거창한 구호를 주창
했고, 발정 난 수캐 같은 인물들이 그의 그늘 아래로 모여들었다.

일단 변광팔은 하남성 내 중소 방파 중의 하나였던 비등문(飛騰門)을
그의 쌍도끼로 멸문지화시켰던 가공할 마공을 보유했다는 게 듬직했
다. 게다가 금릉 진회하에 있는 기루에서 하룻밤 동안 마흔여덟 명의
여자를 기절시켰다는 전설 같지 않은 전설을 갖고 있었다. 때문에 변
광팔이란 이름은 적어도 음란한 무림인들에게 있어선 우상과도 같은
존재였다.

아무튼 개색교의 교도가 되면 시도 때도 없이 솟구치는 정욕을 해결
할 수 있을 것이란 생각에 여색에 굶주린 인간들이 모여들었다. 그러

나 아쉽게도 모여든 인물들은 전부 사내뿐이었다. 게다가 무릇 종단이 운영되려면 교도들의 헌금과 성금이 있어야 하는데, 몰려든 교도들은 무일푼에 그저 뻗치는 정력을 주체 못하는 인간들이었다.

교주 변광팔은 괜히 개색교를 설립했다는 후회가 밀려들었으나 이미 칼은 뽑았고 물은 엎어졌으니 어쩌겠는가? 하여 그는 여인들을 강제로 납치했고, 종단의 운영 자금을 마련하기 위해 비적질도 서슴지 않았다. 교도들을 행복했고, 교주에 대한 충성심은 하늘을 찔렀다.

그렇듯 무림의 새로운 골칫거리로 등장한 개색교가 금룡표국의 표물을 갈취하기 위해 표사들을 기습하고 있었던 것이다.

표사들의 무공이 상당했음에도 불구하고 개색교도들에게 그들은 속절없이 무너지고 있었다. 교주 변광팔은 이미 정평이 난 절정고수였다지만 교도들까지 고수들일 줄은 미처 예상하지 못한 듯 표사들은 당황했고, 그들의 잔인한 손속 앞에 쓰러지고 말았다.

변광팔은 이번 출정으로 상당한 표물을 노획하는 데 성공했고, 부수적으로 엄청난 미인까지 얻게 되었다. 마차 안엔 삼생(三生)을 살아도 손목 한 번 만져 보기 어려울 미녀가 공포에 질린 모습으로 앉아 있었던 것이다.

'꿩 먹고 알 먹고, 도랑 치고 가재 잡고.'

치마만 걸쳐도 자제가 안 되는 변광팔의 앞에 절색의 미녀까지 걸렸으니, 그는 어쩌나 기뻤던지 눈물까지 흘리며 크게 감격했다.

그런데 다 된 밥에 고춧가루를 뿌려도 유분수지, 그러한 그의 감격에 제동을 거는 인물이 나타났다. 바로 강호 초출의 철우였다.

철우는 녹슨 철검으로 발정 난 변광팔과 그 일당 처치했다. 그것도 너무도 간단하게. 철우로 인해 생명을 구원받은 표사들은 그의 철검

아래 미친 듯이 날뛰던 개색교도들은 물론이며, 일파 장문인급의 마공을 연성한 색황 변광팔이 쓰러지는 모습을 목격했다.

철우는 하남성의 골칫덩어리인 변광팔과 그 일당들을 쓰러뜨리며 그의 무명(武名)을 떨치게 되었고, 처음으로 자신의 부친이 어떠한 사람인지 알게 되었다.

무정검(無情劍) 철수황(鐵壽皇).

한 자루의 녹슨 철검으로 한 시절을 풍미했던 사내. 강호 출도 이후 크고 작은 삼십여 차례의 비무에서 단 한 번의 패배도 용납하지 않았던 무적 검객. 그가 펼치는 무정천풍검법(無情天風劍法) 아래 호북성 최고의 마두라 불리던 아수신마(阿修神魔)의 목이 날아갔고, 섬서성 최고의 사파 지존이라 불리던 혈제(血帝) 독고명(獨孤冥)이 불귀의 객이 되고 말았다.

그렇게 강호를 위진시킨 그는 이십여 년 전 너무도 갑작스럽게 사라졌다. 너무도 짧은 시간 동안 반짝하다 사라졌기에 그를 천하제일검이라고 칭할 수는 없었지만, 적어도 섬서성 주변의 삼대 성(省)에선 가장 강한 검객이라고 세인들은 생각했다.

그렇듯 한 시절을 풍미했던 철수황의 독문 무술인 무정천풍검법을 펼치는 인물이 나타났으니 어찌 놀라지 않을 수 있을 텐가? 생명을 구원받은 나이 든 표사들이 그의 앞에서 철수황에 대한 얘기를 자주 거론하게 된 것은 너무도 당연했고, 철우는 그들로부터 부친에 대한 것들을 알게 되었다.

그리고 철우는 그날 한 여인을 만났다.

변광팔에 의해 능욕당할 뻔했던 바로 그 여인, 바라보는 것만으로도 철우의 심장을 멎게 하는 여인.

노부용(魯芙蓉).

금룡표국 국주인 노적삼의 금지옥엽이자 낙양제일미라는 여인.

그녀를 바로 그곳에서 만났던 것이다, 운명처럼…….

　　　　　＊　　　　　＊　　　　　＊

새벽녘, 몹시 갈증이 느껴졌다.

철우는 잠결에 물을 찾는 시늉을 했고, 부드러운 느낌의 것이 머리에 받쳐지면서 찬 기운이 입술에 닿았다. 잠결에도 그것이 물이라는 것을 알 수 있었다. 서너 모금을 받아 마시고서야 철우는 비로소 정신을 차리며 눈을 떴다. 예나가 한 팔로 철우의 머리를 싸안듯이 하고 물잔을 대어주고 있었다.

철우는 몸을 일으키려 했으나 예나가 가만히 제지했다.

"더 마시세요. 조갈 때문에 힘들어하시는 것 같은데……."

"벌써 깨어 있었군. 내가 잠을 험하게 잤던 모양이구려."

"제가 원래 새벽잠이 좀 없어요. 대신 낮잠은 많죠. 기억 안 나세요, 철우님이 처음 이곳에 오셨을 때 제가 낮잠 자다 말고 숙소를 안내했던 거?"

"기억하오."

"그리고 제가 언젠가 적어도 이곳에서만큼은 최초의 여자이고 싶다는 얘기를 했는데… 처음, 맞겠죠?"

예나는 눈빛을 반짝이며 물었다. 철우는 대답 대신 고개를 끄덕였다. 그러자 예나는 기쁜 표정으로 밝게 웃었다.

"호호, 이제껏 단 한 번도 생각대로 된 게 없었는데 그것 하나만큼은 성공했네요."

"……."

하지만 그녀의 기분과는 달리 철우의 마음은 착잡했다. 술로 인해 자신을 절제하지 못하고 마음에도 없는 여자와 살을 섞었다는 건 결코 유쾌할 수 없는 일이었기 때문이다.

"깊이 생각하실 것 없어요. 전 기녀예요. 그런 일로 철우님에게 부담 주고 싶지 않으니까요. 그저 이곳은 많은 기녀들 중에 최초의 여자가 될 만큼 아직도 매력을 잃지 않았다는 의미 정도로만 생각할 거니까요."

예나는 그의 마음을 꿰뚫기라도 하듯 빙긋 미소 짓고는 말꼬리를 돌렸다.

"근데… 무슨 괴로운 일이 있으신가 봐요?"

"괴로운 일이라니……?"

철우가 반문하자 예나는 그의 눈을 빤히 응시하며 되물었다.

"정말 없으세요?"

"……."

"호호, 거 봐요. 없다고는 못하시잖아요."

"내가 취해서 잠든 꼴이 꽤나 흉해 보였던 모양이구려."

"조금도 흉하지 않았어요."

"그럼?"

"식은땀을 흘리며… 잠꼬대를 하시기에……."

"잠꼬대?"

"누군가의 이름을 애타게 부르시더군요. 부용이라고 들은 것 같은데……."

"……!"

철우의 표정이 굳어졌다. 마치 오랫동안 숨기고 있던 치부가 드러난 것처럼 기분이 편치 않았다.

"누구냐고, 어떤 사이였냐고 묻는다면 결례겠죠?"

예나는 빙긋 미소를 지으며 철우의 목을 끌어안았다.

"대답하지 않으셔도 돼요. 이곳에 있는 사람들치고 그만한 사연이 없는 사람이 어디 있겠어요? 난 당신의 추억 속에 있는 여인과 경쟁하거나 질투하고 싶지 않아요. 그저 오늘만큼은 당신이 나의 남자라는 것 하나만으로 충분하니까요."

그녀의 몸은 또다시 달아올랐고, 입에선 가쁜 숨소리가 흘러나왔다. 철우는 잠꼬대로 인한 편치 않은 감정을 폭발하려는 듯 거칠게 예나를 쓰러뜨렸다.

"아……!"

서서히 움터오는 새벽 빛이 창문 안으로 새어들어 올 때 이들은 또다시 달콤한 시궁창 속으로 들어갔다.

第四章

항주성주 능진걸(陵震杰)

철우는 금룡표국 제칠조(第七組)의 수석 표사가 되었다.

하남성 내 거대 명파 출신이 아닌 자가 금룡표국의 수석 표사가 된 것은 최초였고, 누가 봐도 그것은 파격이며 의례적인 일이었다. 하지만 표국 안에서 함께 근무를 하는 표사들은 불만을 갖지 않았다. 이미 개색교도들에 의해 죽을 고비를 넘긴 동료들로부터 철우에 대한 소식을 접했기 때문이다.

표사들도 결국은 힘을 신봉하는 무사들이다. 자신보다 약한 자가 높은 위치에 앉는다는 것은 인정 못해도 강호의 골칫거리인 색황 변광팔과 그의 무리들을 저승으로 보낼 정도의 무공 앞에선 순순히 고개를 숙였다.

철우는 제칠조의 수석 표사로서 임무에 충실했다. 비적과 수적들이 그가 맡고 있는 제칠조의 차지가 될 정도로 그에 대한 국주의 날뛰는 가장 위험한 운송로라든가, 아니면 엄청난 보물을 운반하는 일은 신뢰는 갈수록 높아졌다.

수석 표사로 일을 하는 오 년 동안 부용과의 관계도 깊어졌다. 남들의 눈을 피해 그들은 사랑을 키웠고, 관계도 깊어졌다.

"우랑, 아버지께서 요즘 매파들을 통해 저의 혼처 자리를 알아보고 계세요. 이젠 우리들의 관계를 아버지께 말씀드리는 것이 좋을 것 같아요."

"글쎄, 과연 국주님께서 쉽게 허락하실까?"

"왜 그렇게 생각하죠? 아버지도 그동안 우랑이 표국을 위해 일한 공헌도는 그 어떤 사람들보다도 단연 으뜸이라고 인정하셨어요. 게다가 우랑은 저를 구한 생명의 은인인데… 절대 반대하지 않으실 거예요."

"그건 부용의 생각일 뿐이야. 국주님은 야망이 크신 분. 결코 근본도 없는 무사에게 금지옥엽을 내주시지 않을 게야."

"만약 아버지가 허락하지 않는다면 저를 포기하실 건가요?"

"당치 않은 소리. 너는 내 삶의 처음이자 마지막 여자야. 네가 없으면 나도 없어. 국주님의 허락을 받는 게 최선이겠지만, 만약 반대를 하신다면 그땐……."

"그땐?"

"그땐 널 납치해서라도 함께 살겠어."

"아, 우랑! 그래요. 우리 그렇게 해서라도 꼭 함께 있어요, 영원히."

이튿날, 국주로부터 결혼에 대한 승낙 여부를 조심스럽게 기다리던 철우는 청해(靑海)의 거상(巨商)인 금 노대(琴老大)에게 표물을 운송하라는 명을 받았다. 하지만 그것이 부용과 영원한 이별이 될 줄은 꿈에도 생각하지 못했다.

*   *   *

"지금 그것을 답변이라고 하신 겁니까?"

항주 관청 위로 차가운 음성이 높고도 멀리 울려 퍼졌다.

사내.

나이는 대략 삼십대 중반으로 보였고, 시리도록 흰 피부에 얼굴은 갸름했다. 굵은 눈썹은 가늘고 긴 호선을 그렸고, 두 눈은 크고도 깊었다. 이목구비의 윤곽은 더할 나위 없이 섬세하고 부드러웠다. 한마디로, 여성적인 아름다움을 느끼게 하는 그런 사내였다.

하지만 사내는 지금 오십대 후반으로 보이는 두 명의 노인을 앞에 세워놓고 부드러운 인상과는 달리 역정을 내고 있었다.

능진걸(陵震杰).

그는 바로 이번에 새로 부임한 신임 성주였다.

"이보십시오, 염 추관(推官)님. 제가 이곳에 부임하자마자 무슨 일을 한지 아십니까?"

"민심을 살피셨다고 하던데 아닌가요?"

포청의 남색 관복을 입고 있는 백발의 인물이 의아한 표정으로 대답했다.

추관 염달구(廉達九).

항주에서 일어나는 크고 작은 사건들에 대한 수사를 총 책임지고 있는 인물이었다. 나이는 오십팔 세. 지난 십오 년 동안 항주의 추관으로 근무해 왔다. 스물한 살 때부터 시작한 오랜 관료 생활 동안 커다란 과오 없이 버텨온 것을 최고의 자부심으로 여기고 있는 인물이다. 특별한 사정이 생기지 않는 한 추관으로 은퇴할 것이라고 그는 물론 그를 알고 있는 주변 사람들까지 그렇게 생각하고 있었다.

"그렇습니다. 민심을 살폈습니다. 그런데 지금 민심이 어떤지 아십니까?"

"글쎄요……."

"얼마 전에 기녀를 죽인 자를 그냥 풀어준 일이 있었다고 하더군요."

"……!"

염달구는 움찔거렸다. 하지만 이내 정색하며 언성을 높였다.

"그, 그냥 풀어주다니, 그런 무책임한 소리를 함부로 지껄인 놈이 대체 누굽니까?"

사건의 책임자인 그로서는 당연히 반발할 수밖에 없는 입장이었다.

"모든 성민들의 공통된 의견이 그렇더이다. 그리고 그런 명백한 살인범도 그냥 풀어주는 관리들을 어찌 믿겠냐며 원성이 자자했습니다."

"나원 참, 아무튼 항주는 예로부터 색향으로 소문이 나서 그런지 기녀들이 문제야, 문제. 그냥 술이나 팔 것이지, 이런 식으로 유언비어를 퍼뜨려서 민심을 흉흉하게 만든다니까."

염달구는 불쾌한 표정으로 혼자 구시렁대고는 계속 말을 이어 나갔다.

"성주님, 철저하게 조사해 봤는데 담중산 대인님의 자제 분은 죄가 없었습니다. 그래서 풀어주었을 뿐 그 이상도, 그 이하도 아닙니다."

"……."

"헛소문을 날조해도 유분수지, 감히 승상까지 지내셨던 담중산 대인님과 그의 자제 분을 모욕하다니……. 성주님, 정말이지, 이럴 땐 제자신이 이런 곳의 치안을 담당하고 있는 추관이라는 게 너무 창피스럽다니까요."

염달구는 자신의 처지를 한탄했지만, 그의 마음과는 달리 능진걸은 싸늘한 눈으로 쳐다보고 있었다.

"염 추관님."

"왜… 그런 눈으로? 제가 무슨 잘못이라도……?"

"기녀들의 얘기에 부화뇌동을 할 만큼 이곳 성민들이 아둔합니까?"

"예? 그게 무슨 말씀이신지……?"

"담소충이란 작자는 죽은 기녀와 함께 술을 마셨고, 강제로 그녀를 겁탈하려고 했습니다. 그리고 그녀가 비명을 지르고 죽었을 때 함께 있었다고 합니다. 그런데 어떻게 살인과 무관할 수 있단 말입니까?"

"저희도 그래서 그렇게 생각하고 강력하게 조사를 해봤는데… 그 결과, 기녀가 혼자 술에 취해서 자결한 것으로 판정되었습니다. 하마터면 기녀들 얘기만 듣고 멀쩡한 사람을 살인자로 만들 뻔했다니까요."

"다시 수사하십시오."

"예?"

염달구는 눈을 휘둥그렇게 떴다.

"모든 항주 성민들이 납득하고 인정할 수 있도록 말입니다. 아시겠습니까?"

"그, 그건 성주님이 아직 걔네들의 생태에 대해서 잘 몰라서 하시는 말씀 같은데… 걔네들은 억지가 생활화된 인간들입니다. 전혀 고려할 가치조차 없는……."

"다시 수사하라고 했습니다."

"……!"

더없이 차가운 음성에 염달구는 크게 움찔하며 고개를 숙였다.

"…알겠습니다, 성주님."

능진걸의 시선이 옆으로 옮겨졌다. 불룩 튀어나온 올챙이배가 가장 먼저 시야에 들어오고, 그 다음으로 개기름이 번들거리는 혈색 좋은 얼굴에 이중 턱이 인상적인 오십대 후반의 사내였다.

사공태평(司空太平).

그는 호장(戶長)으로서 성주가 잠시 자리를 비울 때 그 직무를 대행하는 아전(衙前)이었다. 호장이란, 관아에서 여러 가지 부정이 터질 때마다 가장 먼저 호장들을 조사할 만큼 지방의 행정 실무를 깊이 담당하고 있는 보직이기도 했다.

"그동안의 조세 장부를 들춰보니 논 열 마지기를 갖고 있는 사람보다도 삼천 마지기를 갖고 있는 사람의 조세가 적은데… 이게 어찌 된 겁니까?"

능진걸은 탁자 위에 놓여진 장부를 펼치며 입을 열었다. 그러자 사공태평은 고개를 갸웃거렸다.

"그럴 리가요?"

"여길 보십시오. 삼천 마지기를 갖고 있는 담중산 대인이 일반 소작농보다도 적은 조세를 내고 있잖습니까?"

"아하! 저는 또 뭐라고."

사공태평이 대수롭지 않은 표정을 짓자 능진걸의 눈꼬리가 말려 올라갔다.

"아하?"

"허허, 성주님. 담 대인님은 승상으로서 백성들을 위해 오랜 세월 동안 일을 하신 분이 아닙니까? 그렇게 폐하와 백성들을 위해 헌신하시고 고향에 돌아오셨으니, 그만한 배려쯤은 알아서 해드려야지요."

"누가 호장께 마음대로 조세를 깎아도 된다는 그런 권리를 줬습니까?"

"……?"

"행정의 실무를 담당하시고 있는 분이 그런 식으로 생각하고 계시니 성민들로부터 불공정하다는 원성을 듣는 겁니다. 세율에 나와 있는 원칙대로 다시 조세를 징수하십시오."

"서, 성주님, 다른 곳도 아니고 황도에 계셨다면서 어떻게… 그와 같은 지시를……?"

사공태평은 크게 당황한 듯 말을 더듬거렸다. 능진걸은 무심한 음성으로 반문했다.

"왜요? 뭐가 잘못된 거라도 있습니까?"

"담 대인님께서 비록 은퇴를 하시긴 했지만… 여전히 황궁에는 그분을 추종하는 고관들이 많습니다. 괜히 비위를 거스르게 했다가는……."

"나는 원칙대로 조세를 거두라고 했을 뿐이오. 그게 잘못된 겁니까?"

"그, 그런 건 아니지만… 그, 그래도……."

"상식과 원칙이 지켜져야 세상이 바로 돌아가고, 민심도 얻을 수 있습니다. 그리고 모두가 공감할 수 있도록 행정을 펼치는 것이 우리 같은 관리들의 몫입니다."

"……."

"오랜 관료 생활을 하신 담 대인님도 그런 부분에 대해서는 누구보다도 잘 알고 계실 겁니다. 때문에 나는 오히려 사공 호장님처럼 알아서 편의를 봐주고 배려하는 것이 그분을 욕되게 만드는 것이라 생각합니다. 그러니 그분의 명예를 위해서라도 공정한 조세를 징수토록 하세요. 아시겠습니까?"

"그, 그러죠."

"제 얘기 끝났습니다. 그만 나가들 보십시오."

사공태평과 염달구는 정중히 포권을 한 후 성주전을 빠져나왔다. 그들의 얼굴은 소태 씹은 사람들마냥 똑같이 떨떠름했다.

"젠장! 세상 물정 모르는 친구군."

"그러게 말일세. 원칙대로 하라니, 누군 그러고 싶지 않아서 안 하는 줄 아나?"

"젊은것들은 너무 원칙을 좋아해서 탈이라니까. 원칙대로 하고 싶어도 할 수 없는 게 있다는 것을 왜 모르지?"

누구랄 것도 없이 그들의 입에선 불만이 쏟아져 나오고 있었다. 젊은 상전을 모신다는 것만 해도 마땅치 않은 판에 너무 고지식한 게 그들로서는 더욱 짜증스러웠다.

염달구가 문득 머리를 긁으며 답답한 듯 한숨을 내쉬었다.

"휴우, 그나저나 담 대인의 아들을 재수사하라니… 이거 정말 골치 아프게 생겼군."

"골치 아플 게 어딨나? 그냥 대충 하는 시늉만 하라구."

"대충?"

"그래. 누구나 처음에 새로이 부임을 하면 자기는 전임과 다르다는 것을 보여주기 위해서 튀는 척을 하기 마련이지. 자기만 올바른 관료인 척 부하들에게 보여주고 싶고······."

"하지만 내가 보기엔 이번 성주는 왠지 좀 깐깐할 것 같은데······."

"그래 봤자 결국은 똑같아. 나이는 어리지만 자기도 관리 생활을 했는데 그걸 어찌 모르겠나? 깐깐한 척을 해도 결국은 우리보다 그리 나을 게 없는 오십보백보라고."

"그럴까?"

"당연하지. 이건 괜히 우리들 앞에서 자기를 생색내기 위한 허세일 뿐이네. 제대로 수사를 한다는 것은 담 대인님과 한판을 벌이자는 건데··· 대과에 급제할 정도로 똑똑한 사람이 어찌 그런 철없는 생각을 하겠나? 계란으로 바위를 친다는 것을 누구보다도 잘 알 텐데 말이야. 그러니 그냥 요식적으로 내뱉는 허세라 생각하고, 자네도 그냥 대충 수사하는 척만 해서 다시 보고하라고. 그러면 돼."

"흐음, 듣고 보니 호장 자네 말이 진리로군. 전혀 걱정할 게 없겠어."

"물론이지. 내가 윗사람 모신 게 어디 한두 해인 줄 아나? 자고로 무려 사십 년일세."

"허허, 알았네. 이따가 퇴청하는 대로 술이나 한잔하세. 명월루(明月樓)에 이번에 새로운 온 아이가 있는데, 색목국(色目國) 출신에 파란 눈을 가진 계집이라지 뭔가?"

"호오, 그거 귀가 번쩍 뜨일 만한 정보인걸."

"이 친구, 아무튼 환갑이 다 돼도 계집 얘기만 나오면 눈이 번쩍인다니까."

"암! 자고로 영웅은 호색이라고 하지 않더가. 하하하!"

그들은 동시에 환하게 웃었다. 젊은 성주로부터 받은 핀잔의 불쾌함은 어느새 지워지고, 그들의 뇌리 속엔 늘씬하고 풍만한 색목국 여인의 육체가 어른거리고 있었다.

*   *   *

성주 관사는 관아 안에 있었다. 오래전에 지은 탓인지 낡고 협소했다. 때문에 그동안 부임했던 성주들은 관사가 있었음에도 불구하고 개인 사저에서 지냈다. 관아의 최고 책임자가 일반 아전들의 저택만도 못한 관사에서 지낸다는 게 체통이 안 서기 때문이다.

하지만 능진걸은 주저없이 관사를 택했다. 살 만하니까 나라에서 내준 것이고, 관사보다 못한 곳에서 사는 사람들이 훨씬 많다는 게 그의 이유였다.

"아빠!"

퇴청을 하고 집에 들어서자 하나뿐인 아들이 반갑게 그의 품으로 달려들었다.

"하하! 우리 의천이, 오늘 뭐 하고 놀았지?"

능진걸은 아들을 번쩍 높이 쳐들고는 그의 뺨에 입을 맞췄다. 그러자 아들도 화답하듯 능진걸의 뺨에 뽀뽀를 했다.

"하하하!"

능진걸은 아들의 재롱에 한없이 즐거운 표정이었다.

능의천(陵義天).

이제 여섯 살인 그의 단 하나뿐인 혈육. 밖에서 아무리 힘들고 곤란한 일이 있을지라도 아들의 웃는 얼굴만 보면 모든 피곤함이 풀리곤

했다.

"의천아, 아빠 힘드시겠다."

여인이 미소를 지으며 나타났다. 눈이 시리도록 너무도 아름다운 여인, 바로 부용이었다.

"하하! 괜찮소. 내가 좋아서 이러는 거……?"

아내를 보며 미소로 답하던 능진걸의 눈빛이 일순 굳어졌다. 부용의 옆에 한 사내가 모습을 드러내며 정중히 포권했다.

"오랜만에 뵙겠습니다, 나으리."

먹물 같은 흑포 장삼에 흑색 두건을 질끈 동여맨 사십대 후반의 장년인.

그는 금룡표국 국주 노적삼의 최측근인 권암(權岩)이었다.

탁자 위에 올려진 찻잔이 차갑게 식어갈 때까지 권암의 얘기는 계속되었다.

"이번만큼은 나으리께서……."

"됐소. 그만 하시오."

능진걸은 손을 내저으며 권암의 말을 제지하였다. 억지로 노기를 참고 있는 듯 그의 얼굴은 붉게 타올랐다.

"그러니까 정주(鄭州)의 방근원(方根源) 성주에게 금룡표국의 지부를 설립할 수 있도록 청탁하라는 얘기요?"

정주는 낙양, 개봉과 더불어 하남성의 삼대거성(三大巨城)이다. 지리적으로 낙양과 개봉 사이에 위치했으며, 오래전부터 십여 개의 중소 표국이 큰 충돌 없이 활동을 하고 있는 지역이기도 했다. 하여 금룡표국의 노적삼 국주는 그곳에 지부를 설립히고 싶어했다. 자신이 뛰어들기만 하면 삼 년 이내에 만만한 십여 개의 중소 표국을 모두 문 닫게 만들며 낙양에서처럼 우뚝 군림할 자신이 있었기 때문이다.

하지만 전임 정주 성주는 신생 표국을 허락하지 않았다. 큰 충돌 없이 표국을 운영하고 있는데 새로운 표국이 신설되면 질서가 깨질 수 있다는 게 그의 생각이었다. 노적삼은 그게 늘 아쉽던 입장이었는데, 삼 개월 전에 정주 성주가 바뀌었다. 그리고 후임 성주는 다행스럽게도 자신의 사위인 능진걸과 황실에서 함께 일을 했던 인물이다. 늘 정주를 향해 침을 흘리고 있던 노적삼으로선 절호의 기회라 여기고 자신의 측근을 능진걸에게 보낸 것이었다.

"청탁이라기보다는 나으리께서 방 성주를 잘 아시니까 그냥 얘기를 좋게 해주셨으면 하는 거죠. 황도에 있을 때 두 분은 내조(內朝)에서 함께 일도 하셨으니, 아무래도 나으리의 말씀이라면 방 성주도 거절하기가 곤란할……."

"그 얘기가 곧 나더러 인간 관계를 빌미로 청탁을 하라는 얘기잖소?"

탕!

능진걸은 발끈하며 탁자를 내려쳤다. 그로 인해 탁자 위에 놓여져 있던 찻잔이 엎어졌다.

"사람 사는 곳이 다 그렇잖습니까? 지연, 혈연… 그로 인해 서로 돕고 협력하고… 모난 돌이 정에 맞는다는 것처럼 독불장군은 살아가기 힘든 게 바로 이 세상이지요. 허허."

권암은 마치 능진걸의 흥분을 예상이라도 하고 있었다는 듯 오히려 여유있는 미소를 보였다. 능진걸은 차가운 표정을 지으며 천천히 일어났다.

"충고라면 사양하겠소. 그리고 더 이상 듣고 싶지도 않으니 이제 그만 돌아가 주시오."

"나으리……."

"육손아, 손님이 가실 모양이다. 대문 밖까지 배웅해 드려라."

능진걸은 밖에 있는 시종에게 한마디를 던지고는 냉정하게 등을 보였다. 권암은 당황하기 시작했다. 결코 쉽게 받아들이지 않을 거라는 것은 어느 정도 예상했지만, 이렇게까지 물을 베듯 단칼에 잘라 버릴 줄은 차마 생각지 못한 모양이었다.

"이번 일은 국주님께 매우 중대한 일입니다. 나으리와 국주님과의 관계를 생각해서라도 결코 이렇게 쉽게 결정할 일이 아닙니다."

"돌아가시라고 했소."

"국주님은 나으리의 장인 어르신입니다. 장인 어르신의 일을 이렇게 매몰차게 거절하는 사람은 세상 천지에 어느 누구도 없을 겁니다."

뒷짐을 지고 완강하게 돌아서 있던 능진걸이 천천히 고개를 돌렸다.

"권 총관은 정말 충성심이 너무 지나치시구려."

"충성심이라뇨?"

"지난번 북경에 도박장을 개설하고 싶다고 장인어른이 말씀하셨을 때, 분명히 말씀드린 게 있소. 어떤 일을 하시던 그건 장인어른의 몫인 만큼 절대 나를 끌어들이지는 말아달라고."

"그, 그러나……."

"장인어른이 설마 하나뿐인 사위의 당부를 잊으실 리는 없을 터, 나중에 장인어른을 뵙더라도 이 얘기는 하지 않겠소. 분명 이것은 그분의 의지와는 상관없는 권 총관의 충성심이었을 테니까."

"……."

더 이상 권암은 아무 말도 하지 못했다. 아무리 얘기한들 움직일 사람이 아니라는 것을 여실히 느끼게 되었고, 어차피 통하지 않을 바엔 능진걸의 말처럼 주군 대신 자신이 오물을 뒤집어쓰는 편이 나을 테니까. 권암은 미소를 지으며 나타났을 때와는 달리 소태 씹은 표정을 지으며 되돌아갔다. 그리고 부용은 처진 어깨로 사라져 가는 권암의 뒷모습을 씁쓸히 바라보았다.

"섭섭하오?"

그날 밤, 유등을 끄고 침상에 누워 능진걸이 물었다. 당연히 장인의 청탁을 거절한 것에 대한 얘기였다. 부용은 가만히 그의 팔을 자신에게로 뻗게 한 후 그 팔을 베며 대답했다.

"아뇨. 전혀요."

"내가 너무 냉정하다고 생각할 수도 있을 텐데……."

"예전엔 그런 적도 있었죠. 하지만 지금은 당신의 행동을 무조건 이해하고 신뢰할 수 있어요. 당신은 결코 일개 개인의 신분일 수 없는 사람이니까요."

"고맙소, 이해해 줘서."

"함께 살을 맞대고 살아온 육 년 동안 제가 본 당신은 누구보다도 떳떳한 분이에요. 그리고 떳떳할 수만 있다면 누구보다도 강할 수 있는 분이라는 거, 너무나 잘 알고 있어요. 그래서 당신을 존경해요."

부용은 미소 지었다. 능진걸은 자신을 맹목적으로 신뢰하는 아내에 대한 사랑이 더욱 새롭게 솟아났다.

"부용……."

능진걸이 뜨거운 눈으로 부용을 바라보았다. 부용은 살포시 눈을 감았다. 능진걸은 그녀의 입술 위로 자신의 입술을 포갠 후 오랫동안 그녀의 입술을 점거했다. 그녀의 입술을 그렇게 오랫동안 점거할 만한 가치가 있다고 생각했다. 어둠 속에서 능진걸의 손이 이불을 젖히고 솟아오르는가 싶더니 이내 그녀의 가슴을 더듬기 시작했다. 뭉클한 감촉이 그의 손에 전해졌다. 그는 서서히 자신과 그녀 사이의 방해물을 제거하고자 했다.

그때였다.

"엄마!"

문이 열리며 꼬마의 음성이 들렸는데, 의천이 베개를 들고 나타난 것이다. 두 사람은 화들짝 놀라며 크게 당황했다. 부용은 재빨리 옷매무시를 고치며 몸을 일으켰다.

"의천아, 잠은 안 자고 왜?"

"무서운 꿈을 꾸었어요. 흉측하게 생긴 몽달귀신이 자기랑 어디 가 자고 자꾸만 꿈에 나타나요. 오늘만 엄마와 아빠랑 함께 자고 싶은데……."

부용은 대답 대신 능진걸을 향해 고개를 돌렸다.

"어쩌겠소, 하나뿐인 우리 아들을 몽달귀신이 괴롭힌다는데."

능진걸은 쏩쓸한 미소를 지었다. 제대로 된 방매물(?)이 나타났으니 어찌 마음이 편할 텐가? 하지만 자신의 말마따나 의천은 단 하나뿐인 자신의 혈육이다.

"의천아, 이리로 와라. 만약 몽달귀신이 나타나면 아버지가 혼내주마."

"헤헤! 고마워요, 아빠!"

의천은 생글거리며 침상으로 폴짝 뛰어올랐다. 그리고 곧바로 부용과 능진걸의 사이에 자리를 잡고 누웠다.

부용과 능진걸은 서로의 얼굴을 바라보았다. 어쩔 수 없지만 그래도 이런 것이 가족이고, 나의 본능보다는 부모를 필요로 하는 어린 아들을 껴안고 자는 것은 본능 이상의 행복을 느끼게 하였다.

사랑한다, 아들…….

내 목숨보다도…….

능진걸은 아들을 향해 새근하게 미소를 지으며 누워 있는 아들의 뺨에 입술을 맞췄다. 이어 고개를 들자 부용은 마주 미소를 지었다. 능진걸은 가슴 저미는 사명감이 밀려들었다.

사랑하는 아내와 아들…….

그는 자신이 지켜야 하는 사람들을 위해서라도 더욱 당당해야만 할 것이라고, 그리고 이것이 그의 양심과 도덕성을 지켜주는 힘이라며 아들을 자신의 품에 끌어안았다.

아들.

그의 품속에 안긴 의천이는 마치 솜사탕 같았다. 능진걸과 부용은 솜사탕을 동시에 안으며 꿈 같은 미소를 지으며 잠이 들었다.

*　　　　*　　　　*

뎅그렁!

철우는 마시던 술잔을 떨어뜨리며 급히 공력을 끌어모았다. 그러나 공력이 모아지기는커녕 오히려 진기가 흩어지는 느낌, 그리고 손과 발 끝에서부터 서서히 마비 증세가 나타나기 시작했다

"서, 설마… 자네가……?"

"그것뿐인가…? 단지 그런 이유 때문에 임무를 받고 표물을 운송하고 있는 도중에 수석 표사인 나를 없애겠다는 얘긴가?"

표사에게 있어 표물을 목적지까지 무사히 운반하는 일은 전쟁에 참여한 병사와 다를 바 없는 상황이다. 언제 어디서 표물을 노리는 자들이 나타날지 모르고, 그때마다 표사들은 표물을 지키기 위해 목숨을 건 전투를 치른다.

전쟁 중에 하극상을 벌인다는 것은 성공을 한다 해도 결코 용납될 수 없는 일이다. 그런 짓을 벌인 자를 누가 믿고 따르겠는가? 이 일은 표국에서도 분명 문제로 삼고 진상을 조사하게 될 것이다. 그럼에도 불구하고 반세골 일당은 주저없이 철우의 목을 취할 태세였다.

"후후, 그 외에 다른 이유도 있지만 곧 저승길로 갈 텐데 굳이 머리 복잡할 필요가 있겠나?"

반세골은 철우의 반문을 의미심장한 미소로 받았다.

"다른 이유? 그것은 또 뭔가?"

"정 궁금하거든 염라대왕에게 물어보라고."

짧은 냉갈과 함께 그의 묵검(墨劍)이 검은 광휘를 뿌렸다. 그와 동시에 동관과 모사중도 합공을 펼치며 철우의 심장을 향해 짓쳐들었다.

평소의 철우였다면 아무리 이 세 사내가 합공을 펼친다 해도 머리털 하나 건드리지 못할 것이다. 그러나 안타깝게도 철우의 몸은 정상이 아니었다.

까까깡!

철우는 세 방향에서 날아드는 검기를 막아내기에 급급했다. 하지만 단 일 푼의 공력도 모을 수 없는 처지였던 탓에 막아내는 것도 결코 만만치가 않았다. 그는 연신 뒤로 밀려나며 이곳저곳에 상처를 입었다.

"······!"

뒤로 주춤거리며 그들의 공세를 쳐내기에 급급하던 철우는 흠칫했다. 조금씩 물러서던 그의 발 뒤꿈치가 땅이 아닌 허공에 있다고 느껴지는 순간, 반세골 일당은 일제히 폭발적인 합공을 펼쳐 왔다. 더 이상 후퇴할 공간이 없는 철우는 혼신의 공력을 끌어모으며 결사적으로 반격하려 했다.

하지만 아무리 안간힘을 써도 공력은 결집되지 않고, 오히려 그로 인한 마비증상만 가중될 뿐이었다.

카카칵!

세 개의 묵광, 세 개의 검선이 철우의 가슴과 다리에 그어졌다.

그리고 철우는 처절한 비명을 토하며 천 길 단애 밑으로 추락하고 말았다.

"으아아아!"

"안 돼―!"

철우는 크게 소리를 지르며 용수철처럼 몸을 일으켰다. 그의 몸과 얼굴은 식은땀으로 젖어 있었다. 철우는 주변을 두리번거린 후 자신이 잠에서 깬 것임을 알았다. 그는 비로소 땀을 훔쳤다.

'빌어먹을··· 또 그 꿈이었군.'

철우는 후원에 마련되어 있는 평상에 앉아 있었다. 명주실 같은 오후의 햇살을 온몸으로 받으며 그는 깊은 상념에 잠겼다.

근자에 들어서 자신을 배신한 얼굴들이 자주 꿈에서 나타났는데, 이것은 부용을 만난 이후에 다시 생겨난 일이었다.

'반세골을 찾는다 한들, 이제 와서 무슨 의미가 있겠는가? 이미 부용은 다른 사내의 아내, 그리고 한 아이의 엄마가 되어버렸거늘…….'

의미가 없다고 생각하면서도 도대체 누가 자신에게 그런 짓을 지시했는지 불현듯 궁금해지곤 했다. 물론 의심이 가는 사람이 없는 바는 아니지만, 생각만으로 단정할 수는 없는 일이었기 때문이다.

"무슨 생각을 그렇게 골똘히 하세요?"

맑고 투명한 여인의 음성이 철우의 고막으로 파고들어 상념은 거기서 끝이 났다. 철우는 천천히 음성이 들린 쪽으로 고개를 돌리자 그곳에는 군영이 밝은 미소를 지으며 서 있었다.

"뭔가 깊게 생각을 하고 계신 것 같은데… 제가 괜히 아는 척을 한 게 아닌지 모르겠네요."

군영은 머리를 긁적거렸다. 반가운 마음에 철우에게 나타났지만 그게 혹시 실수일 수도 있다는 생각이 들었던 모양이다. 철우는 씁쓸한 표정으로 고개를 저었다.

"별소리를 다 하는군. 나 같은 사람의 생각이라는 게 다 부질없는 망상일 뿐이지."

"나 같은 사람이라뇨? 총관님이 어디가 어때서요?"

군영은 가당치도 않다는 듯 화들짝 놀라며 목청을 높였다.

"총관님은 늘 약한 사람들의 편에 서서 못된 사람들을 혼내주시는 정의롭고, 정말 좋으신 분예요. 전 이 다음에 총관님처럼 멋진 분이 안 나타나면 절대 시집 안 갈 거예요."

"그건 네가 아직 어려서 사람을 볼 줄 몰라서 하는 얘기다. 난 결코 잘난 놈이 아냐. 제 앞가림도 못하고, 매일같이 술이나 찾는 한심한 놈일 뿐이다."

"그렇지 않아요. 총관님은 이 세상 그 어느 누구보다도 멋지고 훌륭하신 분예요. 제가 비록 얼마 살지는 않았지만, 총관님처럼 정의로운 사람은 아직까지 보지 못했어요. 그러니 제발 제 앞에서 스스로를 자학하는 그런 말투를 쓰지 마세요. 총관님이 그러실 때마다 제가 너무 속상하단 말예요."

군영의 커다란 눈망울엔 이슬이 고였다.

언제나 고향에 있는 늘 푸른 나무처럼 자신을 지켜주는 철우였다. 그녀는 그가 누구보다도 행복해지길 원했기에 쓸쓸한 그의 모습은 견딜 수 없을 만큼 싫었다.

그때였다.

끼욧! 끼요웃.

군영이 소리를 높이며 속상한 모습을 보이자 후원의 나뭇가지를 오르며 뛰어 놀던 눈처럼 흰 털의 원숭이가 벼락처럼 철우에게 달려들며 양손을 휘둘렀다. 반반이었다. 주인을 울린 대가를 자신이 지불해 주겠다는 식으로 물고 때리며 난리를 쳤다.

군영은 화들짝 놀랬다.

"반반아, 그만 해!"

끼끼! 끼요오!

"이 녀석아, 너를 내게 선물해 주신 총관님이야. 벌써 잊었어?"

꾜오?

반반은 멀뚱히 눈을 뜨고는 고개를 갸웃거렸다. 곧바로 생각이 났는지 반반은 언제 화를 냈냐는 듯 철우의 얼굴에 뺨을 비비며 재롱을 부렸다.

끼끼! 꾜꾜.

"이 녀석, 아주 뻔뻔스러운걸? 병 주고 약 주네? 허허, 그놈 참."

철우는 자신의 뺨에 침을 잔뜩 묻히며 쪽쪽 소리가 나도록 뽀뽀까지 해대는 반반의 재롱에 그만 너털웃음을 짓고 말았다. 군영도 깔깔거리며 크게 웃었다.

"호호, 정말 뻔뻔하기 짝이 없어요. 오늘 낮에 주방에 있는 음식 재료를 훔쳐 먹다가 주방장님에게 걸리자 도망치지도 않고 뻔뻔스럽게 꾸벅 인사를 하고는 천천히 걸어나왔다지 뭐예요?"

"뭐? 인사를 했다고?"

"호호, 그렇다니까요. 주방장님이 오십 년 동안 살면서 저렇게 뻔뻔한 원숭이는 처음이라고 하셨어요. 그리고 원숭이가 아니라 만약 사람으로 태어났으면 뭘 해도 크게 해먹을 수 있는 녀석이라고 하시면서 화도 안 내시고, 오히려 과일을 몇 개를 갖다 주셨다니까요."

"허허, 차라리 이름을 뻔뻔이라고 할 걸 그랬나?"

"호호, 그럴까요?"

철우와 군영이 웃으며 나누는 얘기를 마치 다 알아듣기라도 하듯 반반은 악을 쓰며 크게 고개를 저었다.

끼옷! 끽끽.

"이 녀석, 도리질을 하잖아? 정말 말을 다 알아듣는 모양이구먼. 허허, 거참."

절대 이름을 바꾸면 안 된다는 듯 인상까지 쓰며 위협하는 반반의 모습에 철우와 반반은 다시 한 번 크게 웃었다.

그때였다.

점가인 마달평이 인상을 쓰며 다가왔다.

"군영아, 영업 시간이 다 됐는데 여기서 뭐 하고 있는 거야? 어서 옷

갈아입고 손님 방에 들어갈 준비해."

손님들 앞에서 악기를 다루고 춤을 추는 예기(藝妓)로서 그녀의 인기는 갈수록 높아가고 있었다. 간혹 많은 돈을 내보이며 그녀와 동침을 원하는 손님들도 있었지만, 그럴 때마다 군영은 사양했다.

돈 때문에 기루에 왔고, 동침을 원하는 돈 많은 단골을 많이 확보해야만 자신이 원하는 소망을 하루라도 빨리 이룰 수 있다는 것을 알면서도 그녀는 여전히 동침은 하지 않았다.

순결만큼은 자신이 사랑하는 사람에게 바칠 것이다.

예기로서 손님 방에 들어가기 시작하면서 그녀는 이와 같은 결심을 했다. 그리고 한 사내를 떠올리며 그동안 있었던 온갖 유혹을 단호히 거절할 수 있었다.

"예, 알았어요."

군영은 마달평의 지시에 따라 악기들이 보관되어 있는 악고(樂庫)로 향했다. 그녀는 걸어가다 말고 문득 고개를 돌렸다.

"총관님."

"왜?"

"앞으로 쓸쓸해하는 모습이라든가 자학하는 모습을 보이시지 않는 거예요? 만약 제 앞에서 또다시 이상한 말씀 같은 거 하시면 그땐… 총관님을 미워할 거예요. 아셨죠?"

"……."

"총관님, 뭐라고 대답하셔야죠?"

"그래, 노력하마."

철우가 쓸쓸히 고개를 끄덕이자 군영의 얼굴은 환하게 밝아졌다.

군영이 사랑하는 사람은 바로 철우였다.

　　　　　　＊　　　　　＊　　　　　＊

　"뭣이라?"

　칼칼한 노인의 쉿소리가 울려 퍼졌다.

　길게 찢어진 날카로운 눈매와 유달리 넓은 이마, 그리고 뱀처럼 얇은 입술은 감히 범접키 어려운 위엄과 차다찬 냉혹함을 느끼게 하는 육순의 노인.

　오랜 세월 동안 황실 관료들의 최고위직인 승상을 역임했고, 지금도 자신이 심어놓은 후배들을 통해 여전히 권력의 끈을 이어가고 있는 항주제일의 권력자. 바로 담중산이었다.

　"자네… 지금 나의 아들을 다시 포청으로 불러서 재수사를 해야겠다고 했나?"

　그러자 그의 앞에 무릎을 꿇고 있는 남색 관복의 사내가 고개를 숙인 채 더듬거렸다. 포청의 염달구 추관이었다.

　"대, 대인님, 말씀드렸다시피 그건 그저 형식적인 요식 행위에 불과하다고……."

　"어쨌든 그런 식으로 다시 불러들이면 성민들이 어찌 생각하겠나? 뭔가 켕기는 게 있기 때문에 재수사를 하는 게 아니냐고, 이렇게 생각할 게 아닌가?"

　담중산은 재수사라는 자체가 용납되지 않는 듯 연신 호통이었다. 염달구의 얼굴에선 식은땀이 흐르기 시작했다.

　"저도 그래서 안 된다고 했으나 워낙 성주의 고집이 요지부동이니 어쩌겠습니까? 신임으로 부임하고 보니 성민들에게 괜히 열심히 하는 척을 하고 싶어서 그러는 모양입니다."

"서른다섯이라고 했나?"

"예, 영식님과 동갑입니다."

"새파란 애송이군."

"그렇습니다. 어려서 그런지 세상 물정을 몰라도 너무 모르고 있다니까요."

"부임을 했으면 제일 먼저 나에게 찾아와서 인사를 하고 자문을 구해야 마땅한 일이거늘, 감히 나의 비위를 이렇게 거슬리다니……."

담중산은 몹시 불쾌한 듯 연신 눈썹이 역팔 자를 그렸다.

"아닌 게 아니라 부임하자마자 제가 성주에게 그 얘기를 했습니다. 이곳에 훌륭하신 어른이 계시니 인사를 드리는 게 도리라고."

"그런데도 아직껏 인사를 오지 않는단 말인가?"

"그, 그게……."

염달구는 순간적으로 앗차 하며 자신의 입을 쥐어뜯고 싶었다. 괜히 꺼내봐야 좋을 게 없는 얘기를 자신도 모르게 꺼낸 것이다. 그가 능진걸이 갓 부임했을 때 담중산에게 인사를 하러 가야 한다는 제안을 한 것은 분명한 사실이다. 하지만 능진걸은 일언지하에 거절했다.

"내가 왜 그분에게 인사를 드려야 하는 거죠? 그분은 이미 퇴역하셨고, 다른 사람과 다를 바 없는 일개 항주의 성민일 뿐입니다."

"하지만… 그래도 그분은 이곳에서 절대적인 영향력을 갖고 계시고, 게다가 또 여전히 황실의 고관대작들까지도 그분의 힘이 닿고 있는 실정이니, 인사를 드리고 자문도 구하면 얼마나 좋습니까. 하하!"

"항주의 발전과 성민들의 안녕을 위해서 자문 구할 일이 생기면 그때 관아에 모시도록 하죠."

인사할 생각이라곤 눈곱만치도 없고, 자문받을 때나 관아에 공개적
으로 초대하겠다는 능진걸의 얘기를 어찌 그대로 옮길 수 있겠는가!
그랬다가는 담중산은 분명 거품을 물며 흥분할 것이다. 그리고 담소충
의 재수사도 절대 허락하지 않을 것이다.

"일단 업무 파악과 기녀의 죽음으로 어수선해진 성내의 분위기를 잡
은 후에 정식으로 찾아뵙고 인사를 드리겠다고 하더군요."

"흠, 그렇게 얘기를 했단 말이지?"

"아무리 성주로 부임했다고 할지라도 대인님과는 하늘과 땅 같은 차
이인데, 부임하자마자 찾아뵙는 것도 좀 조심스럽겠죠."

"그럴 수도 있겠지. 내가 은퇴하기 전 같았으면 그 친구는 내 앞에
서 고개조차 들 수 없었을 테니까."

"그럼요. 당연하죠."

염달구는 풀어지는 담중산의 표정을 보며 내심 안도의 한숨을 쉬었
다. 일을 매끄럽게 풀어나가기 위해선 가끔은 사실과 다른 얘기도 할
필요가 있다는 게 오랜 관료 생활을 통한 그의 살아 있는 경험이자 비
결이었다.

"대인님, 그러니 영식님을 재수사할 수 있도록 윤허해 주십시오. 제
이름 석 자를 걸고 절대 영식님께 손톱만큼의 피해가 없도록 하겠다니
까요. 이 염달구를 믿어주세요."

第五章

왜 하필이면 나 같은 놈이란 말인가?

철우가 낙양의 금룡표국으로 돌아온 것은 그로부터 일 년 후였다.

천우신조로 목숨은 구했지만 일 년이란 세월 동안 세상은 너무도 달라져 있었다. 그중 가장 큰 변화는 표국 안에 부용이 없다는 것이었다. 철우가 떠난 한 달 후 그녀는 당시 대과에 장원급제를 한 어느 수재와 혼례를 치렀다고 한다.

철우는 절망했다.

절벽에서 떨어지고 육신이 만신창이 된 상태에서도 반드시 살아야만 한다는 절실한 의지는 바로 부용 때문이었다. 그런데 그녀가 이미 다른 사내의 아내가 되었다니…….

의당 죽은 줄 알았던 그가 다시 살아 돌아오자 국주 노적삼은 적잖이 당황하면서도 그를 반겨주었다. 그러면서 그가 다시 수석 표사로서 열심히 일해주기를 원했다.

철우는 거절했다. 자신을 떠난 여자의 흔적이 남아 있는 곳에 남는다는 건 너무 고통스러울 것 같았다. 그리고 그는 표국에 남아 있기보다는 그곳을 떠난 상태에서 해결해야만 할 일이 있었다.

자신을 배신했던 일당들에 대한 혈채(血債).

바로 그것이었다.

어째서 부하였던 반세골과 동관, 모사중이 자신을 배신한 것인지.

단지 그들이 근본도 없는 자신이 수석 표사가 되었다는 것이 싫어 배신의 칼을 휘둘렀다는 이유만으로 자기 자신을 납득시키기가 힘들었다. 그리고 그때 반세골은 이렇게 말했다.

"후후, 그 외에 다른 이유도 있지만 곧 저승길로 갈 텐데 굳이 머리 복잡할 필요가 있겠나?"

분명히 다른 이유가 있다고!

철우는 그들을 찾아 그 이유를 듣고자 했다. 하지만 안타깝게도 그들 가운데 모사중은 임무 수행을 하다가 비적단에게 목숨을 잃었고, 그때 표물을 운반하고 돌아온 이후 동관과 반세골은 금룡표국을 떠났다고 하였다.

철우는 자신이 있어주길 원하는 노적삼의 제안을 거절하고 모반을 꾸민 삼 인 중 생존자인 반세골과 동관을 찾아 나섰고, 반년 만에 변방인 요동 땅에서 크게 객점을 운영하고 있는 동관을 찾아냈다.

하지만 결국 동관에게서는 아무것도 알아내지 못했다. 그저 반세골의 하수인에 불과했다. 그를 응징하고 다시 반세골을 찾아나섰으나 그의 모습은 쉽게 나타나지 않았고, 세월이 흐르면서 철우의 분노도 차츰 식어만 갔다.

반세골을 찾는다 한들 이미 다른 사내의 아내가 된 부용을 다시 되찾을 수는 없는 일.

피 끓는 복수심이 식어가고, 그저 뿌리 뽑힌 잡초처럼 세상을 떠돌다가 그는 표사 생활 이후 처음으로 대왕루에 정착하게 되었다.

하지만 이곳에서 부용을 만난 것이었으니…….

                    *   *   *

"벌컥!"

예나는 주저없이 술잔을 들이켰다. 벌써 꽤 많은 양을 마신 듯 한낮임에도 불구하고 그녀의 얼굴은 이미 불쾌했다.

"크으… 젠장! 어디서 돈벼락이라도 떨어졌으면 좋겠는데, 그놈의 돈은 대체 다 어디 있는 거람?"

예나는 입술을 훔치며 투덜거렸다. 철우는 그녀의 투정을 무덤덤한 표정으로 받아주었다.

"돈벼락이 떨어지면 그걸로 뭘 하시려고?"

"할 거야 널렸죠. 돈만 있으면 우리 같은 기녀도 얼마든지 귀부인으로 변신할 수 있으니까요. 젠장, 근데 그놈의 돈이 다 어디가 있는 건지……."

그녀는 신세 타령을 늘어놓고는 또다시 술잔을 들이켰다.

"너무 많이 마시는 것 같소. 이따가 어떻게 손님 방에 들어가려고……."

철우는 대낮부터 폭주를 하는 예나가 불안했다. 요즘 들어 예나는 낮부터 취해 있는 날이 많아졌다. 젊고 어린 기녀들에게 자신의 단골을 빼앗기고 있다는 게 이유였다.

"크큭, 까짓 거 어차피 찾아주는 손님도 없는데요, 뭐. 근데 제가 조금 전에 무슨 얘기를 했죠?"

취중에 많은 얘기를 늘어놓던 예나는 문득 눈을 끔뻑거렸다.

"돈벼락을 맞았으면 좋겠다고 했소."

"그 얘길 내가 왜 꺼냈지?"

예나는 몇 차례 고개를 흔들거리고는 그제야 생각이 났다는 듯 자신의 이마를 탁 하고 쳤다.

"아하, 이제 생각났다. 바로 군영이 얘기를 하려다가 얘기가 엉뚱한 곳으로 빠졌구나."

그녀는 실없이 미소 짓고는 철우를 응시했다. 그녀의 눈은 이미 초점이 풀려 있었다.

"철우님, 군영이 어때요?"

"어떻다니? 그게 무슨 얘긴지……."

"여자로서… 아니, 철우님의 짝으로서 어떠냐, 이 말이에요."

"……?"

철우는 눈을 휘둥그렇게 떴다. 그냥 듣고 넘어가기엔 너무도 황당한 얘기였다.

"농담이 지나치구려. 군영이는 이제 겨우 열일곱 살이오."

"그게 어때서요? 열일곱이면 알 것 모를 것 다 알 수 있는 나이에요."

"어허, 정말 많이 취했구려. 내 나이를 모르는 것도 아니면서 왜 그러시오? 못 들은 소리로 할 테니 그만 마시고 이제 일어서시구려."

철우가 난처한 표정으로 이제 그만 하라는 식으로 손을 젓자 그녀는 오히려 더욱 똑바로 그를 응시했다.

"남녀 사이에 나이란 의미없는 숫자일 뿐이에요. 삼십 년 후를 한 번 생각해 보세요. 철우님이 예순셋일 때 군영이는 마흔일곱. 뭐, 별 차이 없잖아요. 그리고 중요한 것은 군영이가 철우님을 사랑하고 있어요."

철우는 어이가 없었다. 나이 차이를 떠나 단 한 번도 군영을 여자로 생각해 본 적이 없었기 때문이다. 하지만 예나는 그의 생각이 어떻든 말든 계속 말을 이어나갔다.

"얼마 전에 군영이가 그러더군요, 철우님을 사랑한다고. 바라보는 것만으로도 그저 기쁘고, 이곳에서 함께 있는 것만으로도 너무 행복하다고."

"……."

"그러면서 자기 같은 기녀와 철우님이 결혼한다는 게 가능하겠냐고 묻지 뭐겠어요?"

"…그래서 뭐라고 했소?"

"마음 같아선 '이놈의 계집애야, 철우님은 내 차지니까 꿈 깨라' 며 혼내주고 싶었는데, 걔의 수정처럼 맑고 투명한 눈을 보니 차마 그렇게 얘기할 수가 없더군요. 그래서 내 맘을 접고 군영이에게 내가 적극 도와줄 테니 잘해보라고 했죠."

"어이가 없구려. 타일러야 할 사람이 도와주겠다는 얘기까지 했다니……."

철우는 씁쓸한 표정을 지으며 술잔을 들이켰다. 예나와 술상을 놓고 함께 앉아 있으면서 처음으로 마시는 술이었다.

철우는 지난번 술로 인해 예나와 살을 섞은 이후, 두 번 다시 기녀들과는 같이 술을 마시지 않겠다고 맹세했다. 하지만 지금 예나의 얘기는 그로 하여금 술을 마시지 않을 수 없도록 만들고 있었다.

"철우님, 군영이가 지금은 손님 앞에서 춤과 악기를 다루는 예기지만 언젠가는 다른 기녀들처럼 뭇 사내의 품에 안기게 될 거예요. 그러니 다른 사내들의 손이 타기 전에 군영이랑 짝을 맺으세요."

예나의 얘기는 계속 이어졌다. 군영에게 약속한 것처럼 확실하게 두 사람의 사이를 엮어줄 생각인 것 같았다.

"술집 기녀라면 솔직히 다 거기서 거기죠. 아무리 제까짓 것들이 깨끗한 척을 해봐야 결국 목적은 하나죠. 돈."

"……."

"바로 그 잘난 돈 때문에 사내들 앞에서 술을 따르고, 웃음을 팔고, 저고리를 벗는 것이죠. 그러다가 재수가 좋으면 돈 많고 순진한 사람을 만나 팔자를 고치는 거고… 나같이 지지리도 복이 없으면 모아놓은 돈도 없이 그냥 나이만 처먹다가 더 저급한 곳으로 추락하는 게 바로 우리네 신세고 팔자죠."

"……."

"지금은 착하고 순진한 군영이지만 개도 머잖은 훗날 결국 옷을 벗고 손님을 받게 될 거예요. 더 많은 돈을 벌기 위해서 그만큼 타락하게 될 테고, 그동안 많은 기녀들이 그래 왔던 것처럼 그녀도 그렇게 나이를 먹으며 추하게 변해갈 거예요."

"……."

예나는 아무런 반응 없이 조용히 술잔을 기울이고 있는 철우를 한동안 물끄러미 바라보았다. 그리고는 길게 한숨을 내쉬며 다시 말을 이었다.

"철우님도 군영이에 대한 감정이 남다르다는 거 알고 있어요. 그렇기 때문에 왕 대인에게 직접 그 아이에 대한 부탁까지 하신 것일 테니까요. 일단 예기로서 훈련시킨 후, 그 아이가 손님과 동침하겠다는 마음을 먹을 때까지 기다리게 해주라고."

그랬다. 철우는 그때 사고가 있던 직후 왕 대인에게 그와 같은 얘기를 꺼냈다. 그로 인해 기녀들 사이에선 군영을 철우가 노리고 있다는 엉뚱한 소문까지 돌기도 했었다.

"물론 나는 알아요, 철우님의 머리엔 아직도 잊지 못하고 있는 여자가 있다는 것을."

철우가 만취했을 때 함께 살을 섞고, 그의 잠꼬대까지 들었던 예나이다. 그날 있었던 일들만으로도 산전수전에 공중전까지 다 겪은 예나로서는 충분히 미루어 짐작할 수 있었다.

"하지만 잘 생각해 보세요. 언제까지 예전 여자에 대한 추억으로 허기를 채우며 살 수 있을 건지를……."

"……."

"세월이 흐르면 사랑에 대한 기억도 퇴색하는 법이죠. 아무리 자신만은 특별한 사람이라고 생각해도 결국은 잊고 새로운 사랑을 만나고, 그로 인해 새로운 행복을 느끼는 게 우리네 삶이죠. 나라고 뭐, 첫사랑이 없는 줄 아세요? 나도 첫사랑이 있고, 내 머리 속에는 아직도 그 사람과 행복했던 기억이 생생히 남아 있지만 그 사람과 다시 재회를 하고 살을 맞대며 살고 싶진 않아요. 아마 좋았던 추억만 깨질 거예요. 부부가 되면 그때부턴 상대에 대한 흠이 보이기 시작할 테니까요."

"……."

"다시 말하지만 나이는 그저 숫자일 뿐예요. 단 한 번뿐인 삶인데, 단지 나이 차이 때문에 당신을 맹목적으로 사랑하는 군영이를 외면하실 것인지, 그리고 아직까지 세상의 더러움과 타협하지 않은 착하고 순수한 군영이가 나처럼 이렇게 한심하고 미래가 없는 신세로 전락하는 것을 그냥 지켜보실 것인지……. 전 이만 나가볼 테니 곰곰이 잘 생각해 보세요."

어느 때보다도 많은 말을 쏟아낸 예나는 그 얘기를 마지막으로 자리를 떴다. 이제 철우의 숙소 안에 남아 있는 것은 철우와 그녀가 남긴 술병뿐이었다.

철우는 다시 술잔을 잡았다. 그리고 노란빛의 술이 찰랑찰랑 넘치는 잔을 단숨에 들이켰다. 이미 체내에 쌓여 있는 취기와 쏜살같이 목구멍으로 쏟아져 들어간 술기운이 뒤엉키며 그의 얼굴을 붉게 달아오르게 했다.

문득 커다란 눈으로 눈물을 글썽이던 군영의 얼굴이 떠올랐다.

"앞으로 쓸쓸해하는 모습이라든가, 자학하는 모습은 보이지 마세요. 만약 제 앞에서 또다시 이상한 말씀 같은 거 하시면, 그땐 정말… 총관님을 미워할 거예요."

어째서 그녀가 자학하는 자신의 모습에 속이 상할 정도로 아파했는지 비로소 이해할 수 있을 것 같았다.

"휴우!"

천 년 세월의 풍상을 겪으면서도 굳건히 잠겨 있던 철문처럼 무겁게 닫혀 있던 철우의 입술이 열리며 긴 한숨이 새어 나왔다.

"바보 같은 것, 왜 하필 나같이 못난 놈이란 말이냐."

철우는 처음으로 눈길을 술잔에서 천장으로 옮겼다. 그리고 생각했다. 아무래도 왕 대인과의 약속은 더 이상 지키지 못할 것 같다고.

*　　　*　　　*

"염 추관, 이게 뭐 하자는 거야? 지난번에 한 번 조사를 했으면 됐지, 또다시 나를 여기까지 부르는 게 도대체 무슨 경우야? 당신이 보기에 내가 그렇게 만만해? 그런 거야?"

사내.

장대한 기골에 우유처럼 뽀얀 피부, 그리고 짙은 눈썹과 큼직한 이목구비가 시원스럽게 느껴지는 삼십대 중반의 사내였다. 비단으로 만든 청의는 그의 분위기를 한층 더 고급스럽게 발산했다.

문제의 사내는 담소충, 바로 그였다.

"아버지의 말씀 때문에 어쩔 수 없이 오긴 했지만, 솔직히 지금 내 기분이 어떤지 알아? 정말 개 같다고! 알겠어?"

담소충은 포청의 취고실(取拷室)에 앉아 인상을 구기며 목청을 높였다.

포청 취고실이란 곳이 어떤 곳인가.

아무리 죄가 없는 사람도 일단 끌려오면 자연스럽게 주눅이 들며 하고 싶은 말도 제대로 못하는 바로 그런 곳이거늘, 그는 오히려 포청의 최고위 관리인 염달구를 향해 짜증을 부리고 있었다.

오히려 당황스러워하는 사람은 염달구였다.

"영식님, 말씀드렸듯이 이건 요식 행위입니다. 절대 영식님께는 그 어떤 피해도 가지 않는다니까요."

"그래서 하는 얘기야. 아무리 요식 행위라 할지라도 이미 끝난 일을 갖고 이런 식으로 오라 가라 한다면 사람들이 날 어떻게 보겠나? 얘기를 들으니 새로 온 성주 자식이 재수사를 운운하는 바람에 어쩔 수 없는 선택이었다고 하던데, 그런 거라면 자네의 선에서 알아서 끝냈어야지 바쁜 나를 이런 식으로 다시 부른다는 게 말이 된다고 생각하나? 그래, 안 그래?"

'끄응! 어린놈이 말끝마다 자네, 자네 하면서 마치 아랫사람 대하듯 꼭 반말을 지껄이네?'

염달구의 얼굴이 구겨졌다. 문득 버르장머리없는 담소충에게 이곳이 포청의 취고실이라는 곳부터 알려주고 정말 제대로 수사를 하고 싶은 마음이 불끈 치솟았다. 하지만 그것은 그저 마음뿐, 그는 결코 그렇게 할 수 없었다.

매번 지방 행시도 낙방하던 그의 장남이 대륙 두 번째 거도(巨都)인 남경(南京)에서 관리로 일할 수 있게 된 것은 담소충의 부친 담중산의 덕이다. 또한 남자 관계가 문란했던 그의 딸이 사천의 명문가에 시집을 갈 수 있었던 것도 담중산 덕이었다. 여전히 굳건한 권력에 이런저런 개인적인 빚까지 있다 보니 담소충이 아무리 싸가지없이 굴어도 절대 자신의 감정을 노출할 수가 없었다.

"영식님의 그 심정, 충분히 이해합니다. 하지만 제 입장도 있으니 그냥 이번 한 번만 눈 딱 감고 저를 이해해 주십시오."

"이해하니까 와준 거야. 그렇지 않았다면 아무리 아버지의 말씀이 있더라도 절대 여기 안 왔다고."

"하하, 감사합니다."

"아무튼 이곳에 오래 있고 싶은 생각이 없으니까 빨리 끝내기나 하자고."

"걱정 마십시오. 후딱 끝내고 보내드리겠습니다."

염달구가 미소를 지으며 확실하게 그의 비위를 맞추는 순간, 취고실의 문이 열리며 말처럼 긴 두상의 사내가 들어섰다.

포두 사공두.

언젠가 기루에서 난리를 치다가 철우로 인해 망신을 당했던 바로 그 사십대 포두였다.

"저를 찾으셨다면서요?"

"오, 사공 포두, 어서 오게."

"무슨 일이신지……?"

"지난번 그 사건 있잖나. 그때처럼 자네가 다시 한 번 영식님을 상대로 취고를 해주게."

"아하, 성주님이 재조사를 요구하셨다더니만, 알겠습니다. 추관님은 걱정 말고 나가 계십시오. 제가 알아서 적당하게 취고 결과를 보고드리겠습니다."

이십 년 동안 눈치로 잔뼈가 굵은 사공두였다. 단지 두 마디의 대화로 그는 자신이 어떤 식으로 행동해야 하는지 충분히 상황 판단을 내렸다.

사공두는 흐뭇한 표정을 지으며 사공두의 어깨를 다독여 주었다.

"자네만 믿네."

"근데, 저 친구들은 누굽니까?"

사공두는 문득 거만하게 의자에 다리를 꼬고 앉아 있는 담소충의 뒤로 우뚝 서 있는 두 명의 무사를 보며 의아한 표정을 지었다.

그들은 똑같은 얼굴에 먹처럼 검은 흑의 무복을 걸친 삼십대 후반의 쌍둥이였고, 뱀과 같은 역삼각형의 섬뜩한 눈매와 송곳처럼 싸늘한 인상은 보는 이로 하여금 절로 등골이 서늘해지게 만들었다.

"이 친구들 말인가?"

대답은 담소충의 입에서 흘러나왔다.

"황일(黃一)과 황이(黃二)라고, 나의 호위 무사네. 무림 명문인 곤륜파(崑崙派)에서 이십 년 동안 무공을 익힌 절정고수들이지. 주인에게 해코지하는 놈들을 절대 용납 못할 만큼 충성심이 강하고, 성질이 불같은 친구들이니 취고하기 전에 참조해 두는 게 좋을 게야."

"······?"

사공두는 기가 막혔다. 호위 무사를 대동하고 포청에 조사를 받으러 왔다는 자체도 어이가 없는 일인데, 거기에 협박까지 해대고 있는 판이니 대체 누가 포두이고 누가 범죄자냐고 되묻고 싶을 정도였다.

그러나 그는 눈치가 빠른 사람이었다. 자신의 직분에 충실하기보다는 현실에 순응할 줄 아는 노회한 포두였다.

"하하, 그렇군요. 어쩐지 보통 눈빛이 아니다 싶더니만 대단한 고수님들이었군요. 알겠습니다. 그럼 지금부터 재취고를 하겠습니다. 그러니까 그날······."

사공두는 탁자 앞에 앉으며 묻기 시작했고, 담소충은 예의 거만한 표정으로 대답해 주었다. 편안한 질문과 대답이 오가는 화기애애한 취고였다.

취월루에서 술을 마시던 중 기녀 묘설하가 담소충에게 결혼을 요구했고,

담소충이 거절하자 만취한 그녀는 칼로 자결을 하였음. 중략(中略). 간혹 담소충이 살해를 했다고 증언하는 사람들이 있는데, 조사 결과 그들은 모두가 평소 담소충에 대한 감정이 좋지 않은 인물들이었음. 중략(中略). 오히려 그런 면에서 담소충은 이번 일로 명예가 손상된 선의의 피해자임.

"……?"

능진걸은 어이가 없었다.

담소충에 대한 재조사 결과는 지난번과 다름없었다. 아니, 오히려 선의의 피해자라며 철저히 그를 옹호하고 있었다.

"재조사라고 한 게… 겨우 이것이었소?"

능진걸은 자신의 앞에 놓여진 서찰을 염달구의 앞에 내밀며 발끈했다.

"그, 그렇습니다. 성주님의 당부도 계신 만큼 이번엔 정말 혹독하게 담소충을 추궁하였지만, 역시 결과는 마찬가지였습니다. 사람이란 자고로 털면 먼지가 나는 법인데, 아무리 혹독하게 조사를 해본들 먼지는 커녕 티끌 하나 찾지 못했습니다."

염달구는 머리를 긁적이며 말을 이었다.

"역시 이번 일은 술에 만취한 기녀가 혼자 광란하다가 자살을 했다고 사료됨……?"

염달구는 얘기를 하다 말고 움찔했다. 능진걸이 무섭게 그를 노려보고 있었던 것이다.

"서, 성주님, 왜 그런 눈으로 저를……?"

"정말 그렇게 생각합니까? 자살이라고?"

"예, 그, 그렇습니다."

"두 번씩이나 조사를 했는데도 정말 자살이란 결과밖에 못 얻었다면, 염 추관님은 너무도 무능하신 분입니다."

"무, 무능이라뇨? 무슨 그런 모욕적인 말씀을……."

염달구의 얼굴이 시뻘겋게 달아올랐다.

"포청에서만 삼십 년이 넘는 세월 동안 근무하면서 그동안 수많은 미제의 사건들을 처리한 사람이 바로 접니다. 그런 저에게 무능이라뇨? 아무리 성주님이라지만 말을 그렇게 함부로 하시는 게 아닙니다."

"누가 상대를 함부로 취급하는지 모르겠군요."

능진걸은 자리에서 일어나며 창 쪽으로 걸어가 화창을 열었다. 밖은 어느새 저녁 노을이 지고 있었다. 능진걸은 흥분을 식히려는 듯 바람을 크게 들이켰다. 길게 호흡을 가다듬고는 천천히 고개를 돌린 그는 차갑게 식은 눈으로 염달구를 직시했다.

"저는 분명히 추관님께 그 명예를 지키기 위한 기회를 분명히 드렸습니다. 그러나 그것을 우습게 취급한 사람은 바로 당신입니다."

"무, 무슨 말씀을 하시는 건지……? 제가 뭘 어떻게 해서 성주님을 우습게 취급했다는 겁니까?"

염달구는 찔끔했으나 이내 표정을 가다듬고 태연스럽게 반문했다. 어떤 상황에서도 표정을 감출 수 있을 만큼 그는 충분히 노회했다.

"당시 기녀의 시체를 발견한 사람들의 공통된 증언과 검시를 맡은 순검(巡檢)의 얘기를 들어보니, 오른쪽 어깨에서 왼쪽 옆구리까지 길게 자상(刺傷)이 그어졌다고 하더군요."

"그건 저도 그렇게 보고 들었습니다."

"그런데도 자살이라는 얘기가 나옵니까?"

능진걸은 거칠게 탁자를 내려치며 소리를 질렀다.

"정말 자살이라면 자신의 배를 찌르며 할복을 했어야 마땅합니다. 그런데 어깨에서 옆구리까지 자상이 그어져 있다는 것은 곧 타인이 그녀를 베었다는 의미가 아니고 뭐겠습니까!"

흠칫!

염달구의 몸이 순간적으로 크게 움찔거렸다. 설마 능진걸이 개인적으로 조사를 했을 줄은 꿈에도 생각지 못했다. 태연스럽던 그의 얼굴이 굳어지며 말도 더듬거리기 시작했다.

"무, 물론… 상식적이라면… 할복이 정상입니다만… 말씀드렸다시피… 그, 그녀는 만취해 있었습니다. 아마… 그래서 자살 방법도… 상식 밖으로……."

"그래도 여전히 나를 우습게 취급하시는군요."

"서, 성주님, 그게 아니라… 정말 상식으로는 도저히 생각할 수 없는 일이 비일비재하게 일어나는 게 바로 세상일입니다. 저는 삼십 년 동안 포청에서 일을 하면서 그런 일들을 겪어봤기 때문에……."

"좋소. 어차피 자살로 규정하기로 작정하셨는데 무슨 말씀인들 못하시겠소? 한데 알아보니 그녀는 오른손잡이였소. 오른손을 쓰는 그녀가 자살을 하기 위해 자신의 손으로 직접 오른쪽 어깨에서부터 왼쪽 옆구리까지 상처를 냈다는 것은 어떻게 설명하시겠소?"

"……!"

"자, 여기 살해 장소에서 발견되었다는 그 검이 있으니 당신의 손으로 직접 한번 해보시죠. 과연 그것이 가능할 수 있는지를."

탁!

능진걸은 탁자 위에 한 자루의 검을 올려놓았다. 아무 장식도 없는 평범한 석 자 정도 길이의 철검이었다.

'비, 빌어먹을……'

염달구의 안색은 창졸간에 흙빛이 되었다. 그의 얼굴에선 굵은 식은 땀이 흘러내리기 시작했다. 굳이 실험을 하지 않아도 손과 팔이 늘어나는 대수인(大手印)이나 이기어검(以氣馭劍)을 연성한 무림의 절정고수가 아니고서는 그건 누가 봐도 불가능한 일이었다.

"무엇을 꾸물거리시오? 어서 해보라니까!"

능진걸의 입에선 추상과 같은 호통이 터졌다. 그러자 염달구는 느닷없이 무릎을 꿇었다.

털퍽!

"크흐윽, 굳이 해볼 필요도 없습니다. 그것은 성주님의 말씀처럼 불가능한 일입니다. 이제 보니 제가 너무 생각이 짧았습니다."

그는 닭똥 같은 눈물을 글썽이며 고개를 떨구었다.

"이날까지 살아오면서 단 한 번의 오판도 용납지 않았던 제가 그와 같은 큰 실수를 하다니……. 아무래도 담 대인님의 영식이라는 것 때문에 저의 분별력이 잠시 흐려졌나 봅니다. 정말 죽을죄를 지었습니다."

조금 전까지만 해도 당당하게 자신에게 함부로 대하지 말라고 굴었던 염달구가 지금은 능진걸의 앞에서 눈물, 콧물을 번갈아 흘리며 비굴한 모습을 보이고 있다. 참으로 어처구니없을 정도로 놀라운 변신이었다.

"성주님, 정말 입이 열 개라도 할 말이 없습니다. 원숭이도 나무에서 떨어질 때가 다 있다더니만, 수사에 있어서만큼은 정말 빈틈이 없다고 자부하던 제가 이런 큰 실수를 하다니……."

"만약 마지막으로 한 번 더 기회를 드린다면 담소충, 그자의 범죄 사

실을 확실하게 입증할 수 있겠소?'

"……!"

능진걸의 제안에 염달구의 표정은 딱딱하게 굳었다. 동시에 그의 뇌리엔 담중산의 얼굴이 떠올랐다. 그동안 담중산에게 진 빚을 생각해서라도, 그리고 앞날을 생각해서라도 자신의 손으로 직접 담소충의 유죄를 입증한다는 건 매우 곤란한 일일 수밖에 없다. 하지만 그래도 그는 자신있게 대답해야만 했다.

"예, 성주님. 당연히 그리 하겠습니다."

괜히 덮어주려다가 자신까지 곤경에 빠질 수는 없다는 게 그의 이유였고, 거기까지가 의리의 한계였다.

*   *   *

왕 대인은 피곤한 표정으로 자리에 앉았다. 그가 대왕루에 나타난 것은 꽤 오랜만이었다.

"결국 장모님이 돌아가셨네. 하나뿐인 사위라고 나를 끔찍이도 아껴주시던 분인데……."

왕 대인의 눈은 어느새 촉촉하게 젖어갔다. 그는 장모가 위급하다는 전갈을 받고 처가가 있는 소주에 갔다가 결국 상(喪)까지 치르고 돌아온 것이다. 워낙 나이 차이가 많이 나는 젊은 아내를 맞이한 탓에 왕 대인과 장모의 나이는 불과 두 살 차이밖에 나질 않았지만, 그는 장모와 장인을 극진하게 모셨다. 철마다 보약을 보내주었고, 찾아갈 때마다 용돈도 듬뿍 드릴 만큼 그는 열 아들보다 나은 사위였다.

"장인어른이 걱정이야. 참으로 좋은 부부 사이였는데……."

"아내의 빈자리가 무척 크게 느껴지겠군요."

철우는 차분하게 왕 대인의 얘기를 받아주었다.

"해서 이번 기회에 이곳으로 모시려고 했는데, 장인어른이 거절하시지 뭔가? 장모님이 생각날 때마다 묘지에 찾아가고 싶다고 하시면서……."

왕 대인은 장인을 더 이상 설득하지 못하고 그곳에 두고 온 것이 못내 아쉬운 듯한 표정으로 뇌까리고는 문득 철우를 응시했다.

"참, 나를 찾았다면서? 뭔가? 내가 돌아오기를 기다릴 정도라면 꽤 긴한 얘기일 것 같은데……."

"……."

철우는 잠시 망설였다. 그렇지 않아도 상을 치르고 돌아온 왕 대인에게 떠나겠다는 얘기를 꺼낸다는 게 조금은 마음에 걸렸다.

그때였다. 점가인 마달평이 곤혹스런 표정을 지으며 문을 열고 들어섰다.

"대인님."

"왜? 무슨 일인데 표정이 구겨진 겐가?"

"담 대인의 망나니 아들 있잖습니까? 담소충이라고."

"암, 당연히 잘 알지. 항주 성민들 중에서 그 망나니를 모를 사람이 누가 있겠나? 더욱이 지난번엔 취향루의 기녀를 상대로 사고까지 쳤는데……."

"글쎄, 그 친구가 지금 이곳에 와 있는데 보는 기녀들마다 온갖 모욕을 주면서 계속 다른 아이를 불러오라며 소란을 피우고 있지 뭡니까? 성질 같아선 그냥 내쫓아 버리고 싶지만, 그랬다가는 또 무슨 행패를 부릴 것 같고……. 어떻게 하죠?"

"음……."

왕 대인의 표정이 일그러졌다. 평범한 사람이 그런 식으로 계속 트집 잡고 다른 기녀들을 부른다면 당연히 내쫓았을 것이다. 하지만 상대는 항주 최고의 권력을 쥐고 있는 담중산의 외아들이다. 살인을 저지르고, 수많은 증인들이 있음에도 불구하고 당당하게 거리를 활보할 수 있는 그런 인물.

"끄응, 하필이면 왜 우리 기루람?"

왕 대인의 얼굴은 휴지처럼 구겨졌다. 당연히 영업에 지장을 주는 불청객이니 쫓아내야 정상이다. 하지만 그로 인한 불이익이 너무도 쉽게 눈앞에 펼쳐졌다. 항주의 모든 관리들이 담중산의 눈치를 보고 있는 입장인 만큼 도저히 그의 의지대로 할 수가 없었다.

"제길, 오늘 일진이 사나운 날인가 보군. 맘에 드는 아이가 생길 때까지 그 인간이 원하는 대로 해줘."

"예, 그럼 그렇게 하겠습니다."

"그리고… 나가면서 여기에 간단히 술상 좀 봐오라고 얘기하게. 도저히 염통이 끓어서 술이라도 걸치지 않을 수가 없으니까."

왕 대인은 짜증스럽게 말을 내뱉었다. 아무리 똥이 더러워서 피한다고는 하지만 기분만큼은 한없이 더러웠던 모양이다.

"이런 양심 없는 년. 어떻게 이런 면상으로 기녀가 될 생각을 했냐?"

"얼씨구? 이걸 가슴이라고 달고 다니는 거냐? 달랑 건포도 두 개잖아?"

"넌 임신했냐? 무슨 기생 년이 그렇게 똥배가 나왔냐? 몽땅 후딱 꺼져 버려!"

"야, 이 자식들아! 너희들 정말 계속 이런 식으로 한심한 것들만 들여보낼 거야? 좀 눈에 확 꽂힐 수 있는 그런 계집을 부르라니까!"

담소충은 새로 들어온 기녀들도 마음에 들지 않는 듯 온갖 모욕을 주며 줄줄이 다 내쫓아 버렸다. 뒤를 이어 새로운 기녀가 들어왔다. 대왕루에서 상당히 많은 단골을 확보하고 있는 요희였다. 그녀는 평소 잘 입는 홍의 대신 속살이 살짝 보이는 투명한 백의 궁장을 입었으며, 평소보다 훨씬 짙은 화장으로 자신을 치장했다.

"호호호, 말씀은 많이 들었는데 설마 이렇게 미남이실 줄이야!"

요희는 담소충의 앞에 나타나기가 무섭게 고혹적으로 웃으며 애교를 부렸다. 그녀가 이와 같이 선정적인 차림에 교태까지 부리는 데엔 그만한 이유가 있었다.

항주 최고 권력자의 아들!

담소충의 성격이 더럽고 괴팍한 것은 요희도 잘 알고 있는 사실이다. 하지만 그에게는 그 어떤 사내도 갖지 못한 이와 같은 매력이 있었고, 그것 때문에 이처럼 꼬리를 치는 것이었다.

그의 눈에만 들면 기녀에서 귀부인으로 신분이 상승할 수 있다. 그것이 설령 후처라도 그녀에게는 상관없었다. 일단 후처라도 된다면 언제든지 자신이 그동안 익히고 터득한 수많은 경험으로 한 사내쯤은 충분히 녹일 수 있으며, 그렇게 되면 부인보다도 더 큰 힘을 가질 수 있을 거라고 그녀는 생각했다.

남자를 잘 만나 팔자 고치는 게 요희가 갖고 있는 최고의 가치이자 목표였다. 그래서 사내가 갖고 있는 배경을 이용하여 자신도 한 번쯤 세상을 내려보며 살고 싶었다. 때문에 그녀는 늘 재력이 탄탄한 거상(巨商)이라든가 권력을 남용할 수 있는 관리들 앞에선 알아서 옷고름을 풀러왔는데, 정작 그 모든 것을 갖춘 담소충이 나타났으니 이 얼마나 좋은 기회인가!

요희는 이 절호의 기회를 절대 놓치고 싶지 않았다, 아무리 담소충의 성격이 무섭고 괴팍하다 할지라도.

"어머, 술잔이 비었네요. 제가 따라드릴게요."

요희는 담소충이 뭐라고 하기도 전에 그의 옆에 찰싹 붙어 앉았다. 은은한 여인의 육향(肉香)과 투명한 백의 사이로 잘 발달된 그녀의 젖무덤이 담소충의 후각과 시각을 자극했다.

"어쭈? 얘가 제법인데?"

"호호, 제가 너무 늦게 올라왔죠? 상공께서 와 계신 줄 알았으면 진작에 올라왔을 텐데……."

그녀는 마치 정인을 대하듯 그윽한 눈으로 담소충을 바라보며 술잔을 올렸다.

"자, 쭉 드시고 상공을 기다리게 한 소녀에게 벌주를 내리세요."

"하하핫! 오냐! 이제야 나타난 죄로 석 잔을 벌주로 내리마!"

담소충은 흡족한 듯 벌컥 술잔을 들이킨 후 요희에게 연거푸 술을 따라주었다. 요희는 그가 따라주는 대로 받아 마셨다. 술이 들어가자 그녀의 얼굴은 복사꽃처럼 붉어졌다.

"아, 술이 들어가니 덥네요. 상공, 저고리를 벗어도 될까요?"

"암, 기분 좋게 술 마시는데 땀 흘릴 일 있냐? 더우면 당연히 벗으라고!"

하는 짓마다 마음에 흡족한 듯 담소충의 얼굴엔 연신 뿌듯한 미소가 흘렀다. 그는 고개를 들어 정면을 응시했다. 그곳에는 나이 든 예기(藝妓)가 적(笛)을 불며 연주를 하고 있었다.

"이런, 젠장! 윤기 나는 과일을 보다가 쭈글쭈글한 배추를 보니 갑자기 좋던 기분이 더러워지는군."

그는 인상을 구기며 또다시 밖을 향해 소리를 버럭 질렀다.

"야! 이 집에는 늙은 예기밖에 없냐? 구역질이 올라오려고 하니까 쟤 대신 젊고 예쁜 애로 들여보내라! 어서!"

"……!"

왕 대인의 얼굴이 딱딱하게 굳었다. 마시려던 술잔도 그의 입 앞에서 멈췄다.

"지, 지금 뭐라고 했나? 이곳을 떠나겠다고?"

"그렇습니다."

철우는 고개를 끄덕였다. 왕 대인은 크게 당황하며 채 마시지 못한 술잔을 내려놓았다.

"이, 이 사람아, 갑자기 그게 무슨 말인가? 특별한 일이 생기기 전에는 이곳에서 나를 돕기로 했잖은가? 그런데 느닷없이 떠나겠다니?"

"……."

"자네도 알다시피 이곳은 정말 하루라도 사고가 없는 날이 드물 정도로 거친 곳이네. 자네로 인해서 그 많은 일들이 조용히 넘어갈 수가 있었고, 그로 인해 나는 물론 우리 대왕루에서 일하는 모든 식구들이 자네를 얼마나 고맙게 생각하며 믿고 의지하고 있는데 느닷없이 떠나겠다니, 이 무슨 날벼락인가?"

"……."

"자네… 혹시 내가 주는 돈이 적어서 그런 건가? 그렇다면 얘기하게. 내 자네가 원하는 대로 줄 테니까."

왕 대인은 철우의 손을 덥석 잡으며 사정했다. 철우는 따로 급여를 받지 않았다. 왕 대인이 대왕루에 나타날 때마다 그를 불러 황금 한 냥씩 주곤 했다. 물론 철우는 됐다고 거절했지만 왕 대인은 이래야 자신의 마음이 편하다며 그의 기분을 상하지 않게 돈을 주었다. 그런 식으로 받은 돈을 따져 본다면 금룡표국에서 수석 표사로 일할 때보다도 많은 급여였다.

"혼자 사는 놈이 무슨 돈이 필요하겠습니까?"

"그렇기에 하는 말이네. 따로 형제나 친척도 없다면서 어째서 내 곁을 떠나겠다는 것인가? 더욱이 나를 비롯한 이곳의 모든 식구들이 자네를 무척 좋아하고 있다는 것을 잘 알면서 말이야."

철우는 대답하지 못했다. 그는 광활한 대륙의 그 어느 곳에서도 반겨줄 사람 하나 없는 입장이다. 때문에 자신을 절실하게 필요로 하는 사람이 있다는 사실만으로도 오래도록 이곳에서 머물고 싶었다. 하지만 그래도 그는 떠나야만 했다.

오랜 침묵 끝에 철우의 입술이 천천히 열렸다.

"언젠가 말씀드렸듯이… 떠날 수밖에 없는 특별한 일이 생겼습니다."

"허걱!"

풍만한 요희의 젖가슴을 주물럭거리며 술잔을 들이키던 담소충의 입에서 헛바람이 새어 나왔다.

뎅그렁!

눈알은 튀어나올 정도로 크게 불거졌고, 들고 있던 술잔은 그의 손에서 미끄러지며 바닥에 떨어졌다. 불거진 그의 시선은 늙은 예기 대신 새로 나타난 어린 기녀에 고정되어 떨어질 줄을 몰랐다.

'저, 정말 눈알이 뒤집힐 정도로 예쁜 계집이다. 세상에 이렇게 아름다운 아이가 존재하다니……. 야래향 최고 기녀라는 묘설하가 반딧불이라면, 이 아이는 명월이다.'

그는 자신도 모르게 침을 주르륵 흘렸다. 그리고 겨우 그때서야 정신을 차리며 말을 꺼냈다.

"네, 네 이름이 무엇이냐?"

호금(胡琴)을 들고 선 어린 기녀는 잔뜩 긴장한 표정으로 대답했다.

"구, 군영이라고 합니다."

그랬다.

항주제일의 망나니인 담소충으로 하여금 침을 흘리도록 만든 어린 예기는 바로 군영이었다.

第六章

그가 분노했다

"후후, 이렇게 기막히게 귀엽고 예쁜 계집이 이곳에 있었다니……. 진작에 알았다면 내가 굳이 다른 기루를 돌아다지지 않았을 게다. 연주는 필요없으니 이리 와서 앉아라."

"예?"

담소충이 자신의 옆 자리로 오라고 손짓을 하자 군영은 눈을 휘둥그렇게 떴다.

"뭘 놀래느냐? 어서 내 옆으로 오라니까!"

"저, 저는……."

군영이 당황하며 더듬거리자 요희가 끼어들었다. 그녀는 바로 옆에 있는 자신을 두고 군영에게 넋이 나간 담소충이 괘씸했지만 그렇다고 감정을 표시할 수는 없었다.

"상공, 저 아이는 아직 세상 물정을 모르는 애송이예요. 지난번에도 술시중을 들다가 손님이 자기의 허벅지 좀 만졌다고 괴성을 지르며 울고불고 난리를 친 적이 있어요. 그래서 쟤가 끼면 술판이 엉망이 된다고 절대 손님 옆 자리에 앉지 못하도록 하고 있어요."

"오호! 그래?"

"예, 정말 그랬다니까요. 내숭도 어느 정도지, 돈을 벌려고 기루에 와놓고도 혼자 순진한 척은 다 한다니까요. 오죽했으면 루주와 점가가 영업 망치겠다고 절대 손님 옆에 앉지 말고 연주나 하라고 지시했으려고요. 뒤로 호박씨는 다 까고 다니면서 순진하고 착한 척은……. 정말 웃기지도 않는 애라니까요."

"호박씨를 까다니?"

"나이는 어려도 괜찮은 남자만 보면 눈웃음을 살살 치면서 얼마나 꼬리를 치는데요? 쟤가 치는 꼬리에 이곳에 있는 남자들치고 안 넘어간 사람이 없다니까요."

요희는 행여 자신에 대한 관심을 빼앗길까 봐 군영에 대한 험담을 늘어놓았다.

"진짜 무서운 아이니까 그냥 조용히 앉아서 연주나 하라 하고, 아까처럼 그냥 우리끼리 즐겨요. 어머, 그러고 보니 상공의 잔이 비었네?"

요희는 화들짝 놀라는 척을 하며 술을 따랐다. 그러나 자신이 입이 아프도록 있는 험담, 없는 험담을 늘어놓았건만 담소충의 반응은 결코 그녀가 원하는 쪽이 아니었다.

"너나 처먹어라, 이년아!"

아니어도 너무나 아니었다. 담소충의 냉담한 표정과 느닷없는 욕설에 그녀는 크게 당황했다.

"사, 상공……?"

"이년아, 너나 처먹고 이제 그만 내 앞에서 꺼지라고!"

"사, 상공, 소녀에게 어찌 그렇게 심한 말씀을……?"

"그러니까 내 입에서 더 심한 소리가 나오기 전에 꺼지라고!"

"대체 소녀가 무엇을 그렇게 잘못했나요? 얼마든지 고칠 테니 말씀해 주세요."

요희는 눈물을 글썽이며 매달렸다. 평상시 그녀였다면 결코 이와 같은 모욕을 참지 않았을 것이다. '네놈이 아니라도 나를 찾는 손님은 줄 섰다'는 식으로 자신이 당한 것 이상의 심한 욕지거리를 퍼부었을 것이다.

하지만 그녀는 담소충의 여자가 되고 싶은 열망이 너무도 강했다. 그 열망은 그녀로 하여금 속에서 욱 하고 치솟는 성질을 죽이게 했고, 닭똥 같은 눈물을 흘리게 만들었다.

"네가 뭘 잘못했는지 모른다고? 이년아, 네가 쟤보다 인물이 훨씬 못하잖아? 쟤를 보다가 널 보려니까 짜증이 나고 신경질이 치솟으니까, 자꾸 말 시키지 말고 그냥 꺼져! 알겠냐!"

"사, 상공……."

"에이, 진짜 이게 정말 사람 뚜껑 열리게 만드네!"

짜악!

담소충은 화를 벌컥 내며 요희의 따귀를 갈겼다. 요희는 졸지에 볼썽사나운 꼴로 나가떨어졌다.

"흐흐, 귀여운 것. 어서 이쪽으로 와서 술 한잔 따라봐라. 되바라지든 뒤로 호박씨를 까든 얼굴만 예쁘면 다 이해해 주는 사람이다. 자, 어서."

담소충은 다시 군영을 향해 손짓을 했다. 하지만 군영은 난데없는 욕설과 폭력에 크게 당황하며 어쩔 줄을 몰라 하며 서 있었다.

"……."

"뭐 해? 어서 이쪽으로 오라니까!"

"죄, 죄송해요. 전 이만 나가볼게요."

군영은 어정쩡한 모습으로 인사를 꾸벅 하고는 급하게 문을 나섰다.

콱!

하지만 그녀는 미처 빠져나가지 못한 채 황급히 자리를 박차고 쫓아온 담소충에 의해 뒷덜미가 잡히고 말았다.

"어쭈? 이년 봐라?"

담소충은 인상을 긁고는 강제로 그녀를 술상이 있는 곳으로 끌고 갔다.

"제발… 나가게 해주세요. 전… 아직 술도 마실 줄 몰라요."

군영은 사정을 하며 애원했다. 그러자 담소충의 얼굴이 더욱 험악해졌다.

"너도 터진 다음에 말 들을래?"

"지, 진짜예요. 정말 한 모금도 마셔본 적이 없어요……."

"이런 쌍!"

쫘악!

"아악!"

담소충의 손이 허공을 가르자 군영은 뾰족한 비명을 지르며 나가떨어졌다.

"사람을 봐가면서 내숭을 떨라고! 난 그렇게 호락호락한 사람이 아니야! 알겠어?"

찌익! 찍!

담소충은 쓰러진 군영의 위로 올라타며 거침없이 그녀의 옷을 찢기 시작했다. 백의 속에 가려진 그녀의 백옥과 같은 피부가 드러났다.

"아악! 제발… 이러지 마세요!"

군영은 비명을 지르며 애원을 했으나 전혀 소용이 없었다.

"주둥이 닥쳐!"

짜악! 쪽!

담소충은 몸을 비틀며 자신의 행동에 저항하는 군영의 뺨을 후려치며 완력으로 제압했다. 군영의 입에선 피가 터져 나왔다. 하지만 담소충은 전혀 개의치 않고 계속 옷을 찢어 나갔다.

견의가 찢어지고, 속옷이 없어지고, 마지막 망사의까지 그녀의 몸을 떠났다. 그리고 마침내 빙설보다 더 하얀 동체가 드러났다

유리처럼 투명한 피부는 매끄러울 정도로 윤기가 흐르고, 조롱박을 엎어놓은 듯한 새하얀 젖가슴은 그야말로 한 손 안에 쏙 잡힐 듯 소담스러웠다.

"정말 기가 막힌 몸이구나. 내가 열다섯 때부터 계집질을 했지만 이렇게 완벽한 몸은 정말 처음이다. 좋아! 아주 좋아! 흐흐흐!"

담소충은 잠시 군영의 나신을 바라보며 침을 흘리고는 이내 그녀의 가슴에 얼굴을 파묻었다. 그리고 발정 난 수캐처럼 거친 숨을 몰아쉬며 그녀의 육체에 침을 묻혀 나가기 시작했다.

군영은 완강하게 고개를 저으며 빠져나오려 했으나 그녀의 힘으로는 역부족이었다.

갑자기 눈물이 나왔다. 그리고 한 사내의 얼굴이 떠올랐다.

자신에게 처음으로 사랑을 느끼게 만든 사내. 언제나 고향에 있는

늘푸른나무처럼 자신이 의지할 수 있는 넓은 가슴을 가진 사내.

그 사내에게 바쳐야 할 순결이 이렇게 더럽혀진다는 사실이 미치도록 싫었으나 안타깝게도 그녀는 도저히 벗어날 힘이 없었다.

이 더러운 현실을 인정하느니 차라리 혀를 깨물고 죽는 것이 어떨까 하는 비장한 생각이 뇌리를 스치려는 순간,

꺄옷! 끼오옷!

너무도 귀에 익숙한 괴성이 그녀의 고막으로 파고들었고, 그와 동시에 담소충의 몸이 자신에게서 떨어졌다.

"으억! 뭐, 뭐야?"

담소충은 몸을 벌떡 일으키며 자신의 뒷덜미를 깨문 장본인을 찾으려 두리번거렸다.

끼옷! 끼옷!

뜻밖에도 장본인은 사람이 아닌 작고 흰 원숭이, 바로 군영의 벗인 반반이였다. 반반은 담소충이 벌떡 일어나자 술상 위로 몸을 옮겼다가 다시 용수철처럼 솟아오르며 담소충의 팔뚝을 깨물었다. 자신의 주인을 지키기 위한 반반의 모습은 너무도 필사적이었다.

"아악! 이… 이놈의 원숭이 새끼가……?"

담소충은 반반을 다른 한 손으로 잡아 떼더니 세차게 집어 던졌다.

퍽!

반반의 몸뚱이가 벽에 부딪치며 사방으로 피가 확산되었다. 그리고 벽으로부터 굴러 떨어진 반반은 더 이상 움직임이 없었다.

"반반아! 반반아!"

군영은 자신이 알몸이라는 것도 잊은 채, 흰 털이 붉은 피로 젖어버린 반반을 부둥켜안고 오열했다. 하지만 담소충은 그녀에게 슬퍼할 기

회조차 주질 않았다.

"썅! 정말 여러 가지로 짜증스럽게 만드는군! 이리 와!"

그는 또다시 군영의 뒷머리를 잡아채며 바닥에 패대기쳤다.

"피를 봐서 기분은 더럽지만… 이왕 시작한 것, 끝은 봐야지? 안 그래?"

군영을 바닥에 눕힌 후 담소충의 양손이 어지럽게 움직이기 시작했다. 그의 한 손은 그녀의 젖가슴을 희롱하고, 다른 한 손은 은밀한 부위를 마구 유린했다.

"헉! 헉!"

뜨거운 숨결을 토하며 헐떡이는 담소충.

군영은 입술을 질끈 깨물며 천천히 손을 움직였다. 그녀는 바닥에 떨어져 있는 술병을 집어 들고는 주저없이 담소충의 뒤통수를 후려갈겼다.

퍽!

"아악!"

담소충은 비명을 터뜨리며 머리를 번쩍 쳐들었다.

"죄송합니다만… 그것은 말씀드릴 수가 없습니다."

오랜 침묵 끝에 철우가 무거운 표정으로 입을 열었다. 그 특별한 이유가 뭐냐고 계속 묻는 왕 대인에게 침묵으로 일관하던 철우의 대답이었다.

"허어, 이 사람아, 그렇게 무책임한 대답이 어딨나? 나의 부탁을 거절하면서까지 이곳을 떠나야 한다면 그만한 이유가 있을 게 아니겠나? 나를 납득시키고 떠나게. 정말 꼭 그럴 만한 이유가 있다면 나도 잡지 않을 테니까."

"죄송합니다."

"어허."

왕 대인은 아쉬운 표정을 지었다. 아무리 묻는다 한들 철우의 입에서 더 이상의 얘기는 나오지 않을 것 같았다. 그가 이렇게 떠나기로 마음을 굳혔다면 막을 방법이 없었다. 안타깝더라도 보내줄 수밖에.

"바로 떠날 셈인가? 자네를 대신할 후임자가 올 때까지만이라도 있어주면 안 되겠나?"

"마음 굳혔을 때 한시라도 빨리 떠나고 싶습니다."

왕 대인은 허탈한 표정으로 물었고, 철우는 고개를 숙인 채 대답했다. 그동안 친형제처럼 자신을 대해준 왕 대인의 아쉬워하는 표정을 되도록이면 외면하고 싶었다. 눈이 마주치면 자신의 마음도 약해질 것 같았고, 그는 그것이 두려웠다.

"어쩔 수 없지. 자네 생각이 정 그렇다면."

왕 대인은 쓸쓸한 미소를 지으며 손을 내밀었다.

"잘 가게. 그리고 혹시라도 이곳이 생각나면 다시 돌아오게. 난 언제나 문을 열어놓고 기다리고 있을 테니까."

"그동안 신세 많았습니다. 아마 영원히 잊지 못할 겁니다."

왕 대인이 내미는 손을 철우가 마주 잡는 순간,

"루, 루주님, 큰일났습니다!"

거칠게 문이 열리며 마달평이 또다시 들어왔다. 왕 대인은 고개를 돌렸다. 마달평의 머리통에선 피가 흐르고 있었다.

"아니, 자네 머리가 왜 그런가?"

"빌어먹을! 결국 그 인간이 또 사고를 치고 있습니다!"

"그 인간이라니?"

"담소충인가 하는 그 망나니 자식 말입니다! 그 자식 방에서 비명 소리가 나기에 올라가 봤더니만, 그 미친놈이 글쎄… 군영이를 개 패듯이 패고 있지 뭡니까?"

"……!"

순간 철우는 흠칫했고, 왕 대인은 의아해했다.

"하여 제가 끼어들며 말리려고 하니까 그놈이 다짜고짜 제 얼굴에 사기그릇을 집어 던지지 뭡니까? 군영이에게 술병으로 얻어 터져 피를 봤다며 끼어드는 놈은 무조건 다 죽여 버리겠다며……."

"뭐라고?"

"어떡하죠? 눈알이 뒤집힌 그놈 상태를 보니 큰일이 나도 단단히 날 것 같은데……."

마달평이 근심스런 얼굴을 말을 하는 순간,

파앗!

철우의 신형은 이미 바람처럼 그곳을 빠져나가고 있었다.

"이년아, 내가 서른다섯을 살아오면서 부모는 물론이고, 어느 누구에게도 싫은 소리 한 번 들어보지 않은 사람이다. 그런데 감히 기녀 주제에 감히 내 머리에서 피를 흘리게 해?"

담소충은 씩씩거리며 그녀의 목을 조르고 있었다.

"흐흐, 망할 년! 너같이 독하고 못된 년은 죽어도 싸! 죽어! 뒈져 버리라고!"

이미 이성을 망각한 듯 그의 눈은 광기로 번들거렸고, 입에서는 사악한 웃음이 흘러나왔다.

그 순간,

"비켜!"

철우는 빛과 같은 속도로 쏘아들며 군영의 몸 위에서 목을 조르고 있는 담소충을 걷어찼다.

꽈다당탕!

담소충은 격렬하게 곤두박질을 쳤다.

"군영아! 군영아!"

철우는 군영을 부축하며 다급히 소리쳤다. 이미 군영의 눈은 흐릿하게 풀려 있었다.

"초… 총… 관… 님…….."

"그래, 나다! 정신 차려!"

철우는 극도로 당황했다. 군영의 상태가 너무도 위급하게 느껴졌다.

"아무 말 하지 말고 잠시만 기다려라. 무슨 말이든 하면 안 돼. 알겠지?"

그는 군영의 명문혈에 손을 얹고 회령대법(回靈大法)을 펼치려 했다.

회령대법.

떠나가는 영혼을 붙잡는 비법이라 불려지는 이것은 상대의 명문혈에 기를 주입함으로써 생명을 연장시키는 무림의 비기였다. 그러나 이때 대상자가 말을 하게 되면 주입한 기가 무용지물이 되기에 일각 동안은 입을 다물고 있어야만 한다.

그런데 철우의 손이 그녀의 명문혈에 닿고, 그의 본연진기가 명문혈을 통해 그녀의 체내로 들어가려는 순간 그녀는 희미하게 웃으며 입을 열었다.

"총… 관… 님…….."

"아, 안 돼! 말하지 마! 제발!"

철우는 다급하게 소리쳤다. 그러나 여전히 군영은 가쁜 숨을 몰아쉬며 입술을 달싹거렸다.

"총관… 님의… 여자가… 되고… 싶… 었… 는… 데……."

스르륵.

그리고 그녀의 고개는 옆으로 천천히 꺾여졌다.

철우의 얼굴과 온몸이 딱딱하게 굳었다.

"구, 군영아……!"

철우의 음성이 흔들렸다. 그는 꺾어진 군영의 얼굴이 자신을 향하게 하였다. 군영은 편안하게 잠들어 있었다. 철우는 그녀의 육신을 격하게 부둥켜안았다. 그의 품속에 안긴 군영은 조그맣게 접힌 한 마리의 새였다.

호르래호르래…….

그녀의 몸 어딘가에서 정결하게 우는 새소리가 들려왔다.

철우의 입술이 아래로 미끄러졌다. 그리고 그녀의 피 묻은 입술 위에 자신의 입술을 묻었다. 군영의 입술은 차갑고, 마른 꽃잎 같았다.

"총관님, 술 좀 조금만 드시면 좋겠어요."

"제가 앞으로 이삼 년만 열심히 일을 하면 왕 대인님에게 진 빚은 물론 시전에서 포목점이라도 할 수 있는 돈을 마련할 수 있겠죠?"

"그때쯤이면 부모님 병세도 호전될 것이고, 동생들은 좀 더 커 있을 텐데……. 아, 시간이 빨리 지나갔으면 좋겠어요. 그래서 우리 가족, 예전처럼 다 함께 모여서 화목하게 살고 싶어요."

"고마워요, 총관님. 제가 만약 포목점을 하게 되면 꼭 한번 찾아오세요. 총관님께 가장 좋은 의차(衣次:옷감)를 선물해 드릴 테니까요."

오늘은 힘들지라도 자신에게도 언젠가는 해가 비칠 것이라며 활짝 핀 백합처럼 미소 짓던 열일곱의 어린 소녀는 이제 두 번 다시는 돌아올 수 없는 길로 떠났다. 그녀가 그토록 걱정했던 병든 부모와 어린 두 동생을 이 땅에 남겨둔 채.

그리고 그토록 갈망했던 행복도 찾지 못한 채…….

"끄으……!"

상처받은 짐승과 같은 신음과 함께 철우의 눈에선 눈물이 흘러내렸다.

이건 아니었는데…….

네가 싫은 건 아니었다. 단지 너의 사랑을 받아들이기엔 나의 육신과 영혼이 너무나 더럽혀졌기에, 그래서 너를 떠나려 했던 것이었는데…….

미안하다, 미안하다. 내가 너무 비겁했다…….

철우의 눈에선 눈물이 하염없이 쏟아졌다. 그리고 그는 이미 차갑게 식어버린 군영의 육신을 미친 듯이 부둥켜안으며 마침내 절규했다.

"으아아아아……!"

한편, 문밖에는 어느새 몇몇의 사람들이 안쪽을 바라보고 서 있었다. 왕 대인과 마달평을 비롯하여 몇몇 기녀들의 얼굴은 분노와 울분이 뒤섞여 있었다.

'개만도 못한 놈. 취월루에서 사고를 친 지가 얼마나 됐다고 또 그 짓을 하다니…….'

'정작 뒈져야 할 놈은 멀쩡하고, 살아야만 할 불쌍한 아이는 허망하

게 죽고…… . 빌어먹을 놈의 세상.'

'흑흑… 착한 군영이가 이렇게 죽다니, 불쌍해서 어쩌나.'

마음 같아선 당장이라도 담소충을 요절내고 싶었으나 안타깝게도 그들이 할 수 있는 것은 응징이 아니라, 불쌍한 군영을 위해 명복을 비는 것뿐이었다.

"끙… 끄응…… ."

벌거벗은 흉측한 몰골로 나가떨어진 담소충은 똥 마려운 강아지와 같은 신음을 토해내며 천천히 몸을 일으켰다. 그리고는 군영의 시신을 부둥켜안고 통곡하는 철우의 모습을 시뻘겋게 충혈된 눈으로 노려보았다.

'죽일 놈! 감히 나를 걷어차?'

생각대로라면 자신의 주먹으로 실컷 두들겨 패고 싶었지만 철우의 허리에 검이 채워져 있다는 게 마음에 걸렸다. 무술을 익힌 무림인일 수도 있다는 불안감을 느끼며 그는 남의 손을 빌리기로 했다.

삐익—!

담소충은 벗어 던진 자신의 옷 속에서 호각을 꺼내더니 급하게 불어댔다.

휘익! 휙!

그러자 마치 그의 신호를 기다리고 있기라도 하듯 빠르게 장내로 들어서는 두 명의 사내가 있었다.

똑같은 얼굴에 똑같이 먹처럼 검은 흑의 무복을 걸치고, 뱀과 같은 역삼각형의 섬뜩한 눈매와 송곳처럼 싸늘한 인상은 보는 이로 하여금 절로 등골이 서늘하게 만드는 삼십대 후반의 쌍둥이 사내. 그들은 담소충의 호위 무사인 황일과 황이였다.

"부르셨습니까?"

마치 한 사람의 행동처럼 그들은 똑같은 동작과 음성을 발하며 포권을 취했다. 담소충은 철우를 손가락으로 가리켰다.

"저놈이 나를 무시했다! 놈을 응징해라!"

"존명!"

두 사내는 짧은 대답과 함께 이내 등을 돌렸다. 그들은 천천히 철우의 등 뒤로 다가왔다. 왼쪽의 사내 황일이 입을 열었다.

"일어나게. 그 상태로 죽음을 맞이하기는 억울할 게야."

"……."

철우에게선 아무런 대답도 나오지 않았다. 그래도 황일은 상관이 없었다. 그는 이미 주인으로부터 명령을 받았고, 자신은 그 명령에 충실하기만 하면 된다고 생각했다.

스르릉!

황일은 허리춤에서 장도(長刀)를 뽑았다. 맑디맑은 쇳소리와 함께 도신이 모습을 드러냈다. 그와 함께 서릿발처럼 삼엄한 도기가 실내를 가득 메웠다.

"빨리 끝내주마."

냉막한 일성과 함께 시퍼렇게 날이 선 그의 장도가 철우의 뒷 목덜미를 향해 짓쳐들었다.

철우는 군영의 시신을 안고 앉아 등을 보이고 있는 상태였다. 언뜻 일견하기에도 피하기조차 힘든 상황이거늘, 그럼에도 황일의 손속은 비정할 정도로 빨랐다.

"헉!"

그런데 놀랍게도 짧은 외마디 신음이 터져 나온 것은 오히려 황일이었다.

철우가 언제 검을 뽑았던가? 아무도 본 사람은 없다. 그러나 이 순간 목을 찔린 것은 철우가 아닌 황일이었으니…….

서거걱!

날카로운 검끝에 뼈와 살이 한꺼번에 꿰뚫리는 소름 끼치는 관통음과 함께 황일의 목에선 시뻘건 핏물이 흘러나오기 시작했다.

꾸륵, 꾸르륵…….

한순간 당혹스런 표정을 짓던 황일은 입으로 피를 토하며 썩은 통나무처럼 그 자리에서 쓰러지고 말았다.

"……!"

황이는 물론 뒤에서 팔짱을 끼고 태연스럽게 구경하고 있던 담소충의 눈도 튀어나올 것처럼 크게 불거졌다.

'마, 말도 안 돼. 검을 빼는 것을 보지도 못했는데 어떻게……?'

담소충은 자신의 눈앞에서 펼쳐진 상황을 도저히 인정할 수가 없다는 듯 눈을 감고 고개를 세차게 도리질했다. 하지만 결과는 같았다. 황일은 눈을 뜬 채 바닥에 쓰러져 있었다.

황일의 장도가 철우의 뒷덜미를 꿰뚫기 전 철우가 몸을 약간 뒤로 비틀면서 옆에 찬 철검을 뽑음과 동시에 황일의 목을 찔렀던 한 동작. 그것은 평범한 사람들의 안력(眼力)으로는 도저히 볼 수조차 없을 정도로 무서운 손속이었다.

"놈, 이제 보니 숨은 고수였군."

황이의 음성이 미미하게 흔들렸다. 쌍둥이 형제가 단 일 초에 제압당했다는 것은 그에게 분노와 함께 투쟁심을 일으켰다. 곤륜파에서 절정의 무술을 익힌 그들 형제였다. 방심으로 한 번은 당할 수 있다지만,

두 번씩 당한다는 건 뼈를 깎는 지난 이십 년간의 수련이 억울해서 견딜 수 없는 일이라고 황이는 생각했다.

"모처럼 제대로 된 상대를 만난 것 같군. 그동안 이곳에서 적수가 없어 외롭던 참이었는데……."

그는 싸늘한 미소를 입가에 머금으며 그의 옆구리에 손을 얹었다. 천천히 도파(刀把:칼의 손잡이)를 움켜쥐는가 싶더니 벼락과 같은 노성을 터뜨리며 허공으로 도약했다.

"타아앗!"

섬뜩한 도광이 번뜩이는가 싶더니 수직으로 공간을 양단했다.

쩡!

검끝에 장도가 부딪치는 예리한 쇳소리.

허공에 솟구쳤다가 떨어지면서 수직으로 내려찍는 힘에 관성이 붙었으니 그 무게와 위력은 그야말로 엄청날 터였으나 철우는 너무도 간단하게 막아냈다.

그러나 황이는 그 정도쯤은 이미 계산에 둔 듯 전혀 개의치 않고 자신의 장도를 마치 풍차처럼 마구 휘두르며 돌진했다.

파파파파팟!

사방으로 도기가 비산하였다. 그의 공격은 마치 도법을 전혀 모르는 사람이 칼을 휘둘러 대는 것처럼 무질서했다. 하지만 철우는 그것이 곤륜파에서 가장 패도적인 무공 중의 하나인 묵룡도법(墨龍刀法)이라는 것을 알고 있었다. 금룡표국에서 일할 때 총호법이었던 권암(勸岩)이 이따금씩 펼치는 것을 그는 본 적이 있었던 것이다.

삽시간에 주위는 온통 도풍과 경기의 소용돌이에 휩싸였다. 담소충은 물론 왕 대인을 비롯한 대왕루의 식구들은 철우가 곧 그 소용돌이에 휘말리게 될 것이고, 결국은 피를 뿌리며 쓰러질 거라고 생각했다.

모두의 생각이 그처럼 굳어지던 바로 그 순간, 피하기만 하고 전혀 반격을 하지 않던 철우의 우수가 빛처럼 번쩍였다.

쐐애애액!

시커먼 검기가 가공할 속도로 휘몰아치는 소용돌이를 꿰뚫었다.

"으아아악!"

뒤이어 처절한 비명이 터져 나왔다. 그와 동시에 미친 듯이 요동을 치던 도광의 소용돌이가 씻은 듯이 사라져 버렸다.

황이의 심장 앞에 철검이 닿아 있었다. 그저 단지 닿았을 뿐인데도 황이의 가슴에서 검붉은 핏덩이가 뭉클뭉클 쏟아져 나오고 있었다.

"이… 초식의 이름이… 뭐냐……?"

황이의 몸이 앞뒤로 흔들거렸다. 그러나 그의 시선만큼은 철우에게 고정되어 있었다. 철우는 짧게 대답했다.

"천리뇌정(千里雷霆)."

"천리… 뇌… 정……. 멋진… 초식… 이었… 다……."

점차 더욱 크게 몸이 흔들리던 황이는 그 말을 끝으로 바닥으로 엎어지고 말았다. 그리고 그는 자신이 흘린 피에 얼굴을 묻으며 차갑게 식어갔다.

스윽!

처음으로 철우의 시선이 담소충에게로 옮겨졌다.

"으… 으……."

철우와 눈이 마주친 담소충은 식은땀을 흘리며 사시나무처럼 떨었다. 철우는 천천히 다가가더니 그의 앞에 우뚝 섰다. 담소충은 미소를 지었다.

"헤헤… 미, 미안……. 정말 미, 미안해. 그 계집에게… 임자가 있는 줄은… 몰랐어. 정말이야……."

그의 미소는 어색했고, 음성은 긴장으로 떨리고 있었다. 철우는 비정하리만치 차가운 표정으로 그를 직시했다.

"그럼 임자가 없는 기녀는 네 맘대로 죽여도 괜찮다는 건가?"

담소충은 움찔했다. 하지만 어떡하든 철우의 노기를 풀어야만 자신이 안전할 수 있다고 생각했다.

"헤헤, 듣고 보니 그것도 말이 좀 안 되네? 아무튼 술이 원수라니까. 내가 평소엔 참 괜찮은 사람인데… 술이 취하면 좀 망가져서 말이야……."

그는 비굴할 정도로 억지웃음을 짓고는 이내 빠르게 말을 돌렸다.

"자네… 정말 대단한 무술을 가졌더구먼. 내가 우리 아버지께 잘 말씀드려 볼까? 우리 아버지가 추천만 하면 자넨 황궁의 교위(校尉)나 장군이 될 수 있다고."

"……."

"우리 아버지가 누구냐 하면, 얼마 전까지 황궁에서 승상으로 계셨던 그런 분이야. 승상이 얼마만큼 엄청난 자리인지 알지? 지금도 황궁에는 우리 아버지를 추종하는 후배와 제자들이 엄청 많지. 내가 한마디만 하면 자넨 앞으로 멋진 감투를 쓰고 폼 나게 살 수가 있거든? 어때? 그렇게 해줄까?"

"쓰레기 같은 놈!"

철우는 차갑게 말을 내뱉고는 갑자기 허공으로 검을 쭉 뻗자 그의 검에 유등(油燈)이 걸렸다. 이곳의 넓은 방에는 큼직한 네 개의 유등이 걸려 있었는데, 철우는 그중의 하나를 검으로 끌어 내렸다.

철우는 그것을 들고 담소충의 바로 앞까지 다가갔다.

"왜… 왜 그래? 뭘 하려고……?"

무조건 먹힐 줄 알았던 자신의 제안이 일언지하에 거절당하자 담소충은 바짝 긴장했다.

서걱!

철우는 유등의 밑을 검으로 베었다. 그러자 기름이 담소충의 머리와 몸으로 쏟아져 내렸다.

"윽! 대체… 왜, 왜 이러는 거야?"

졸지에 기름 벼락을 맞은 담소충은 불안해서 어쩔 줄을 몰랐다. 그러면서 철우가 혹시 자신의 신분을 깜빡한 게 아닌가 하는 생각이 들었다.

"이, 이봐, 자네… 지금 뭔가 착각하고 있나 본데… 우리 아버지가 담중산 승상이라고. 황제 폐하도 우리 아버지의 말이라면 끔뻑 죽는 그런 분이라니까. 만약 내 손끝 하나라도 다치게 만들면… 자넨 그날로 죽은 목숨이라고. 그러니 무슨 장난을 치려는 것인지는 몰라도… 이 정도에서 그만 하자고. 나도… 여기까지는 이해해 줄 테니까……."

"장난? 크큭, 그렇지. 장난일 수 있겠지. 지금부터 네놈의 목숨을 갖고 놀 생각이니까."

철우는 키득거리고는 인지를 곧추세웠다. 그리고 그가 인지를 쏘아 보자 그 끝에서 불꽃이 일었다. 그는 인지 끝에서 타오르는 불꽃을 곧바로 앉아 있는 담소충의 다리로 튕겨냈다.

"으헉!"

담소충의 입에선 비명이 터졌다. 짧은 순간에 불길이 그의 다리에서부터 몸으로 치솟아올랐다.

"으아아… 으어… 으어어……!"

담소충은 비명을 내지르며 마치 쥐약 먹은 강아지처럼 펄쩍펄쩍 뛰기 시작했다. 불길을 털어내기 위해 손으로 털며 벽에 온몸을 비벼도 봤지만 소용없었다. 오히려 불은 새파란 불꽃을 토하며 다리에서 몸으로, 그리고 팔을 타고 더 위쪽으로 번져 갔다. 웬만하면 꺼져야 할 불길이 계속 전신으로 확산되자 담소충은 제정신이 아니었다.

"으아아아! 살려줘! 제발! 무조건 내가 잘못했어! 으아악! 아악! 살려 주세요, 제발!"

어찌나 급했는지 존댓말까지 나오고 있는 상황이었다.

"정말… 그렇게 살고 싶은가?"

"아악! 예! 살려주세요! 제발……! 아악!"

"좋아, 네 생명을 구하려면 일단 불부터 꺼야 되겠지?"

철우는 비릿한 미소를 짓고는 불에 타 들어가고 있는 담소충의 어깨를 철검으로 후려쳤다.

서걱!

소름 끼치는 절삭음이 허공에 울려 퍼졌다. 그리고 잘려 나간 어깨 끝에서 분수처럼 피가 쏟아져 나왔다.

"으아아악!"

담소충은 처절한 비명을 토했다. 그는 바닥에 떨어진 자신의 팔뚝을 미처 쳐다볼 수조차 없을 만큼 처절하게 몸부림치며 고통스러워했다. 그러나 안타깝게도 철우에게는 그것이 시작이었다.

또다시 철우의 철검이 허공에 번뜩이는가 싶더니 남은 한쪽 팔뚝마저 떨어져 나갔다. 그리고 뒤이어 담소충의 다리가 하나씩 육체에서 이탈했다.

"으아아악!"

담소충의 입에선 연신 비명이 터져 나왔다. 훤칠했던 그의 육신은 피로 뒤덮였고, 창졸간에 팔과 다리조차 없는 신세로 전락했다. 그나마 다행스러운 것은 그의 몸에서 분수처럼 쏟아져 나온 피로 인해 불길은 잡혔다는 사실이었다.

"고통스러운가?"

철우의 음성은 여전히 차가웠다. 그의 얼굴에선 일말의 동정 따위는 찾아볼 수 없었다.

"끄으으… 개애새끼……. 나를… 이 지경으로 만들어놓고… 네놈이 멀쩡할 것 같으냐……?"

살려달라고 애원하던 담소충의 눈에서 살기가 이글거렸다. 아무리 사정을 한다고 해도 자비를 베풀 상대가 아니었고, 차라리 죽는 게 편할 만큼 너무도 고통스러웠기 때문이다.

"눈빛이 마음에 안 드는군. 여전히 반성하는 기미가 보이질 않아."

차가운 냉소와 함께 철검이 담소충의 오른쪽 눈을 후벼팠다.

"으아아악!"

담소충의 비명이 더욱 처절해졌다. 그의 한쪽 눈은 마치 검은 동굴처럼 휑 하니 뚫려 버렸다.

"후훗! 날더러 멀쩡할 것 같냐고 했던가? 미안하지만 난 그런 계산 따위는 하지 못한다. 내가 알고 있는 것은 군영이 당한 것만큼, 아니, 그 이상으로 네놈에게 복수를 해야 한다는 단 하나뿐이니까."

"끄으으… 죽여라! 제발……! 이 지독한 새꺄!"

허공을 찢던 담소충의 음성은 잦아들고 있었다. 이제 더 이상 비명을 지를 여력도 없는지 그의 신형은 앞뒤로 흔들거렸다.

"모처럼 맘에 드는 얘기군. 하나 그것만으론 자비심이 일어나질 않는군. 좀 더 애절하게 사정해 보라고."

"제, 제발 어서 좀 죽여줘, 이 짐승만도 못한 새끼야!"

담소충은 발악을 하듯 젖 먹던 힘까지 끌어모아 악다구니를 썼다. 철우의 입에서 모처럼 미소가 번졌다.

"훗! 맘에 드는 애원이군. 진작 그랬어야지."

번쩍—!

다시 한 번 철우의 우수가 허공을 번뜩였다. 그 빛은 마치 화살과 같은 속도로 쏘아져 가 담소충의 심장을 관통했다.

"끅!"

비명은 예상외로 너무도 짧았다. 이제는 비명조차 지를 여력이 없는 듯 짧은 외마디의 신음과 함께 담소충의 신형은 뒤로 천천히 쓰러지고 있었다.

털썩!

마침내 부친의 배경을 믿고 하늘 높은 줄 모르고 날뛰던 담소충은 이렇게 최후를 맞이하고 말았다.

한쪽 눈알이 빠지고 사지가 절단당한 시체. 차마 눈뜨고 볼 수 없을 정도로 참혹한 최후였다.

사람들은 철우의 잔인한 손속에 진저리를 쳤다. 심장이 약한 기녀들은 주저앉아 오줌을 지릴 정도였다.

철우는 검을 회수하고는 걸음을 떼었다. 그의 발은 반반이가 있는 곳에서 멈춰졌다.

한동안 그의 시선은 반반에게 고정되었다. 그리고 그는 침통한 얼굴로 피를 흘리며 쓰러져 있는 반반을 가슴에 안았다. 주인을 구하기 위해 목숨을 던진 반반을 군영과 함께 있도록 해주고 싶었다.

"……?"

그런데 뜻밖에도 반반으로부터 미미한 숨소리가 흘러나왔다. 죽은 줄 알았던 반반은 아직까지 숨이 붙어 있었던 것이다.

모든 상황이 종료되고 장내에 철우만 남게 되자 왕 대인을 비롯한 사람들이 그에게로 모여들었다.

"이, 이 사람아, 대체 어쩌려고 이런 엄청난 짓을……."

왕 대인은 어찌할 바를 모르는 사람처럼 크게 당황했다. 하긴 기루를 경영하고 있는 루주의 입장에서 이와 같은 일이 벌어졌으니 어찌 당황하지 않겠는가? 더욱이 죽은 사람은 담소충이다. 그는 앞으로 펼쳐질 일들을 생각하니 벌써부터 가슴이 떨렸다.

"죄송합니다. 본의 아니게 왕 대인님께 큰 피해를 드리게 되었군요."

"물론 나도 그렇기는 하지만… 자네가 더 걱정이 아닌가? 이 망나니를 이렇게 끔찍하게 토막을 내놨으니 담 대인이 가만히 있겠냔 말일세."

"……."

"아무튼 이왕 이렇게 된 것, 우리 입을 맞춰 사건을 최대로 축소시켜 보세. 빠져나갈 수 있는 방법도 생각해 보고. 죽은 사람이야 어쩔 수 없다지만, 산 사람이라도 살아야 하지 않겠나?"

"……."

철우는 대답하지 않았다. 자신의 일은 어찌 되든 상관이 없었고, 생각하고 싶지도 않았다. 그저 군영의 장례밖에 생각나는 게 없었다. 짧은 열일곱 해를 너무도 힌스럽게 살다간 불쌍하고 가여운 아이를 그는 어떡하든 편하게 보내주고 싶을 뿐이었다.

찌익!

철우는 창에 걸린 휘장을 찢었다. 그리고 그것을 벌거벗은 채 누워 있는 군영의 몸 위에 덮어주었다.

이후 철우의 시선이 왕 대인의 옆에 서 있는 예나에게로 옮겨졌다.

"팽 노인에게 가서 베옷과 관을 얘기해 주시오."

팽 노인은 지난번 묘설하가 죽었을 때 모든 장례 절차를 관장했던 노인으로, 야래향 사람들은 이곳에서 일어나는 대부분의 장례를 그에게 맡겼다.

"알았어요. 지금 즉시 가서 그를 불러올게요."

대답과 함께 예나가 몸을 돌리려는 순간, 기루에서 잡일을 하는 전삼이가 급하게 뛰어들었다.

"저… 루주님, 큰일났어요!"

"큰일이라니? 그게 무슨 소리냐?"

"지금 포두와 포쾌들이 담소충을 잡으러 이곳으로 몰려왔어요!"

"뭐라고?"

왕 대인을 비롯한 중인들이 크게 당황했다. 입을 맞춰 사건을 최대로 축소할 시간조차 없이 그들이 달려왔다는 건 결코 달가운 일이 아니었다.

쿵쿵쿵쿵!

계단이 울리는 요란한 소리와 함께 십여 명의 포두가 몰려들었다.

"헉!"

"아, 아니?"

그들은 장내로 들어서기가 무섭게 일제히 경악했다. 흥건하게 젖어 있는 바닥의 피, 잘려 나간 팔뚝과 다리, 그리고 두 사내의 시체와 팔다리를 잃은 끔찍한 모습으로 눈을 까뒤집고 죽은 또 하나의 시체…….

"허걱! 이, 이건?"

담소충을 상대로 두 번씩이나 조사를 했던 포두 사공두의 눈이 찢어질 듯 크게 불거졌다.

"어, 어떤 놈이 이런 짓을……?"

사공두는 군영의 시신을 중심으로 모여 있는 사람들을 향해 무섭게 노려보았다. 이들은 염달구의 지시에 의해 담소충을 찾으러 다녔다. 담 대인의 저택은 물론 담소충이 자주 찾는 도박장 등으로 헤매던 중 어디선가 담소충이 이곳에서 술 마시고 있을 거라는 얘기를 듣고 부랴부랴 이곳까지 달려온 것이었다.

그런데 담소충은 이미 이 세상 사람이 아니었다. 그가 무림 고수라고 자랑하던 부하들과 함께 팔다리가 잘려 나간 끔찍한 모습으로 죽어 있었으니 어찌 놀라지 않을 수 있겠는가?

사람들을 하나하나씩 심각하게 노려보던 사공두의 시선이 어느 한 곳에서 고정되었다.

그의 눈에 익숙한 삼십대 초반의 사내, 언젠가 눈빛만으로 자신을 숨막히게 만들었던 바로 그 사내였다.

"네놈의 짓이군."

사공두는 계속 철우에게 시선을 고정시킨 상태로 차갑게 입을 열었다.

"처음 볼 때부터 느낌이 좋지 않더니만 네놈이 결국 사고를 치고 말았군."

"……"

"이렇게 명백한 증거가 있는데 설마 네 짓이 아니라고 발뺌하진 않겠지?"

"후후, 내가 왜 발뺌을 하겠나? 뭐가 두렵다고."

철우는 여전히 군영의 앞에 주저앉은 채 고개만 돌렸다. 포두들이 출현했건만, 전혀 신경조차 쓰지 않는 모습이었다. 사공두는 그의 담담한 모습이 상당히 눈에 거슬렸다.

"사람을 이렇게 끔찍하게 살해해 놓고 두려운 게 없다고? 죄책감 따위는 눈 씻고 봐도 전혀 찾아볼 수 없을 만큼 근본 자체가 썩은 놈이군."

그는 차갑게 뇌까리고는 뒤에 있는 포두들을 향해 손가락 세 개를 세우며 신호를 보냈다. 그러자 포두들은 일제히 궁을 꺼내며 철우를 향해 활을 겨누기 시작했다.

"흐흐, 무림 고수인 담소충의 호위 무사들을 이렇게 보낼 정도라면, 네놈의 수준이 어느 정도인지 굳이 안 봐도 충분히 느낄 수 있다. 너 정도의 솜씨를 갖고 있는 고수를 체포하기 위해선 우리도 그만한 희생은 있을 터."

사공두는 득의만면했다. 아무리 철우가 고수라 할지라도 결코 두렵지 않다는 표정이었다.

"하지만 우리가 궁을 사용한다면 얘기는 달라질 것이다. 네놈이 반격을 하기 전에 먼저 고슴도치가 될 테니까. 원래는 담소충의 호위 무사 놈들이 혹시 저항할지도 모른다는 계산으로 활을 준비한 것인데, 그것이 네놈에게 사용될 줄이야."

"……."

철우는 천천히 일어났다. 그의 손에는 군영을 덮어주었던 휘장이 들려 있었다.

"자, 이제부터 열을 세겠다! 그동안 옆에 찬 검을 내던지고 머리를 바닥에 묻어라! 만약 결박을 받지 않겠다면, 그땐 우리의 손속이 매정하다고 원망하지 마라!"

사공두는 단호하게 소리쳤다. 그의 입장에서는 이와 같은 결과를 단한 번도 생각해 본 일이 없었지만, 엄밀하게 얘기한다면 솔직히 오히려 지금의 상황이 편하고 바람직했다.

아무리 성주가 담소충에게 죗값을 치르게 만들겠다는 의지가 강하다지만 그래 봐야 담중산의 힘 앞에서는 무력할 수밖에 없다는 게 그의 생각이다. 지금은 이래도 머잖은 훗날 담소충은 또다시 아무 일이 없었던 것처럼 풀려나게 될 테고, 그렇게 되면 그를 체포하는 자신은 결국 악역을 맡은 셈이 될 것이다.

자신보다 월등한 힘을 갖고 있는 자로부터 눈 밖에 나는 일은 그가 가장 원치 않는 일이다. 그런 일을 어쩔 수 없이 해야 한다는 게 꺼림칙했는데, 상황이 이렇게 되었다는 건 잘돼도 보통 잘된 일이 아니다.

담중산의 단 하나뿐인 아들을 죽인 살인자를 체포한 포두라······.

이건 눈 밖에 나는 일이 아니라 오히려 공을 세울 수 있는 절호의 기회가 아닌가? 사공두는 이런 상황이 즐거웠고, 그렇기에 자신의 말처럼 전혀 망설임 없이 철우를 고슴도치로 만들겠다고 생각했다.

하지만 철우는 상대가 일제히 자신을 향해 활을 겨누고 있건만 여전히 무표정했다. 고슴도치가 될지언정 그들의 요구에 응할 생각은 전혀 없는 듯이 보였다. 표정은 없었으나 그의 뇌리에서는 지금 빠르게 거리 계산을 하고 있었다.

상대가 검이나 창과 같은 일반 병기를 들고 있다면 굳이 계산할 필요가 없었겠지만, 활이나 암기일 때는 상황이 다르다. 미처 무공을 펼치기도 전에 당할 수 있었기 때문이다.

그와 사공두 사이는 불과 일 장 남짓. 그리고 옆으로 넓게 퍼져 있는 궁수들과의 거리는 일 장 반에서 이 장 정도로 들쭉날쭉하다. 하지만 상대는 지금의 상황을 낙관하고 있다. 바로 앞에 있는 사공두조차도 자신이 무공을 펼치려는 순간에 활을 난사하여 그 행동을 저지할 수 있다고 굳게 믿고 있는 것 같았다.

"하나! 둘!"

마침내 사공두가 수를 세기 시작했다. 옆으로 넓게 퍼져 있는 십여 명의 포두들은 언제든지 활을 날릴 수 있도록 팽팽하게 줄을 잡아당기고 있었다.

"삐이익―!"

문득 철우의 입에서 휘파람과 같은 소리가 새어 나왔다. 처음에는 너무 가늘어서 전혀 들리지 않았으나, 그 소리는 찰나지간에 수를 세는 사공두의 음성을 덮고 장내의 구석구석까지 크게 진동하며 메아리쳤다. 느닷없이 숫자가 들리질 않으니 궁수들은 옆에 있는 동료들을 보며 크게 당황하기 시작했다.

파라라락!

바로 그 순간, 철우는 손에 들고 있는 휘장을 휘저으며 허공으로 도약했다.

"헉! 뭐 하고 있느냐? 쏴라! 어서 쏴!"

사공두는 기겁하며 목청을 크게 높였다. 철우의 사이한 술법에 덮여 버린 그의 음성이 이제야 제대로 들리기 시작했다.

피피피핑!

화살은 일제히 철우를 향해 날아들었다.

하나 철우가 무지개를 그리듯 휘장을 세차게 휘젓자 화살들은 마치 구름에 휘말리듯 삽시간에 휘장의 무지개 속으로 종적을 감추고 말았다.

"헉!"

철우의 동작은 그것으로 끝나지 않았다. 그는 휘장을 저으며 창졸간에 사라진 화살들을 다시 출현시켰다.

슈슈슉!

화살은 정확하게 날아왔던 방향으로 되돌아갔다.

파파파팍!

"커억!"

"크아악!"

포두들은 자신이 쏜 화살에 가슴과 목, 심지어 눈알과 사타구니에까지 맞고는 처절한 비명을 터뜨렸다. 창졸간에 부하들이 화살에 꽂힌 상태로 비명을 지르며 쓰러지는 모습을 보자 사공두의 눈은 크게 불거졌다. 그도 무술을 익힌 사람이다. 하지만 이날까지 살면서 이와 같이 가공한 무공을 지니고 있는 상대는 처음이었다.

'으으… 빌어먹을. 포청에 있는 포두 전체가 와야 겨우 상대할 수 있는 엄청난 놈이다. 이럴 때는……'

그는 진땀을 흘리며 빠르게 생각을 굴렸다. 그 와중에 그의 시야에 창문이 들어왔다. 사공두는 지체없이 그곳을 향해 몸을 날렸다.

콰지직!

창문이 부서지며 그의 신형은 달이 뜬 밤하늘로 떠올랐다. 도망치는 그의 모습이 마치 달을 부분적으로 가리는 월식(月蝕)과 같은 형상을 자아내고 있었다.

철우는 철검을 뽑았다. 그리고 주저없이 검을 날렸다.

쐐애애액!

철우의 손을 떠난 철검은 밤의 정적을 찢으며 날아갔다.

그리고 마침내 달의 중심에 꽂혔다.

"으아아아아―!"

어두운 하늘에 단말마의 비명이 터졌다. 밑으로 추락하는 한 사내의 검은 신형과 함께 월식 현상도 사라졌다.

그리고,

어느 때보다도 길었던 그 밤은 이제 죽음보다 깊은 침묵과 함께 조용히 저물고 있었다.

第七章

받은 대로 돌려주마

아들이 돌아왔다.

낮에 멀쩡하게 집을 나선 아들은 눈알이 빠지고 사지가 절단된 모습으로 돌아왔다.

아비는 차마 아들의 모습을 볼 수 없었다.

그래서 아비의 부하들은 시전에서 가죽신을 만드는 사마 노인에게 몸에서 떨어져 나간 팔과 다리를 정성껏 꿰매 달라고 부탁했다. 사마 노인은 가죽신을 만드는 것보다 훨씬 큰 정성으로 절단된 사지를 꿰맸다. 그리고 휑 하니 뚫려 있는 동굴에 눈알도 집어넣은 후 눈 거죽도 꿰매주었다.

그런 작업을 마친 후 아들의 시신은 관에 실려 아비의 앞에 도착했다.

아비는 뚜껑 열린 관 안에 누워 있는 아들의 모습에 뜨거운 눈물을 흘렸다.

어떻게 키운 아들인가?

유일한 독자(獨子)였고, 담씨 가문을 이어나갈 단 하나의 끈이었기에 어린 시절부터 아비의 사랑은 너무도 각별했다.

아들이 아프면 자신이 더 아팠고, 아들이 즐거우면 자신이 더 즐거울 정도로 그가 쏟은 자식 사랑은 이 세상 그 어느 부모보다도 절대적이었다.

능력과 자질이 부족하여 자신이 이룬 업적을 계승하지 못한 게 안타까웠고, 그로 인해 자신이 죽더라도 자식을 위해 좀 더 많은 재산과 권위를 쌓아놓은 후에 죽어야 한다고 생각했다. 그렇듯 헌신적인 애정을 쏟았던 아들이 돌처럼 굳은 모습으로 돌아왔다.

"끄으으… 소충아… 내 아들아……."

아비는 관 안에 누워 있는 아들의 얼굴에 뺨을 비비며 통곡했다. 눈에선 하염없는 피눈물이 흘렀다. 그리고 아비는 아들의 얼굴을 쓰다듬으며 맹세했다.

"네 복수는 내가 해주마. 어떤 일이 있더라도 그놈을 반드시 죽여 그 뼈를 갈아 마시마. 반드시!"

맹세를 다짐하는 아비의 눈.

그 눈에선 섬뜩한 광기가 쏟아지고 있었다.

*　　　　*　　　　*

항주가 발칵 뒤집혔다.

항주 사람들은 경악과 충격에 크게 당황했다.

담소충의 죽음!

조정에서 은퇴를 했어도 여전히 절대적인 권위를 갖고 있는 항주제일의 권력자의 하나뿐인 아들, 아비의 권력을 믿고 너무도 많은 행패를 부렸던 항주제일의 망나니가 눈알이 뽑히고 사지가 절단된 채 죽었다는 소식은 비단 항주뿐만 아니라 인근에 있는 금릉과 소주와 같은 거도(居都)까지 퍼져 나갈 정도로 너무도 충격적인 사건이었다.

뿐만 아니라, 담소충을 체포하기 위해 나선 열다섯 명의 포두까지 모두 죽거나 불구가 돼버렸으니…….

현상금:황금 일천 냥.

성명:철우. 나이:삼십삼 세.

상기한 자는 담중산 대인의 아들을 참혹하게 살해하고, 열다섯 명의 포두를 살인 내지는 상해(傷害)한 극악무도한 살인자임.

상기한 자의 소재나 은신처를 알고 있는 사람에게는 황금 일천 냥의 현상금을…….

성내에 사람들의 발걸음이 잦은 번화가마다 방문이 붙었다. 방문에는 현상금과 철우의 초상화가 그려져 있었다. 그리고 그 방문이 붙어 있는 곳마다 많은 사람들이 웅성거렸다.

"쯧쯧, 망나니가 죽었군. 아비 믿고 더럽게도 설쳐 대더니만……."

"이런 말 하기는 뭐하지만, 사지가 잘려 나갈 정도로 끔찍하게 죽었다는데도 난 솔직히 하나도 불쌍하지가 않다네."

"나도 마찬가지야. 그놈이 오죽했어야지. 언젠가 그놈이 말을 타고

가고 있는데, 쌍봉객잔(雙鳳客棧) 점소이가 밖에 물을 뿌리다가 재수없게 말에 물이 튀었다고 얼마나 개 패듯이 팼는지 점소이가 아직도 누워 있다지 뭔가? 사람이 말보다 못하다고 생각하다는 거야, 뭐야? 망할 자식."

"그뿐이 아니네. 시전에서 포목점을 운영하며 자식 셋을 키우는 수절 과부를 겁탈한 놈도 그놈이었지. 게다가 동화사(同和寺)에서 수행하는 젊고 반반한 비구니까지 건드린 놈이 바로 그놈이라지 뭔가? 비구니는 그로 인한 치욕 때문에 자결했다고 하더라고."

"쓰레기 같은 자식. 정말 더러운 짓만 골라서 했군."

"철우라……? 아무튼 항주를 위해 대단히 좋은 일을 하긴 했는데, 앞으로 그 친구의 신세가 고달파지겠군. 하나뿐인 아들이 죽었으니 담 대인이 가만히 있겠나?"

"당연하지. 아무리 사고를 쳐도 무조건 끼고 돌았던 아들인데……."

"그건 그렇고, 무려 천 냥이라네. 정말 어마어마한 돈이야."

"저 돈을 아마 담 대인 쪽에서 내놓았다는 얘기가 있던데……."

"그럴 만도 하겠지. 하나뿐인 아들이 죽었으니."

"그나저나 팔자를 고치고도 남는 엄청난 돈인데… 우리 당분간 하는 일 때려치우고 저 친구 찾는 일에 전념할까?"

"에이, 포두들을 한 방에 해치운 엄청난 고수를 우리 같은 사람들이 무슨 재주로 잡겠나?"

"잡지 않고 소제를 찾아 신고만 해도 돈을 준다잖아."

"오호, 구미가 당기는데? 그럼 그렇게 할까? 황금 천 냥이라는데……."

방문 앞에 서 있는 수많은 사람들은 모두가 한결같이 담소충의 죽음을 시원하게 생각했고, 철우의 행동을 고마워했다. 하지만 그것도 잠시일 뿐, 황금 천 냥이라는 현상금 앞에서 그들의 눈은 곧 탐욕으로 번들거리기 시작했다.

지극히 당연했다. 평생 아무 일 안 해도 전혀 먹고살 걱정이 없을 정도의 금액인 황금 천 냥은 누구에게나 엄청난 유혹일 수밖에 없었다.

자식을 망나니로 키우고, 무소불위의 힘을 남용하여 뒤로 욕을 하던 사람들이 이제는 담 대인을 위해 나서려 한다.

돈 앞에서 약해지는, 참으로 얄팍한 세상 인심이었다.

*　　　　*　　　　*

송산.

제대로 떼가 자라지 않은 붉은 무덤들, 그리고 죽은 사람들의 동네다운 무거운 침묵.

야래향에서 그리 멀지 않은 곳에 위치한 기녀들의 공동묘지인 이곳에서 쏟아지는 명주실 같은 햇볕을 등에 지고 선 사람들이 있었다. 철우와 예나였다.

그들의 앞에는 흙이 파여져 있었고, 그 안에는 흰 베옷으로 곱게 차려입은 한 소녀가 평온하게 누워 있었다. 그리고 파헤쳐진 흙더미 위에서 반반이 끽끽 소리를 내며 울고 있었다.

철우는 경미하게 호흡하던 반반을 살려냈다. 군영을 생각해서라도 꼭 살려야 한다고 생각하며, 그는 회령대법을 통해 자신의 본연진기를 쏟아가며 반반을 소생시켰다. 반반이 회복하는 모습을 보며 철우는 군영으로부터 떠나려 했던 자신의 비겁함을 다시 한 번 자책했다.

그러나 후회는 아무리 빨라도 늦은 법.

그는 남고 군영은 이렇게 누워 있다, 파낸 흙더미 아래에.

"이제 그만 보내주세요."

예나가 입을 열었다. 그녀의 음성은 축축하게 젖어 있었다.

철우는 힘없이 고개를 끄덕였다. 그리고 천천히 관 뚜껑을 덮고 그 위에 백합 한 송이를 올려주었다. 문득 군영과 나누었던 얘기가 떠올랐다.

"사람들이 왜 꽃을 사랑하는지 아니?"

"글쎄요."

"그건 꽃이 우리를 위해 피는 게 아니라도 아름답기 때문이란다. 그리고 우리는 그 아름다움에 감사를 해야 할 것이고. 물론 꽃에게도 자신의 삶과 자신의 꿈이 있을 테지만, 그 존재만으로도 우리는 축복이니까."

탁!

마침내 흙이 관 위에 떨어지기 시작했다.

끼욱! 끼우욱!

반반이 더욱 요란하게 울어댔다. 예나의 눈에서도 눈물이 흘렀다.

그리고 삽으로 흙을 덮고 있는 철우의 눈에서도 뜨거운 눈물이 쏟아지고 있었다.

군영아…….

넌 내 쓸쓸한 삶의 길섶에서 우연히 마주친 한 송이 백합이었다.

짧은 시간이었지만 상처 입고 지친 내 영혼은 너의 곁에서 편히 쉴 수 있었다.

백합처럼 활짝 웃는 미소는, 스러져 버린 너의 아름다움은 나의 기억 속에 영원히 꽃피우게 될 것이다.

시월의 가문 햇살이 쏟아지고, 그들은 언덕 위에 앉았다. 붉게 덮인 군영의 무덤이 환하게 시야에 들어왔다.

"드세요."

에나는 술병을 건네주었다. 철우는 그것을 받아 들고는 천천히 들이켰다

"어제 아침에 왕 대인님과 점가가 포두들에게 잡혀갔어요."

"……."

"사건과 하등 관계 없는 사람들이건만 아직까지 나오지 못하고 있어요. 사건 경위만 물어보는 게 아니라 철우님의 행방을 알아내려고 강도 높게 추궁하고 있는 모양이에요."

충분히 예상했던 일이다. 하지만 그럼에도 불구하고 철우의 표정은 어두울 수밖에 없었다. 자신으로 인해 다른 사람들이 피해를 본다는 건 누구에게나 괴로운 일이다.

더욱이 자신을 형제처럼 각별하게 대해준 왕 대인이 아닌가.

철우는 마치 커다란 돌이 하나 박힌 것처럼 가슴이 무거웠다.

"그렇다고 다른 생각 같은 건 절대 하지 마세요. 제가 굳이 이 말을 꺼내는 건 혹시 철우님이 무모한 행동을 할까 봐 그게 걱정돼서 하는 얘기예요."

"그럼 내가 어찌하면 되겠소?"

"지금 성안에 있는 포두는 물론 일반 성민들까지 모두 철우님을 찾

기 위해 혈안이 되어 있어요. 다른 사람을 피해 보게 할 수 없다는 책임감 때문에 내려간다면 분명 잡히고 말 거예요. 아무리 철우님이 엄청난 무공을 갖고 있다 할지라도 포두와 돈독이 오른 수많은 성민들을 상대할 수는 없을 테니까요."

옳은 얘기였다. 철우가 성내에 출현하기가 무섭게 어느 누군가가 그를 신고할 것이고, 곧바로 천라지망(天羅地網)이 펼쳐질 것이다. 순순히 잡혀주겠다는 각오가 아니고선 도저히 내려갈 수 없는 그런 상황이었다.

"그나마 다행인 것은 신임 성주님이 공명정대하다는 소문이 있어요. 새 성주는 그 두 사람에게 단지 기루의 주인과 점가라는 이유로 없는 죄를 뒤집어씌우진 않을 거예요. 곧 두 사람은 풀려날 것 같으니까, 안타깝다고 괜히 무리한 행동을 하지 마시란 얘기예요."

"……."

"그리고 앞으론 기루에 있는 그 누구와도 절대 연락하지 마세요. 기루에 있는 식구들도 현상금이 천 냥이라는 것에 침을 흘리고 있으니까요. 심지어 요희 년은 오늘 아침에 나한테 노골적으로 물어보더라고요. 철우님이 혹시 어디 있는지 아느냐고."

요희는 담소충에게 잘 보이기 위해 온갖 애교를 떨다가 얻어 터졌던 바로 그 기녀였다.

"그년이 내게 물어본 것은 평소 철우님과 내가 친한 걸 알고 있기 때문이에요. 그 사실은 다른 사람들도 알고 있을 거예요. 그러니 이제 떠나시도록 하세요. 어차피 떠나시려고 했잖아요."

예나의 음성은 담담했다. 하지만 자신을 매우 걱정하고 있다는 것을 철우는 느낄 수 있었다.

"나이 먹고 돈도 모으지 못했다고 한탄하는 것을 여러 번 들었는데 왜……?"

"어째서 당신이 여기 있다고 신고하지 않았냐는 말씀인가요?"

예나는 고개를 돌리며 처음으로 철우를 응시했다. 그녀의 시선은 차가웠다.

"당신은 참으로 나쁜 사람이군요."

"……?"

"군영이만 당신을 좋아했다고 생각하나요?"

순간 철우의 얼굴이 딱딱하게 굳었다. 전혀 예상하지 못한 대답이었다. 군영은 철우의 손에 들려 있는 술병을 낚아챘다. 그리고 벌컥 들이켰다.

"빌어먹을."

그녀는 입술을 훔치며 쓴웃음을 지었다.

"한때는 나도 당신을 많이 좋아했죠. 그렇지 않다면 아무리 내가 술을 따르는 기녀라지만 어떻게 함부로 당신 앞에서 옷을 벗었겠어요?"

"한때는……?"

"그래요. 당신과 살을 섞던 그 순간까지는 저도 당신을 사랑했어요. 하지만 당신은 나를 껴안고도 다른 여자의 이름을 부르며 허우적거리더군요. 이건 아니다 싶어 내 욕심도 거기에서 멈춰야겠다고 생각했어요. 다른 여자만 생각하는 그런 남자랑은 함께 살아도 재미없을 테니까요."

"……"

"군영이처럼 당신 머리 속에 있는 그 여자에 대한 기억을 지울 수 있을 만큼 내게 매력이란 게 남아 있다면 모르겠지만……. 그래서 깨끗이 포기하고 군영이와 잘됐으면 했던 거예요."

그녀는 자신의 속마음을 털어놓은 게 쑥쓰러웠는지 고개를 돌리며 또다시 술병을 들이켰다. 철우는 그녀에게 미안한 마음이 들었다. 그리고 황금 천 냥에도 흔들리지 않고 이렇게 자신을 도와주고 있는 그녀가 너무도 고마웠다.

하지만 그는 아무 말도 하지 않았다. 어떤 말이든 그녀의 마음을 편하게 할 것 같지가 않았기 때문이다.

꺄욱! 깍!

그때였다. 다급한 반반의 괴성이 철우의 고막을 파고들었다.

피이이잇!

귀 기울여 듣지 않고선 도저히 분간조차 해낼 수 없는 미미한 파공음이 공간을 찢었다.

분명히 소리는 있으나 물체는 보이지 않는…….

그것은 비침(飛針).

솔잎의 색깔과 한 치의 어김도 없이 똑같은 비침.

까까깡!

철우는 벼락같이 검을 뽑아 들었다. 그리고 허공을 가르며 날아오는 비침을 신속하게 쳐냈다.

패애애액!

비침에 이어 네 개의 혈륜이 허공을 가르며 철우를 향해 짓쳐들었다. 철우의 눈빛이 좌우로 번뜩였다.

"타아앗!"

짧은 기합성과 함께 철우의 신형이 허공으로 둥실 떠오르기 시작했다.

비침에 이어 느닷없이 허공을 가르며 날아드는 네 개의 혈륜.

마치 먹이를 노리는 독사처럼 방향을 급선회하며 허공으로 도약한 철우를 향해 날아들었다.

하나 철우는 꽃잎 속에 나풀거리는 호랑나비처럼 혈륜의 공세를 여유있게 피했다.

채채챙!

철우의 검이 허공을 가르자 세 개의 철륜이 방향을 잃고 주변에 있는 나무로 날아가 박혔다. 철우는 남은 한 개의 철륜 위로 신형을 실었다.

파츠츠츳!

혈륜과 철우의 신형은 하나가 되어 솔 숲이 있는 곳으로 맹렬히 쏘아갔다. 그리고 철우는 나뭇가지를 베었다.

"으아악!"

짧은 비명과 함께 나무 속에서 녹의 무복을 입은 사내가 떨어졌다.

바닥에 쓰러진 사내의 시체는 자신의 목을 움켜쥐고 있었다. 잡고 있는 손 사이로 피가 꾸르륵 흘러내리고 있었다. 죽음을 인정하지 못하겠다는 듯 그는 눈을 크게 뜬 채로 차갑게 식어갔다.

그 순간, 차가운 냉갈과 함께 세 곳에서 녹색 그림자가 솟구쳤다.

"포두 열다섯 명을 한 번에 해치웠다더니만 소문대로 대단한 놈이구나."

각각 다른 나뭇가지 속에 숨어 있던 세 명의 사내. 그들은 자신들의 위치가 노출되었음을 느끼고 깨끗하게 모습을 드러내는가 싶더니 일제히 철우를 향해 합공을 펼치기 시작했다. 괴이한 형태의 기형도(奇形刀)를 비롯하여 죽창(竹槍)과 화극(火戟)이 빛과 같은 속도로 철우가 타고 있는 철륜을 향해 짓쳐들었다.

쐐애애애액!

은빛 찬란한 광휘가 전신을 휘감았다. 철우는 비릿한 냉소를 흘렸는
데, 어느새 그의 신형은 혈륜으로부터 이탈했다. 이어 그는 신형을 팽
이처럼 돌리며 삼 인을 향해 맞부딪쳐 갔다.

빛!

그랬다. 이 한순간의 동작은 마치 빛과 같았다.

"으아악!"

그와 동시에 각기 다른 세 마디의 비명이 하늘을 저주하듯 울려 퍼
졌고, 이어 네 개의 신형이 밑으로 추락했다.

그들은 여전히 대치하고 서 있었다. 그러나 엄밀하게 얘기한다면 그
것은 대치한 것이 아니었다.

철우의 우수에 쥐어진 철검은 감산도를 들고 있는 쭈글쭈글한 사내
의 심장에 쑤셔 박혀 있었고, 그의 좌수는 죽창을 들고 있는 사내의 목
구멍에 바람 구멍을 만들었다. 그리고 그의 왼발은 화극을 들고 공세
를 펼치던 애꾸의 면상을 뭉개고 있었으니…….

스르륵! 쿵!

철우가 양손과 발을 회수하자 삼 인의 신형은 썩은 통나무처럼 천천
히 쓰러졌다.

일순 장내에 정적이 찾아들었다.

그리고 새로운 인물이 철우의 앞에 모습을 드러냈다. 흑포를 입고
있는 사십대 중반의 인물이었다.

"정말 놀라운 무공을 갖고 있는 친구군."

거칠고 음산해 보이는 음성과 함께 그의 얼굴이 시야에 들어왔다.

인간이라기보다는 짐승 쪽에 더 가까운 눈빛을 지닌 자였다.

"은형사괴(隱形四怪)를 너무도 쉽게 처치하다니……."

은형사괴.

죽은 사 인조의 별호였다. 뛰어난 은신술과 암기술, 그리고 완벽한 조화를 이루는 합공으로 위명을 떨친 인물들이다. 그들은 돈이 되는 일이라면 어떤 지저분한 일이라도 마다하지 않았고, 그렇게 해서 번 돈을 기루에서 펑펑 쓰는 것을 유일한 낙으로 살았다.

얼마나 빈번하게 기루를 찾았는지 야래향에서 그들의 정액을 받아 보지 않은 기녀를 찾는 것은 백사장에서 바늘을 찾는 것보다 더 힘들 거라는 얘기가 나돌 정도였다. 심지어 예나도 이 년 전에 이들 중 애꾸를 손님으로 받은 적이 있었다.

철우는 비로소 은형사괴의 출현을 이해할 수 있었다. 이들은 야래향에서 일어나는 일들을 그곳에서 일하는 사람만큼이나 잘 알 수 있다. 철우와 예나가 친하다는 것을 요희가 알고 있을 정도라면 은형사괴도 어렵지 않게 알 수 있을 터. 따라서 이들은 이곳에 나타날 수 있었던 것은 예나의 뒤를 미행했기 때문이라고 철우는 생각했다. 그러한 철우의 생각이 틀리지 않았다는 것을 흑의인이 확인시켜 주었다.

"워낙 야래향을 제 집처럼 들락거리던 놈들이니까 이놈들은 분명 나보다 훨씬 나은 정보를 갖고 있을 테고. 흐흐… 그러니 난 은형사괴의 뒤만 따라다니면 네놈을 찾을 수 있을 거라는 생각을 하게 된 것이지."

"이자들이 나를 쓰러뜨려도 얼마든지 뺏을 수 있다고 생각한 모양이군."

"물론이지. 은형사괴는 내 상대가 안 되는 아이들이니까."

"홋! 자신감은 좋은데 황금 천 냥 때문에 하나뿐인 목숨을 잃을 수 있다는 생각은 전혀 안 한 모양이로군."

철우는 비릿한 조소를 지으며 비아냥거렸다.

"흐흐, 그깟 포두와 은형사괴와 같은 삼류 몇 놈을 처치했다고 의기양양해하는데, 나는 그런 아해들과는 차원이 달라."

흑의인은 득의만면하여 말을 이었다.

"아마 자네도 강호에 두 발을 딛고 살아가는 무사인 만큼 갈문양(葛刎恙)이라는 내 이름 석 자는 들어봤을 게다. 흐흐흐."

"……!"

순간, 무심하던 철우의 동공에 빛살이 스쳤다.

무적금귀(無敵金鬼) 갈문양.

현상금이 걸린 범인 잡는 일을 업으로 삼고 있는 인물로, 그의 이름이 강호인들의 뇌리에 깊이 새겨진 것은 삼 년 전의 일 때문이었다.

삼 년 전 봄, 갈문양은 산동성(山東省) 여인들의 공적인 색골독두(色骨禿頭)를 삼 초 만에 제압하여 황금 오백 냥의 현상금을 거뒀고, 그해 가을에는 섬서성(陝西省) 최고의 살인광인 도부흉마(屠斧兇魔)를 오 초 만에 제압하여 황금 천 냥을 취득함으로써 그 위명을 쩌렁하게 알리게 되었다.

"역시 강호제일의 현상금 사냥꾼답군. 어찌 됐든 단 이틀 만에 내 앞에 나타나다니……."

"흐흐, 당연하지. 현상금이 크면 클수록 빨리 찾아내고 싶은 마음에 미칠 것처럼 몸이 간지러워서 말이야."

갈문양은 여유있게 미소를 지으며 천천히 양손을 천천히 쥐었다 펴는 것을 반복했다. 뜻밖에도 그의 손톱은 여인의 것처럼 매우 길었고, 예리하게 다듬어져 있었다.

"흐흐, 마음 같아선 나의 감산도(坎山刀)로 간단하게 박살 내고 싶지만, 그렇게 되면 물건 값이 떨어질 우려가 있어서 말이야."

얘기인즉, 살해하지 않고 생포하기 위해서 조공(爪功)을 사용하겠다는 의미였다. 갈문양의 쌍수를 천천히 위로 올리자 그의 손톱이 햇살을 받으며 섬뜩한 광채를 뿌렸다.

철우는 지금까지 경험해 본 적이 없는 강력한 역도로 다가오는 살기를 느꼈다.

"내가 먼저 출수하면 너무 싱거울 것 같긴 하지만, 물건에 하자가 생기지 않게 하려면 어쩔 수가 없네. 이해하라고."

빈정대는 음성과 함께 갈문양의 공격이 시작됐다.

쐐쐐쐐쐐!

고막을 후벼파는 듯한 파공성과 함께 갈문양의 열 손가락은 날카로운 호선을 그리며 철우의 이마와 가슴으로 육박했다. 철우는 황급히 어깨를 움츠리며 옆으로 몸을 틀었다. 그러나,

파곽!

자신도 모르는 사이에 철우의 어깨와 겨드랑이의 옷자락엔 두 개의 구멍이 뚫렸다.

'과연 강호제일의 사냥꾼다운 가공할 수법이군.'

철우는 하마터면 치명적인 상처를 입을 뻔했다는 사실에 절로 식은 땀이 흘렀다.

쐐애애액!

철우의 철검이 눈부신 섬광을 뿌리며 반격을 시도했다. 너무도 빠른 쾌검이었다.

'헉!'

갈문양은 움찔했다. 철우의 반격이 이 정도로 빠르고 섬뜩할 줄은 미처 예상하지 못한 듯 안색이 급변했다. 그는 신속히 오른손을 밑에서 위로 걷어올리며 쏘아오고 있는 철검을 막았다.

철검과 손톱이 맞부딪치며 파란 불꽃이 튀었다. 그러나 격렬한 불꽃도 잠시뿐이었다.

카칵!

마치 쇠를 깎는 듯한 절삭음이 터지는가 싶더니 갈문향의 오른 손톱이 모두 잘려 나갔다. 그리고 갈문양은 기겁하며 뒤로 물러났다.

'이, 이럴 수가? 나의 귀조공(鬼爪功)이 이런 식으로 황당하게 파괴가 되다니……!'

갈문양은 극도로 당황하며 크게 눈을 붉혔다. 이어 그는 입술을 질끈 깨물며 감산도를 뽑아 들었다.

"생각보다 훨씬 강한 놈이었군. 어쩔 수 없다. 물건에 흠이 좀 생길지라도 꺾는 게 우선이니까."

피이잇!

갈문양의 우수에서 빛이 일었다 싶은 순간, 새파란 청색의 도기가 철우의 목을 일 자로 쓸어가고 있었다.

일자격(一字擊)!

빨랐다. 이보다 더 빠른 쾌도는 없을 것 같았다. 그가 펼친 일도는 너무도 빠르고 빠른 나머지 거의 빛살 자체가 보이지도 않을 지경이었다.

뿐이랴. 그 도기 속엔 가히 태산이라도 가를 듯한 무궁무진한 역도(力道)마저 함께 깃들어 있었다. 실로 가공가경(可恐可驚)의 절대 쾌도였다.

일순,

차차차창!

도와 검이 연속적으로 수십 번의 충돌을 일으키며 날카로운 금속성
이 우박처럼 쏟아져 나왔다. 그와 동시에 허공에 무수한 불꽃이 일었
고, 일었는가 하는 순간 불꽃은 나타날 때보다도 빠르게 자취를 감추며
사라졌다.

"……."

찰나간의 치열했던 격돌이 끝났다.

그들은 원래의 자세 그대로 마주 서 있었다. 잠시 정적이 지나고 어
느 한순간, 갈문양은 두 눈을 부릅뜨며 갑자기 자신의 목을 움켜잡았
다. 그러자 손가락 사이로 붉은 선혈이 주르륵 흘러내렸다.

상황은 이렇게 된 것이었다. 섬전보다도 빠르게 날아온 갈문양의 도
기를 무정검법 중 대라천철(大羅天折)이라는 초식으로 봉쇄한 다음, 그
보다 더 빠른 쾌검으로 발초하여 허점이 드러난 갈문양의 목을 그어버
린 것이다.

"내, 내가……?"

자신이 당했다는 것을 도저히 믿을 수 없다는 듯 그의 동공은 불신
으로 가득 찼다. 하지만 거기까지가 갈문양이 이 세상에서 할 수 있는
마지막 행동이었다.

털퍽!

그는 허물어지듯 쓰러지고 말았다.

절명(絶命). 강호제일의 현상금 사냥꾼은 이렇게 숨이 끊어진 것이
었다.

"……."

철우는 갈문양을 내려다보았다. 어느새 바닥은 그의 목에서 쏟아진

선혈이 홍건히 고여 있었다. 잠시 그를 바라보던 철우는 이윽고 몸을 돌렸다.

까악! 끼요오!

그러자 나뭇가지 사이에서 댕그랗게 눈을 뜨고 지켜보던 반반이 요란한 소리를 내며 철우의 품으로 날아들었다. 그가 상대를 꺾은 게 너무도 기쁜 모양이었다. 그리고 이어 숨을 죽이며 지켜보던 예나도 모습을 드러냈다.

"철우님, 다친 데 없어요?"

철우는 고개를 끄덕였다. 예나는 고개를 숙였다.

"죄, 죄송해요. 제가 멍청했어요. 사람이 따라붙은 줄도 모르다니……."

철우는 미소를 지었다.

"그들은 무림인이오. 평범한 사람들의 능력으로는 그들이 미행하고 있는지 전혀 느낄 수가 없소."

"그래도……."

"난 오히려 예나에게 크게 감사하고 있는 입장이오. 군영이가 입을 베옷을 갖고 오고, 군영이가 편히 갈 수 있도록 함께 빌어주었잖소. 그러니 추호도 그런 생각하지 마시오."

철우의 얘기를 대변하듯 반반이가 히죽거리며 팔을 뻗어서 그녀의 어깨를 다독여 주었다.

끅! 끅끅!

"이 녀석이?"

반반이의 재롱으로 인해 예나의 얼굴은 처음으로 환하게 펴졌다. 이어 그녀는 철우를 향해 입을 열었다.

"벌써부터 현상금에 환장한 사람들이 이렇게 난리예요. 한시라도 빨리 이곳을 떠나세요."

"……"

"떠날 때 떠나더라도 왕 대인과 점가가 풀려났다는 얘기는 듣고 떠나야 하지 않겠소?"

"죄가 없는 사람들인데 왜 계속 뇌옥에 있겠어요? 곧 풀려날 테니 신경 쓰지 마시고 어서 떠나세요. 보셨다시피 지금 모두가 철우님을 찾으려고 혈안이 돼 있어요. 철우님이 이곳에서 사람들에게 들키지 않고 남아 있을 수는 없다니까요."

"내가 알아서 할 테니 너무 염려 마시오."

철우는 씁쓸한 미소를 지으며 손을 내밀었다. 이제 이별이라는 생각에 예나는 자신도 모르게 눈물이 고였다.

"철우님……"

"그동안 정말 고마웠소. 잊지 않겠소."

"저도 영원히 철우님을 잊지 못할 거예요."

그녀는 철우가 내민 손을 잡았다. 그리고 눈물 흘리는 자신의 얼굴을 보이고 싶지가 않은 듯 고개를 돌려 그의 시선을 외면했다. 철우는 그녀의 어깨를 가볍게 감싸 안아주었다.

그리고는 조용히 그녀에게 등을 보이며 걸어가기 시작했다. 예나는 그 자리에 서서 그의 뒷모습을 바라보았다.

만나고 헤어지는 게 인간사라지만 이번의 이별은 너무 아팠다.

그러면서 그녀는 다시 한 번 결심했다. 앞으로 두 번 다시 남자든 여자든 절대 정을 주지 않으리라고.

하지만 그녀는 알고 있었다. 자신의 그 결심이 결코 오래가지는 못할 것이라는 것을⋯⋯.

예나는 점점 작아지는 철우의 뒷모습을 바라보며 크게 소리쳤다.

"철우님! 절대 잡히면 안 돼요! 만약 그렇게 되면 전 철우님을 용서하지 않을 거예요! 아셨죠?"

철우는 잠시 걸음을 멈춘 후 몸을 돌렸다. 철우의 얼굴이 보이지 않을 만큼 먼 거리였지만 예나는 그가 자신을 향해서 미소를 짓고 있다고 생각했다.

철우는 고개를 끄덕이고는 이내 저무는 석양 노을 속으로 다시 걸어 나가기 시작했다.

예나는 손을 흔들었다, 그의 모습이 그녀의 시야에서 완전히 사라질 때까지.

'훗날 우리 다시 만날 수 있을까요? 만약⋯ 정말 만약 죽기 전에 다시 만난다면⋯ 그때는 이번처럼 당신을 놓아주지 않을 거예요. 절대로.'

철우를 삼킨 노을은 그녀의 간장을 녹이며 붉게 타오르고 있었다. 그 어느 때보다도 슬픈 노을이었다.

*   *   *

지금 항주에서 가장 유명한 이름은 철우였다.

현상금 사냥꾼들을 몰려들게 만들고, 일반 성민들 또한 생업보다는 그를 찾는 일에 전념할 정도로. 적어도 이제 그 이름을 모르는 항주 사람은 아무도 없었다.

부용도 그 소식을 들었다. 그가 어떤 일을 저지르고 어떤 입장에 놓여 있는지 알게 됐고, 그로 인해 마음이 편치 않았다.

'바보 같은 사람. 그렇게 엄청난 일을 저지르다니……'

소식을 접한 이후 그녀의 가슴은 계속 무거웠다. 이제는 자신과 아무런 관계가 없는 사람이라 생각하고 있었지만, 그리고 수없이 그렇게 되뇌었지만 결코 생각처럼 되질 않았다.

'당신을 기다리지 못하고 떠났지만, 그래서 거기까지가 우리의 인연이 될 수밖에 없었지만… 그래도 당신이 행복하기를 바랐어요. 나보다더 좋은 여자 만나길 바랐고, 일가친척 없는 외로운 사람인 만큼 되도록 아이들도 많이 낳고 살기를 바랐는데……. 정말 그렇게 살아주기를원했는데… 현상 수배범이라니……'

그녀는 고개를 저었다.

남편 능진걸은 항주에서 일어나는 모든 일에 대해 책임이 있는 성주이다. 남편은 어떤 일이 있어도 이와 같은 일을 저지른 철우를 잡으려할 것이고, 결국 언젠가는 잡히게 될 것이다.

육 년 동안 보아온 자신의 남편은 하고자 하면 꼭 해내고 마는 사람이다. 더욱이 그것이 정도(正道)라고 생각할 땐 절대 물러섬이 없는 그런 사람이다.

철우는 잡힌다.

그의 무공이 아무리 고강하다고 할지라도.

그녀는 남편에 의해 참수형에 처해질 그를 생각하니 마치 가슴에 비수가 꽂힌 것 같은 통증을 느꼈다. 그리고 자신에게 이런 운명을 마련한 신(神)이 너무도 원망스러웠다. 탁자에 머리를 이고 저미는 아픔을감내하고 있을 때 그녀를 부르는 소리가 등에 꽂혔다.

"엄마."

아들의 목소리였다. 오늘따라 의천의 음성은 밝았다.

그녀는 돌아보았다. 목검을 든 의천과 육십대 초반의 노인이 서 있었다.

노인의 이름은 백당춘(白堂春)이다. 그는 동북방의 군사 요충지인 진황도(秦皇島)에서 군사들을 상대로 무술 교관을 하다가 이 년 전에 은퇴를 한 인물이다.

은퇴 후 고향인 북경으로 돌아왔다가 우연히 능진걸을 만나게 되었다. 그는 젊고 용기있는 능진걸의 모습에 매료되었고, 그에게 틈틈이 무술 지도도 해주었다. 그러다가 능진걸이 항주 성주로 내려가게 되자, 고향이지만 일가친척 하나 없는 북경을 두고 능진걸을 따라 항주까지 오게 되었다. 이곳에서 그는 어린 의천의 무술 사부로서 그들과 함께 생활하고 있었다.

"헤헤… 엄마, 축하해 주세요. 제가 오늘로서 모든 기초 수련을 다 마치고 사부님께서 내일부터 본격적으로 태극천명검법(太極天明劍法)을 배워도 된다고 하셨어요."

의천의 음성은 흥분으로 매우 격앙되어 있었다. 무술을 배운다고는 했지만, 지금까지 익힌 것은 체력 단련과 가장 기초적인 신법(身法) 운용이었다. 그런 과정을 거쳐 이제야 본격적인 검술을 연마할 수 있다고 하니 여섯 살 어린 꼬마가 들뜨는 것은 너무도 당연했다.

"허허헛, 그동안 제가 병사를 비롯하여 수많은 사람들에게 무술을 지도해 봤지만, 의천이와 같은 무재(武才)는 처음 봅니다."

백당춘은 미소를 지으며 껄껄거렸다.

"장성한 성인들도 족히 일 년은 걸려야 제대로 기틀이 잡힐 수 있는 기초 권각법(拳脚法)과 신법 운용을 여섯 살짜리 꼬마가 불과 반년 만에 완벽히 터득했다는 게 도저히 믿어지지 않을 정도입니다."

백당춘은 의천의 자질을 더없이 칭찬했다. 하지만 정작 부용의 표정은 밝지가 못했다. 아니, 오히려 차갑게 굳었다.

"백 사부님, 앞으로 의천이 무술 지도는 그만 해주세요."

"예?"

백당춘은 눈을 휘둥그렇게 떴다. 자식에 대한 칭찬은 부모의 자부심이거늘, 놀랍도록 탁월한 무재가 있다는 그의 칭찬에 어째서 그녀는 이렇게 차갑게 반응하는지 도저히 이해가 되질 않았다. 하여 백당춘은 혹시 그녀가 자신의 말을 잘못 알아들은 게 아닌가 하는 기분이 들었다. 하지만 착각이 아니라는 것을 그는 곧 알게 되었다.

"저는 의천이를 무사로 키우고 싶은 생각이 없어요. 의천이도 그이처럼 대과에 급제하길 바라고, 그이처럼 올바른 관리가 되어주길 원할 뿐이에요."

"허허… 무술을 배운다고 모두 무사가 되는 건 아니죠. 살다 보면 어떤 험악한 일을 겪을지 모르니까 자신을 지키기 위해서라도 배워두는 게 좋습니다. 그리고 그것이 성주님이 제게 부탁하신 일이기도 하고요."

"어쨌든 전 싫어요!"

그녀는 완강하게 고개를 저으며 소리쳤다. 그러자 의천은 당황했다.

"엄마, 전 계속 무술을 배우고 싶어요. 그리고 공부도 더 열심히 하면 되잖아요."

"그만 하라면 그만둬. 네가 언제부터 엄마한테 말대답을 했더냐?"

부용은 매섭게 소리쳤다. 이제껏 보지 못한 차가움에 의천은 크게 당황했다.

"하… 지만 아빠는… 제가 무술도 열심히 익히기를……."

"네 아버지께는 내가 얘기할 테니, 넌 내일부턴 공부만 해! 알겠느냐!"

그녀는 신경질적으로 말을 차갑게 내뱉고는 방을 빠져나갔다. 의천은 울상을 지으며 백당춘을 올려다보았다.

"사부님, 엄마가 대체 왜 저러시죠? 엄마가 제게 저렇듯 무섭게 화내는 모습을 처음 봤어요."

"글쎄다. 나도 처음이라서 그저 멍할 따름이구나. 허어, 거참."

어린 제자와 사부는 부용이 사라져 간 공간을 바라보며 한참 동안 낭패한 표정을 지었다.

＊　　　＊　　　＊

"벌컥!"

담중산은 술잔을 들이켰다.

밖은 아직 한낮이다. 담중산이 육십오 년을 살아오면서 낮술을 마시는 건 처음이었다. 그동안 그는 낮술 마시는 인간을 경멸했다. 세상에 할 일이 태산인데 대낮부터 술을 마시는 인간이 과연 바르게 제정신이 박힌 인간이냐는 게 그의 논리였다.

하지만 오늘 그는 자신이 경멸했던 그런 인간이 되었다. 하나뿐인 아들의 죽음은 그가 육십여 년 동안 지켜왔던 삶의 원칙도 이렇듯 바꿔놓고 있었다.

"성주 그놈이… 기루의 주인과 점가를 풀어주라 했다고?"

"그, 그렇습니다."

추관 염달구가 대답했다. 그동안 업무상 담중산과 관련된 것들은 늘 쪼르르 달려와서 직접 전해주었던 것처럼 그는 오늘도 변함없이 포청에서 일어난 일들을 보고하고 있었다.

담중산에게는 안타까운 일이 되겠지만 염달구에게 있어 이번 사고는 너무도 다행스런 일이었다. 철우가 그런 짓을 하지 않았다면 그는 담소충을 체포하고 확실하게 죄를 물었을 테고, 결국 뇌옥에 처넣었을 것이다. 그러면 담소충과의 인간 관계가 모두 끝장나는 것은 자명한 사실이었는데, 그런 자신의 고민을 철우가 깔끔하게 해결해 주었으니 이 얼마나 기분 좋은 일인가?

물론 담중산의 앞에서만큼은 표정 연출에 신경을 쓰고 있지만, 지금 그의 기분은 마치 쾌변을 하고 나왔을 때처럼 이루 말할 수 없이 너무도 후련했다.

"우리 소충이가 그놈의 칼에… 잔인하게 살해당하는 모습을 말리지도 못하고 지켜본 놈들을 그냥 그대로 풀어줬단 말이렷다?"

담중산의 음성이 흔들렸다. 염달구는 그의 눈치를 살피며 조심스럽게 입을 열었다.

"그, 그래서 제가 그들에게 죄를 물어야 된다고 했더니만 사람에게 그토록 잔인한 살수를 휘두를 만큼 흥분한 범인 앞에서 당신 같으면 과연 말릴 수 있겠냐고 오히려 반문하지 뭡니까?"

"그래서 그런 살인마를 총관으로 채용한 그 멍청한 놈들이 풀려나는 것을 그냥 보고만 있었단 말이냐!"

담중산은 그들이 풀려난 것조차도 용납할 수 없다는 듯 버럭 노성을 질렀다.

"죄, 죄송합니다. 이상하게도 이번 성주와는 전혀 대화가 되질 않아요. 어쩌나 자기 주장만 내세우는지……."

"쯧쯧, 이렇게 대가 약하니 그 어린놈에게 허구한 날 당하지."

"어쩌겠습니까? 감투 낮은 놈이 참을 수밖에요."

염달구는 머리를 긁적이며 답변을 하다가 움찔했다. 담중산이 차갑게 그를 노려보고 있었기 때문이다.

"무능한 놈. 내가 이토록 무능한 놈을 그동안 키워주고 배려해 줬다니……."

"죄송합니다. 하지만 너무 노여워 마십시오. 제가 다른 건 몰라도 철우라는 그놈은 무슨 일이 있어도 찾아내고야 말겠습니다."

염달구는 황급히 고개를 조아리며 대답했다. 하지만 담중산은 여전히 차갑게 그를 응시했다.

"어떻게? 어떻게 말인가?"

"오늘만 해도 무려 다섯 건의 신고가 있을 만큼 지금 계속해서 성민들의 신고가 빗발치고 있습니다. 성민들까지 이렇게 발을 벗고 나서는 판국이니 놈을 잡는 건 이제 시간문제에 불과합니다."

"무림 명문인 곤륜파에서 이십 년 가까이 무술 수련을 했던 내 아들의 호위 무사들을 깨끗하게 해치운 엄청난 놈을 네깟 포두 놈들이 무슨 재주로 잡을 수 있단 말이냐? 더욱이 한 방에 열다섯 명씩 나가떨어진 한심한 포두 놈들이!"

자신과 자신의 일을 무시당했다는 모욕 때문인가? 염달구의 얼굴에 불쾌감이 스쳤다. 물론 담중산이 전혀 의식하지 못할 정도로 아주 짧은 순간이었고, 그것도 겨우 살짝이었지만.

이것은 담중산의 앞에서 자신도 무시당하면 기분 상하는 인간이라는 것을 보여준 최초의 항거(?)였다.

'그래서 성주가 금릉에 지원을 요청했습니다. 곧 금릉에서 막강한 무공을 보유한 군병(軍兵)들이 오면, 그땐 그놈이 제아무리 날뛰는 재주가 있다고 할지라도 어쩔 수 없을 겁니다."

금릉은 남경(南京)으로도 불리는 대륙의 두 번째 거성(巨城)이다. 그곳엔 왕부(王府)도 존재했고, 북군(北軍)과 남군(南軍)을 비롯한 막강한 군력(軍力)이 집중되어 있는 곳이었다. 하여 장강 이남의 도성이나 현에서 민란이라든가 특별한 사건이 나면 병력을 지원해 주곤 하였다.

"아울러 성민들이 그놈을 찾기 위해 혈안이 되어 있는 한 쉽게 다른 곳으로 도주하기도 만만치 않을 겁니다. 그러니 너무 염려 마시고 이번엔 저를 비롯하여 우리 관군들을 한번 믿어보십시오. 절대 실망시켜 드리지 않을 자신이 있습니다."

"터진 주둥이라고 말은 잘도 지껄이는군."

"예?"

"난 이제 네놈도 보기가 싫다. 그날 낮에 우리 아들을 데려간 게 포청 놈들이었다. 그러니 우리 소충이의 죽음에 네놈들이 전혀 관계가 없다는 말은 하지 못할 것이다."

'이런 젠장! 세상에 별의별 억지를 다 듣는군. 기루에서 어린 기녀 겁탈하려다가 사고당한 것을 어디다 갖다 붙이는 거람? 그리고 만약 그때 그 망나니가 철우란 놈에게 안 죽었다면, 어린 기녀를 죽였다는 이유로 야래향이 발칵 뒤집어지고 항주가 또 엄청 시끄러워졌을 텐데… 그것을 그렇게 알려드렸건만 어찌 이렇게 억지를 자꾸 부리시는 지…….'

염달구는 못마땅한 표정을 지었다. 이번에는 조금 전에 있었던 것보다 표정 변화의 시간이 좀 길었다. 이유는 담중산이 술잔을 들이키느라 시선이 떨어져 있었기 때문이다.

담중산을 술잔을 들이킨 후 수염을 훔치고는 차가운 어조로 입을 열었다.

"가장 먼저 해결해야 할 일은 당연히 철우 그놈을 응징하는 일이 되겠지만 그 일이 끝나면 그땐 네놈들을 모두 가만두지 않을 것이다! 특히 신임 성주 그 자식만큼은 어떤 경우에도 절대 용서하지 않을 것이다!"

신임 성주만큼은 절대 용서하지 않을 것이다!

담중산의 분노에 염달구는 크게 당황했다.

"대, 대인님……!"

그의 성격상 반드시 한다면 하고야 말 것이다. 하지만 자신들까지도 복수의 대상으로 생각하고 있다는 게 너무 황당했다. 아무리 자식 사랑이 유별날지라도 이건 도가 지나치다는 느낌이 들었다.

그때였다.

"저… 대인님, 손님이 오셨습니다."

밖으로부터 늙은 하인의 음성이 들렸다.

"알았다. 안으로 들라 해라."

담중산은 짧게 대답을 하고는 염달구에게 손짓을 했다.

"자넨 이만 물러가게."

"대인님, 하나뿐인 영식을 잃은 그 분노가 어떠신지 모르는 바는 아니지만, 그래도 우리들 전부를 용서하지 않으시겠다는 그 말씀만은 거두어주심이……."

"어허! 그만 사라지라니까!"

"헉! 아, 알겠습니다. 그럼 전 이만……."

담중산이 버럭 노성을 지르자 그는 움찔하며 급히 인사를 하고 물러 났다.

드르륵!

문을 열고 밖으로 나서는 순간,

'허걱!'

그는 심장이 얼어붙는 듯한 충격을 받았다. 하인의 안내를 받으며 천천히 회랑을 걸어오고 있는 흑포 장삼의 노인.

그는 염달구보다 머리 하나는 더 클 정도로 장대한 체구에 서리가 내린 것처럼 새하얀 백발과 일자로 솟구친 칼끝 같은 백미(白眉)부터가 범상치 않았다.

게다가 독수리처럼 형형히 빛나는 찢어진 눈매와 철석보다 더 강인 하고 비정한 소유자임을 상징하는 듯한 유달리 크고 얇은 입술, 그리고 활처럼 휘어져 있는 매부리코.

나이를 전혀 느낄 수 없는, 인성(人性)보다는 사기(邪氣)와 마성(魔性)이 더 강렬히 느껴지는 노인.

아마도 염라대왕이 실존한다면 이러한 용모였으리라고 생각하는 순간, 그가 염달구의 옆을 스쳐 지나갔다. 전신이 얼어붙는 칼날 같은 예기에 염달구는 또다시 헛바람을 삼키며 크게 움찔거렸다. 그리고 그가 담중산의 처소로 들어간 후에야 염달구는 겨우 안도의 한숨을 내쉬었다.

'휴우! 세상에, 그동안 포청에서 일하면서 인상 더럽고 험악한 인간 들을 무수히 봤지만 저렇게 섬뜩한 인간은 정말 처음이군.'

염달구는 그가 사라진 담중산의 거처를 보며 고개를 갸웃거렸다.

'누구지, 저 인간은? 항주 사람은 아닌 것 같은데……. 제길, 뭐 하

는 인간이든 군이 내가 알 바는 아니지. 그렇지 않아도 철우 놈 때문에 내 머리가 복잡한 판이니까.'

염달구는 갸웃거린 머리를 크게 흔들고는 잠시 멈춘 발걸음을 옮기기 시작했다.

"……!"

순간, 염달구의 표정이 크게 구겨졌다.

사타구니가 축축했다. 그는 그제야 깨달았다, 백발 노인이 자신 옆을 스칠 때 오줌을 지렸다는 사실을.

'이런 씨, 또 쌌잖아?'

염달구는 얼굴을 잔뜩 구기며 어색한 걸음으로 회랑을 걸어갔다. 그리고 오늘은 세상없어도 시전에 있는 황약포에 가서 약을 한 재 지어 먹어야겠다고 결심했다.

第八章

그날 밤, 소주(蘇州)는 피로 젖었다

소주(蘇州).

강소성 내에서는 항주 다음으로 손에 꼽히는 유수의 도성(都城)이었다. 태호(太湖)를 끼고 대운하로 연결된 대평야의 중심에 위치한 교통의 중심지이자 곡물의 보고(寶庫)이기도 했다.

뿐만 아니라 그 자연적, 지리적 조건을 바탕으로 경제 활동까지 활발하니 자연적으로 돈이 모이고 문화도 크게 융성하였다.

하나 사람 사는 곳이 늘 그렇듯 양지가 있으면 음지가 있는 법. 잘사는 사람이 아무리 많다 해도 가난한 사람은 늘 그보다 많았다.

을죽촌(乙竹村).

소주에서 북쪽에 위치한 작은 마을. 예로부터 대나무가 많다는 이유로 을죽촌으로 불렸다.

이곳의 사람들은 대체적으로 가난했다. 지척에 아름다운 태호가 있었음에도 그곳의 경치를 구경하지 못한 사람이 더 많을 정도로 을죽촌 사람들은 그저 하루의 생계를 이어나가기에 급급했다.

때는 어느덧 십일월로 들어섰다.

반반천.

여름날 을죽촌 아이들의 놀이터이자 어른들도 유일하게 더위를 식힐 수 있는 개천은 이미 허옇게 바닥을 드러내고 있었다.

개천 너머의 가난한 을죽촌은 한낮임에도 사람의 모습이 보이지 않을 정도로 스산했는데, 어느 젊은 사내가 햇빛 쏟아지는 바위 위에 쓸쓸히 앉아 있는 모습이 보였다.

"휴우!"

깊고 긴 한숨.

사내는 그동안 이곳저곳에서 막일을 했다. 남의 땅에서 모내기를 하고, 저택 공사에서 인부로도 일하고, 가을날엔 추수도 대신 해주면서 거기서 얻은 수입으로 처자식은 물론 늙은 노모까지 모시고 살고 있었는데, 날이 차가워지자 이번 겨울을 어떻게 나야 할지 암담하기만 했다.

끼니는 물론 땔감도 떨어진 판이다. 굶주림과 추위를 견디지 못하고 울고 있는 어린 자식들의 모습이 계속하여 그의 뇌리를 고통스럽게 파고들자 사내는 남의 집 담을 넘어서라도 오늘만큼은 돈을 마련해야겠다고 마음먹었다.

그때였다, 사내의 앞에 그림자가 드리워진 것은.

"말 좀 물읍시다."

낮은 저음에 색깔이 없는 음성이었다. 사내는 고개를 들었다. 햇살을 후광처럼 비추며 건장한 체구에 삼십대 인물이 그의 시야에 들어왔다. 그리고 그의 어깨 위에는 일견하기에도 귀해 보이는 흰 털 원숭이가 편하게 앉아 있었다. 철우였다.

"군 진사 댁이 어딘지 아시오?"

"군영이네 말입니까?"

마을에서 군영의 아버지는 진사로 불렸다. 그가 젊은 날 관아에서 근무했던 관리였고, 이곳 사람들보다 높은 학식을 갖고 있다는 이유에서였다.

"그렇소."

"저기… 왼쪽에 보면 세 번째 모옥이 보이죠? 바로 거깁니다."

사내는 손가락으로 위치를 가르쳐 주었다.

"고맙소."

철우는 가볍게 예를 취하고 걸음을 옮겼다.

사내는 다시 자리에 앉아 조금 전에 하던 고민을 계속하기 시작했다.

'누구 집이 가장 만만할까?'

그의 뇌리에 가장 먼저 떠오른 인물은 시전에서 커다란 보석점을 하고 있는 팽 노인이었는데, 안타까운 것은 그 집엔 경호 무사들이 많다는 것이었다. 그는 다시 한 번 크게 한숨을 내쉬더니 느닷없이 자리에서 벌떡 일어났다. 그리고 천천히 걸어가고 있는 철우의 뒷모습을 무섭게 노려보았다.

철우의 어깨에 앉아 있는 흰 원숭이.

그것은 이제까지 그가 단 한 번도 본 적이 없는 희귀한 영물이었다. 만약 저것을 팽 노인에게 갖고 가면 틀림없이 은자 열 냥 이상은 쳐줄 거라는 생각이 들었다. 팽 노인은 보석상을 하면서 골동품과 희귀한 수석(壽石)을 모으는 게 취미였기 때문이다.

생각이 거기까지 이르자 사내는 흉기가 될 만한 것을 찾기 위해 주변을 둘러보았고, 곧 그의 시야에 커다란 돌이 들어왔다. 그는 돌을 움켜쥐고 지체없이 철우를 향해 달려들었다.

철우의 허리춤에 검이 채워져 있고, 그로 인해 웬만한 사람이라면 그가 무림인이라는 것을 충분히 짐작할 수 있는 상황이었음에도 불구하고 사내는 결코 망설임이 없었다. 상대가 돌아서기 전에 자신이 먼저 가격하면 된다고 판단했다.

하지만 그는 결코 자신의 생각처럼 철우의 뒤통수를 내리찍지 못했다.

끼용! 용!

"으윽! 뭐, 뭐야?"

그보다 먼저 반반이 사내의 얼굴을 향해 날아들었고, 자신의 얼굴에 찰싹 달라붙은 반반이에 의해 그는 방향을 잃고 허우적거렸다. 사내는 당황하며 자신의 얼굴에 붙어 시야를 가리고 있는 반반을 떼어내려고 했다. 하지만 반반은 쉽게 떨어지지 않았다. 그러자 사내는 들고 있는 돌로 반반을 찍으려 했다. 하지만 그것조차 여의치 않았다.

사내가 그와 같은 동작을 취할 수 없도록 철우는 그의 손목을 거칠게 움켜잡았던 것이다.

"아아악!"

사내는 손목이 끊어지는 것 같은 고통에 비명을 터뜨리며 들고 있던 돌을 떨어뜨렸다. 그제야 반반이가 비로소 그의 얼굴에서 철우의 어깨로 몸을 옮겼다.

"아악! 자, 잘못했습니다. 제, 제발… 한 번만 용서를……"

사내는 사색이 된 얼굴로 애원했다. 그는 이대로 나가다간 손목이 부러질 것이라고 생각했다. 철우는 계속 그의 손목을 움켜잡은 채 나머지 손을 밑으로 내렸다.

그러자 돌덩어리가 자석에 이끌리는 쇠처럼 위로 솟아오르며 그의 손에 잡혔다.

"허걱!"

사내는 어찌나 놀랐는지 하마터면 눈알이 튀어나올 뻔했다. 그리고 계속 질러대던 비명조차 잊었다.

'펴, 평달과는 비교조차가 안 되는 어마어마한 고수다.'

그가 이제까지 본 최고의 무사는 날아오는 세 개의 사과를 연속해서 베어버린 팽 노인 댁 총관인 평달(平達)이었다. 그의 멋진 절기를 보고 감탄한 적이 있었는데, 이제 보니 평달도 자신의 앞에 있는 인물에 비하면 조족지혈(鳥足之血)이란 걸 깨달았다.

콰아아!

철우의 손 안에 쥐어진 돌이 일순간에 가루가 되는 모습을 그는 목격했다. 그러자 그의 얼굴은 더욱 새하얗게 탈색되었다.

"으으, 죽을죄를 졌습니다. 제, 제발… 목숨만 살려주십시오."

사내는 뜨거운 눈물을 흘리며 애원했다. 철우는 전혀 무술을 익힌 적이 없고, 생각보다 순박한 사람이라는 것을 직감했다.

"어째서 날 기습하려 했나?"

"흑흑, 대, 대협의 어깨에 있는… 흰 원숭이 때문에……."

그는 연신 뜨거운 눈물을 흘리며 자신이 어째서 그와 같은 짓을 했는지 속사정을 털어놓았다.

사내의 얘기가 끝나자 철우는 허탈함을 느꼈다. 그는 잠시 소주의 변두리까지 자신의 얼굴이 알려진 게 아닌가 하고 생각했다. 하지만 사내는 단지 처자식과 늙은 노모의 끼니 때문에 이와 같은 일을 저지르려 했다는 게 오히려 서글펐다. 차라리 현상금 때문이었다면 그의 기분이 이렇게 착잡하지는 않았을 텐데…….

철우는 천천히 그의 손을 놓아주었다. 그리고 품속에서 은자 열 냥을 꺼내주었다.

은자 열 냥.

그 돈은 이번 겨울은 물론 내년 봄까지도 충분하게 버틸 수 있는 상당한 액수였다. 은자 두 냥이면 쌀 한 가마니를 살 수 있는 게 이 당시의 물가였으므로.

"이걸로 쌀과 땔감을 마련하시오."

"대, 대협?"

"그리고 아무리 절박할지라도 두 번 다시 강도 짓 같은 건 하지 마시오. 당신 같은 순박한 사람의 그런 짓이 통할 만큼 세상은 결코 만만한 곳이 아니오. 아직 젊고 사지육신이 멀쩡한 만큼 가족을 위해서라도 좀 더 열심히 살아주기를 바라겠소. 당신 하나만 의지하고 있는 가족들을 위해서라도 당신이 절대 허망하게 객사를 해서는 안 될 테니까."

철우는 그의 손에 열 냥의 은자를 쥐어주고는 등을 돌렸다.

"크흐흑!"

사내는 품속에 열 냥의 은자를 굳게 부둥켜안았다. 그리고 닭똥 같은 눈물을 떨구며 무릎을 꿇었다.

"대, 대협, 이 은혜… 결코 잊지 않겠습니다. 언제고 반드시 꼭 갚고야 말겠습니다. 언젠가는 반드시."

사내는 하염없는 눈물을 흘리며 사라지는 철우의 뒷모습을 향해 소리쳤다. 사내의 이름은 태중(太重)이었다.

　군영의 집은 조금만 바람이 거칠게 불어도 무너질 것처럼 초라하기
짝이 없었다.

　"……."

　철우는 잠시 멈춰 서서 모옥을 바라보았다.

　열일곱 살의 어린 군영으로 하여금 기녀를 선택할 수밖에 없도록 만
든 음습하고 어두운 가난의 모습이 철우의 가슴을 무겁게 만들었다.

　그때였다.

　끼익!

　모옥의 쪽문이 열리며 아홉 살 정도 되어 보이는 사내아이가 요강을
들고 나타났다. 아이는 요강을 든 채로 철우를 멀뚱히 쳐다보았다.

　"뉘세요?"

　"그것부터 부셔라. 무겁겠다."

　철우는 미소를 지었다. 그러자 아이는 쑥스러운 표정을 짓고는 요강
을 부셨다.

　"어르신들 계시냐?"

　"예. 근데… 무슨 일로……?"

　"누나 심부름으로 왔단다."

　"예?"

　조심스럽던 아이의 얼굴은 금세 환하게 밝아졌다. 그리고 곧바로 방
안으로 뛰어들며 소리쳤다.

　"아버지! 어머니! 손님이 왔어요! 누나 심부름으로 오신 분이래요!"

방은 달랑 한 칸이었다.

그 좁은 방에 어른 둘과 아홉 살, 일곱 살의 사내아이가 살고 있었다. 모친은 겨우 몸을 추스르며 일어났지만, 부친은 허리가 불편한지 손님이 왔는데도 일어나질 못할 정도였다.

군영이가 이곳을 떠나기 전, 어떻게 다섯 식구가 이 안에서 살았는지 그것이 쉽게 이해가 가질 않을 정도로 방은 너무도 좁았고, 그래서 가슴이 더욱 아팠다.

"저… 죄송해요. 귀한 손님이 오셨는데 사는 게 이렇다 보니 내놓을 게 없군요."

모친의 모습은 남루하고 병세가 완연했지만 말투나 앉아 있는 품새에서는 교양이 느껴졌다. 불현듯 남편이 음모에 휘말리지만 않았던들 그녀는 지금 남편과 함께 성민들의 존경을 받고 있을 거라는 생각이 철우의 뇌리를 스쳤다.

가난.

부자들은 흔히 이렇게 얘기한다.

―쯧쯧! 가난한 놈은 모두 게으른 놈들이라고. 세상에 널린 게 일이고, 제놈들이 열심히만 일한다면 충분히 잘살 수가 있는데도 그놈들은 그렇게 하질 못하고 있으니 한심한 것들이지.

하지만 철우는 그렇게 생각하지 않았다.

세상의 모든 것들은 유한(有限)한 법인데, 부자들이 많은 것을 갖고 있으니 가난한 자들이 생기는 법이라고. 그럼에도 남의 입속에 있는 것까지 계속 탐욕을 부리는 게 부자의 특성이라고. 그렇게 많이 갖고 있는 사람들이 세상에 정해져 있는 유한한 것을 갖고 베풀기는 커녕 계속 탐욕을 부리는데, 어찌 없는 자들이 가난을 벗어날 수 있겠는가!

게다가 부지런하고 싶어도 도저히 어찌할 수 없는 이와 같은 가난도 있지 않은가!

철우는 군영의 환경에 가슴이 미어졌다.

"쿨럭! 우리 군영이와 함께 계시는 분이오?"

군 진사는 기침을 하며 입을 열었다.

"그렇습니다."

"우리 군영이는 어떻게 지내고 있소? 쿨럭! 아닌 게 아니라 요즘 들어 자꾸 꿈에 나타나던데… 설마 안 좋은 일이라도……?"

"아닙니다. 잘 지내고 있습니다."

"에휴! 못난 아비 때문에 그 어린것이… 그런 일까지 해야만 한다니… 난 아비가 아니라 원수요, 원수."

군 진사는 길게 한숨을 내쉬었다. 주름진 그의 눈에 굵은 이슬이 맺혔다.

"자식을 기루에 보내고… 그리고도 죽지 못해 살아야만 한다는 게 너무 수치스러울 뿐이오."

그의 얘기에 모친도 소리없이 눈물을 흘렸다.

어디 이들이 사는 게 과연 사는 것이라 할 수 있을까?

남아 있는 어린 두 아들을 위해서라도 어떻게든 건강을 회복해야만 한다는 의지를 잃지 않고 있다지만, 이들에게 있어 하루를 사는 건 하루만큼의 치욕을 견디는 것이리라.

철우는 품속에서 묵직한 전낭(錢囊)을 꺼냈다. 그리고 그것을 천천히 군영의 모친 앞에 내려놓았다. 모친은 의아한 표정을 지었다.

"이, 이게 뭔가요?"

"군영이의 심부름입니다."

모친이 금낭을 풀자 그곳에서 화려한 빛이 쏟아졌고, 그녀는 물론 부친과 어린 두 아들까지 눈이 휘둥그레졌다.

"헉! 이, 이건 금화(金貨)잖아요?"

"황금 오십 냥입니다."

철우는 미소를 지으며 대답했다.

물론 그 돈은 당연히 철우의 주머니에서 나온 것이다. 지난날 철우가 일 년 만에 금룡표국으로 되돌아 왔을 때 노적삼 국주가 그에게 준 돈이었다. 그는 철우에게 다시 일해줄 것을 제안했지만, 철우가 떠나겠다고 하자 아쉬워하며 황금 백 냥을 건네주었다. 철우는 그때 받은 돈 중 남아 있던 전부를 군영의 부모에게 내놓은 것이다. 군영이의 심부름이라며.

"아, 아니, 그 아이가 어떻게 이런 엄청난 돈을……?"

부친의 음성은 당혹과 불안으로 크게 흔들렸다.

금화 한 냥은 은자 열 냥의 가치다. 때문에 아무리 돈을 잘 버는 기녀라도 불과 몇 달 사이에 이런 엄청난 돈을 모을 수 있다는 건 상식적으로 말이 안 되었다.

철우는 미소 지으며 이곳에 오는 동안 준비한 얘기를 꺼냈다.

"군영이가 아주 돈 많은 사람을 만나 결혼을 했습니다. 대리국(大理國)의 젊은 거상과 갑자기 결혼하는 바람에 부모님께 인사도 드리지 못하고 그곳으로 떠났습니다. 그래서 제가 이렇게 대신 심부름을 오게 된 것이죠."

"우리 군영이가 결혼을 했다고요?"

"그렇습니다."

"다행이야. 그동안 못난 부모 때문에 너무 많이 고생했는데… 정말 다행이야."

"그러게 말예요. 돈 때문에 기루에까지 나가게 됐는데 돈 많은 사람을 만났다니, 그게 얼마나 좋은 일예요. 돈 때문에 비참해지는 일은 이제 더 이상 없을 테니까요."

먼 곳으로 시집가는 딸을 미처 만나지 못한 게 아쉽기는 했지만, 뭇 남자들의 노리개로 전락하지 않고 좋은 남자를 만나 결혼했다는 사실이 얼마나 반가운 소식인가? 병든 부모는 눈물을 글썽이며 환하게 미소 지었다.

철우는 그들의 기뻐하는 모습을 보며 천천히 그곳을 나섰다. 그리고 모옥 앞에 우뚝 서서 하늘을 보았다. 뭉게구름 사이로 군영이 미소를 지었다. 철우의 입가에도 미소가 번졌다.

이제 조금은 홀가분해질 수 있을 것 같았다.

*   *   *

벌컥!

담중산은 술잔을 들이켰다. 아들이 죽은 이후 술이 부쩍 늘었다.

술이란 묘하다. 마시면 마실수록 아집과 독선이 늘어나고 시야가 좁아진다. 담중산은 그러기를 원했다. 상식적인 원칙보다는 더욱 뼈저린 한을 안으로 쌓아가고 싶었다. 혹시라도 철우는 물론 아들의 죽음을 방치했거나 조금이라도 관련이 있는 인물들에 대한 원한이 누그러지는 것을 그는 가장 경계했다.

"크으!"

그는 입술을 훔치며 며칠 전 자신과 독대를 나누었던 백발 노인을 떠올렸다. 염달구로 하여금 오줌을 지리도록 만든 바로 그 노인이었다.

흑혈야제(黑血夜帝) 사도혼(司徒魂).

그는 십 년 전까지 사천성(四川省)과 청해성(青海省)에서 밤의 제왕으로 불리던 흑야문의 문주였다.

흑야문은 밀매(密賣)와 인신매매, 심지어는 청부 살인까지 저지르는 사파(邪派) 집단이었다. 그들의 사천과 청해에서 온갖 악행을 일삼았고, 그 원성이 북경의 황실에까지 전해졌다.

하여 당시 정위였던 담중산이 직접 사천성을 방문하였고, 그가 직접 사천당문(四川唐門)과 동방세가(東方勢家), 풍천보(風天堡) 등 무림 명파들의 수장들에게 협조를 요청하였다. 그로 인해 사천과 청해에서 이제까지 단 한 번도 없었던 관과 무림 연합이 결성되었고, 연합군과 흑야문은 결국 대대적인 전쟁까지 벌인 적이 있었다.

연합군은 무려 반년에 걸친 장기간의 전투 끝에 흑야문을 궤멸시키는 데 성공했다. 하지만 사람들은 사도혼을 비롯한 흑야문 수뇌들의 시신을 발견하진 못했다. 그것이 아쉽긴 하였지만, 어쨌든 반년에 걸친 관과 무림의 대규모 연합 공격에 흑야문은 사천과 청해에서 사라지게 되었고, 그것은 지금도 그곳 사람들의 입에선 전설처럼 회자되었다.

담소충이 살해된 다음날, 담중산은 뜻밖의 서찰을 받게 되었다. 서찰을 보낸 사람은 바로 이젠 담중산의 기억에서 까맣게 지워진 흑혈야제였다.

서찰은 그가 자신의 원한을 갚아주겠다는 내용을 담고 있었다.

처음엔 불안했다. 흑혈야제의 입장에서 본다면 당시 담중산은 흑야문의 토벌을 위해 전면에 나섰던 가해자였고, 그는 피해자였다. 하지만 아들의 복수를 위해서라면 악마와도 못 만날 이유가 없다고 생각한 담중산은 결국 그의 방문을 허락했던 것이다.

"흑혈야제, 이건 너무도 뜻밖이오. 나는 당신이 나를 원망하고 있으리라 생각했는데, 그런 당신이 내 아들의 복수를 대신해 주겠다고 이렇게 나서다니……."

"복수를 생각했다면 난 얼마든지 당신을 처단할 수 있었을 것이오. 당신이 현직에 있을지라도. 하지만 그것은 이제 지난 일일 뿐이오."

그때 담소충은 흑혈야제와 대화를 나누면서 그 부분에서 고개를 끄덕였다. 혹시라도 흑혈야제를 비롯한 잔당들이 자신에게 복수할지도 모른다는 생각에 그때 얼마나 철통같은 경계를 세웠던가?

그로 인해 금군(禁軍)에서 가장 뛰어난 무관들과 소림과 무당과 같은 무림 명파에서 무공을 익힌 일류고수들로 자신을 경호하게 하질 않았던가? 현직에 있을 때는 몰라도 자신이 은퇴하고 이곳으로 낙향한 이후, 그가 마음만 먹는다면 언제든지 복수는 가능했을 것이라며 그는 공감했다. 남들이 보기엔 현재 이곳의 경호도 상당한 것 같지만 어쨌든 현직에 있을 때와는 비교조차 되질 않는 수준이니까.

"죽는 순간까지 혈채(血債)를 잊지 않는 게 무림인이라고 들었소만……."

"사람 나름이오. 난 지난 일보단 오늘을 살고자 하는 사람이니까."

"흠, 생각과는 달리 현실적인 안목을 갖고 있다는 게 마음에 드는구려. 하지만 그때 이미 당신은 수족 같은 부하들을 모두 잃었을 텐데…

설마 당신이 직접 그놈을 잡으러 나서겠다는 얘긴지?"

"흑혈천(黑血天)이라고 들어보셨소?"

"……!"

흑혈천!

죽음은 누구에게나 공포스러운 것. 얼마 전부터 사람들은 이 불길한 이름을 생각할 때면 또 하나의 저주받은 이름을 떠올리게 되었다. 살의와 살심으로 충만한 이름, 그것이 바로 흑혈천이었다.

강호인들에게 죽음에 가장 가까운 이름이자 죽음의 대명사인 흑혈천은 청부 살수 조직의 명칭이었다.

그들은 어느 날 갑자기 나타나 지난 이삼 년 동안 실로 많은 살업(殺業)을 저질렀다.

강호제일의 석학으로 알려진 만박통사(萬博通士) 제갈병(諸葛幷)을 비롯하여, 창술과 인마 합체라는 경이적인 기마술로 산서성(山西省)의 지방군을 조련했던 기마신제(騎馬神帝) 서문권(西門勸), 각 지역 정파 무림의 패주였던 독고유검(獨孤遊劍), 고룡도객(古龍刀客), 그리고 혈세신마(血洗神魔)와 무적색골(無敵色骨) 등 사마의 거두들까지도 그들의 손에 쓰러져 갔다.

그들의 살행은 정사를 가리지 않았다. 누구든 청부만 받으면 실수 없이 처리했다. 짧은 시간에 그와 같은 신화적인 업적(?)을 쌓으며 강호인들의 뇌리에 공포와 전율의 이름으로 자리잡았던 것이다.

"그, 그렇다면 설마 당신이……?"

"그렇소. 흑야문은 지난날 이 땅에서 사라진 흑혈천의 새로운 이름이자, 나의 분신이오."

"……."

"살아남은 우리들은 두 번 다시 피눈물을 흘리는 일이 없도록 재능 있는 젊은이들을 제자로 받아들였고, 그들에게 살인 기예를 전수하였소."

"……."

"지옥과 같은 수련 끝에 구십구 명의 특급 살수가 탄생하였고, 그들이 죽이지 못할 자는 세상에 없을 것이라고 난 자신있게 말할 수 있소."

"하, 하나 그놈은 이미 은형사괴와 강호제일의 현상금 사냥꾼이라는 갈문양까지 해치운 엄청난 고수요."

"알고 있소, 아무리 지옥 같은 과정을 거쳤다 해도 무공으로는 그놈을 상대할 수 없다는 것을. 하나 세상의 모든 것을 무공만으로 이룰 수 있는 것은 아니오. 무공으로는 반초지적(半招之敵)도 안 되지만 천하제일의 고수라도 죽일 수 있는 게 바로 우리 흑혈천의 살수들이오. 주변에선 도저히 적수를 찾아볼 수 없다던 서문권과 고룡도객, 혈세신마 등이 당할 수밖에 없었던 것도 바로 그런 이유 때문이오. 우리는 초절정 고수들도 효과적으로 제거할 수 있는 나름대로의 살인 기예가 있으니까."

"으음, 하긴 무공과 암습은 다르겠지. 좋소, 당신을 믿겠소. 한데 그와 같은 호의를 베풀려 할 땐 그만한 조건이 있을 텐데?"

"물론이오. 우린 대가가 없는 짓은 하지 않는 사람이니까."

"그게 무엇이오?"

"그것은……."

벌컥!

담중산은 또다시 술잔을 들이켰다. 그리고 잔을 내려놓으며 그는 길게 한숨을 내쉬었다.

"휴우!"

날숨은 무거웠고, 표정은 어두웠다. 당연히 돈일 것이라고 예상했으나, 흑혈야제는 여태껏 전례가 없던 일을 요구했다. 담중산은 너무도 무리한 요구에 황당했으나 그것을 기꺼이 받아들이겠다고 약속했다.

예전 같았다면, 그리고 조금이라도 상식이 남아 있다면 결코 있을 수 없는 약속이다. 하지만 그는 술에 취해 있었고, 복수에 미쳐 있었다. 아들의 복수를 위해선 못할 약속이 없다고 생각했다.

"복수만 할 수 있다면 악마와도 손을 잡겠다고 다짐했거늘, 내가 무엇을 두려워하랴. 얼마든지 욕을 먹어도 좋다. 복수만 해달라고. 내 아들의 복수만. 크크크크."

담중산은 입가에 침을 흘리며 괴이한 웃음을 터뜨렸다. 웃고 있는 그의 동공에선 암갈색의 광기(狂氣)가 번들거리고 있었다.

*   *   *

크워워웡!

한 마리의 늑대가 밤하늘을 향해 울부짖고 있었다. 아마도 짝을 잃은 듯 소리는 너무도 애절하게 메아리쳤다. 달과 별이 모두 구름에 가려져 더욱 어두운 밤이었다.

혈랑산(血狼山).

늑대가 많다고 하여 사람들의 발길이 뜸한 소주 북쪽에 위치한 산이었다. 산의 중턱쯤엔 동굴이 하나 있었는데, 밖으로 연기가 솔솔 빠져

나오고 있었다.

타타타탁!

철우는 동굴 안에 모닥불을 피워놓고 뭔가를 구워 먹고 있었다. 그리고 모닥불을 사이에 두고 반반이가 있었다.

"이놈아, 좀 익거든 먹어라. 안 뺏어먹을 테니까."

철우는 미처 익지도 않은 고기를 걸신들린 듯이 먹고 있는 반반을 보며 잔소리를 했다.

쩝쩝.

반반은 철우의 잔소리에 전혀 신경 쓰지 않았다. 그저 걸신들린 듯이 먹는 데 충실할 뿐이었다.

"내참, 원숭이들이 늑대 고기를 원래 좋아하나, 아니면 이놈만 특별한 건가?"

모닥불에 구워지고 있는 고기는 바로 늑대였다. 철우는 갖고 있는 돈을 모두 군영의 가족에게 주고 남아 있는 은자 한 냥으로 죽엽청 다섯 병을 사서 이곳으로 왔다.

이제 수중에 땡전 한 푼 없으니 당연히 음식은 알아서 자급자족해야만 하는 신세가 되었다. 그래서 오늘은 늑대 한 마리를 잡았던 것인데, 막상 잡아서 구우니 반반이가 환장한 듯이 먹어대고 있었다. 철우는 예전에 군영이가 먹을 음식을 반반이가 몽땅 가로챘던 기억이 떠올랐다.

"너랑 같이 먹다간 내가 손해라서 안 되겠다. 정확히 금을 그을 테니 서로 자기 몫만 먹기로 하자."

철우가 익고 있는 고기 위에 뾰족한 쇠꼬챙이로 선을 그으려 하자 반반이가 그의 손을 잡았다.

꾸욱… 꾹꾹!

반반은 먹는 것 갖고 너무 치사하게 굴지 말라는 듯이 인상을 썼다.

"이놈아, 익기도 전에 너만 처먹으니까 그렇지."

꾹꾹! 끼옥!

반반은 자신의 배를 손으로 탁탁 쳤다, 마치 자신이 먹으면 얼마나 먹겠냐는 듯.

'끙, 망할 녀석. 뻔뻔스럽긴… 하긴, 오죽했으면 군영이가 뻔뻔이라 이름을 짓지 못한 걸 안타까워했으려고…….'

철우는 인상을 구기며 술병을 들이켰다.

"크으, 조오타!"

철우가 기분 좋게 인상을 구기며 팔등으로 입술을 훔치자 반반은 고개를 갸웃거렸다. 그러더니 이내 손을 내밀었다.

꾸꾹! 꾸웅!

"뭐? 이젠 술까지 달라고?"

철우는 눈을 휘둥그렇게 떴다. 너무도 당당하게 손을 내미는 반반의 행동에 기가 막혔다.

끼오옷! 욧!

반반은 괴성을 지르며 마치 독수리가 병아리를 낚아채듯 잽싸게 술병을 낚아챘다. 그리고는 낚아챌 때와는 달리 철우의 앞에서 당당하게 들이켰다.

꺼억!

반반은 벌컥벌컥 들이키고는 트림을 했다. 술이 들어가자 반반의 얼굴은 시뻘겋게 변했다.

"얼씨구! 술 트림 한번 제대로 하네?"

반반은 알딸딸한 표정으로 고개를 갸웃거렸다. 그리고는 이내 또다시 술병을 들이켰다. 남아 있는 술을 다 마시려는 듯 이번의 들이킴은 상당히 길었다.

꺼어어억!

이번엔 아주 길게 술 트림을 했다. 눈은 초점이 풀렸고, 입은 저절로 벌어졌다.

딸꾹, 딸꾹.

반반은 딸꾹질을 하며 술병을 아무렇게나 집어 던졌다. 딸꾹질을 하며 헤롱거리는 그 모습은 고주망태가 된 사람과 다를 게 없었다.

"이, 이 녀석이 이젠 주사까지?"

철우가 인상을 쓰며 반반의 머리를 쥐어박으려는 순간,

뻑!

반반이가 아무 생각 없이 집어 던진 술병이 동굴 천장에 부딪치며 깨졌다.

"……!"

철우의 눈빛이 급변했다. 그것은 술병과 벽면이 부딪치는 정상적인 소리가 아니었기 때문이다. 철우의 신형이 느닷없이 용수철처럼 튀어올랐다.

솟아오르는 것과 동시에 그의 우수에는 철검이 쥐어져 있었고, 그는 곧바로 천장을 찔렀다.

콰악!

그러자 천장에선 뜻밖에도 답답한 사내의 신음 소리가 흘러나왔다.

"끄… 으윽……."

그리고 시뻘건 선혈이 검신을 타고 흘러내리기 시작하더니 급기야는 흙가루를 뿌리며 검은 물체가 추락했다.

쿵!

찰싹 몸에 달라붙는 흑의에 복면까지 쓰고 있는 흑의인.

철우는 흑의복면인이 시체가 되어 바닥에 엎어진 모습을 보자 안색이 굳었다.

'극교은둔술(極巧隱遁術)?'

철우의 음성은 자신도 모르게 크게 흔들렸고, 그와 동시에 부친의 얘기가 뇌리를 스쳤다.

"철우야, 강호에서 가장 조심해야 할 대상은 너보다 강한 자가 아니다. 그건 바로 자객(刺客)들이다. 자신보다 무공이 강한 상대라면 패해도 아쉬움이 없겠지만, 제대로 된 무술도 없이 오로지 이상한 사술만 터득하여 언제 어느 때든 초극의 고수들을 단 한 번에 절명시킬 수 있는 것들이 바로 그놈들이다."

"사술이라뇨?"

"그야 여러 가지지. 일례로 극교은둔술이란 것이 있는데, 그것은 자신의 모습을 노출시키지 않고 목표한 대상을 살해하는 자객들의 절예(絶藝)란다. 그 사술을 연마하면 나무나 돌, 심지어는 기둥과 두꺼운 벽 사이에 자신의 몸을 은폐한 후 완벽한 틈을 노려 살초를 펼친다면, 제아무리 천하제일인이라 할지라도 맥없이 당할 수밖에. 그러니 강호에서 가장 조심해야 할 대상은 바로 그놈들이라는 얘기다."

"……."

철우는 고요한 긴장감이 혈관을 타고 도는 것을 느끼며 우수에 들고 있는 철검의 검파를 잔뜩 힘주어 잡았다.

스… 스… 스…….

미세하지만, 그럼에도 빠르게 움직이는 소리가 그의 고막을 파고들었다.

'두 놈이 더 있군.'

철우는 입술을 질끈 깨물더니 이내 허공으로 몸을 솟구쳤다.

빙글.

철우의 신형이 허공에서 거꾸로 선회하는 듯하더니 마치 한 마리의 거미처럼 동굴 천장에 등을 붙이며 달라붙었다.

놀라운 일이었다.

분명 무엇인가를 잡고 매달린 것도 아니건만, 그럼에도 불구하고 마치 거대한 자석에 붙어버린 것처럼 그의 신형은 동굴 천장에 달라붙었다.

문득 천장에 등을 붙이고 주위를 살피던 철우의 검미가 꿈틀거렸다. 동굴 입구에서 각자의 독문 병기를 앞세운 채 통로를 타고 조심스럽게 전진하고 있는 두 명의 흑의복면인이 시야에 들어왔다. 아마도 그들은 먼저 잠입한 동료가 극교은둔술로 철우를 제압했을 거라고 생각한 모양이었다. 이렇게 모습을 드러내 놓고 내부로 들어선 것을 보면.

그때였다.

피잇!

천장에 붙어 있던 철우가 마치 빛살처럼 움직이며 왼편 복면인을 철검으로 갈라 버렸다.

써거걱!

미처 비명을 지를 시간도 없었다. 검광이 번뜩이는 것과 동시에 섬뜩한 파육음과 함께 붉은 선혈이 쏟아져 나왔다. 오른편 사내는 당황하며 급히 들고 있던 천리화통(千里火筒)을 밖으로 향하게 했다.

번쩍!

천리화통에서 빛이 번뜩였다.

천리화통은 천리화포(千里火砲)의 일종으로, 주로 위급한 신호를 보낼 때 사용하는 신호탄이었다. 황린(黃燐)이 타면서 강렬한 불빛을 발하기 때문에 천 리 밖에서도 보인다 하여 천리화통이라 부르게 되었다.

하지만 천리화통에서 번뜩였던 불빛은 한순간에 멈췄다. 철우의 검이 그 순간 그의 상체와 하체를 분리시켰던 것이다.

두 사내가 흘린 선혈로 바닥은 그야말로 피바다였다.

'한 놈은 천리화통을 들고 왔다? 그렇다면 근처에 또 다른 일행들이 있다는 것인가?'

철우의 불길한 예상은 곧 현실로 나타났다.

슈우우웅! 펑!

갑자기 난데없이 둥근 폭약이 동굴 안으로 날아들더니 폭죽이 터지듯 허공에서 폭파되었다. 그리고 이어 하얀 연기가 뭉게구름처럼 피어오르며 동굴 안을 가득 메웠다.

"……!"

철우의 얼굴이 딱딱하게 굳었다.

'산, 산공연(散功煙)?'

산공연.

이것은 상대의 공력을 흩어놓는 연기였다. 굳이 코로 호흡하지 않는다 할지라도 연기는 피부에 있는 모공(毛孔)을 통해 스며들게 된다. 그렇게 되면 상대가 아무리 초극의 고수라 할지라도 전혀 내공을 사용할 수 없게 된다. 내공을 모으려 한다면, 오히려 더 빨리 자신의 공력을 파괴시키는 결과를 초래하게 될 테니까.

육 년 전, 철우가 표행길에서 당할 수밖에 없었던 것도 바로 산공독에 중독되었기 때문이다. 그때의 산공독이 술에 녹아 자신의 체내로 스며들었다면, 지금의 산공연은 연기를 통해 자신의 모공으로 스며들고 있다는 게 차이일 뿐이었다.

파아앗!

철우는 다급하게 밖으로 달려나갔다. 예상했던 것처럼 동굴 밖에는 일곱 명의 흑의인이 대기하며 뛰쳐나올 수밖에 없는 그를 기다리고 있었다.

철우가 모습을 드러내기가 무섭게 복면인 하나가 지체없이 검을 찔러왔다. 오로지 상대의 목을 노리며 파고드는 너무도 간결하고 쾌속한 검초였다.

파춧!

그러나 예리한 묵광이 그보다 먼저 허공을 번뜩이자 복면인은 마치 연체동물처럼 맥없이 바닥으로 허물어져 버렸다. 철우의 철검은 그보다 빠르게 그의 이마 한복판을 뚫었던 것이다.

"아니?"

남은 여섯 명의 복면인들 입에선 누구랄 것 없이 똑같은 당혹성이 터졌다. 그들은 당연히 철우가 산공연에 중독이 되었으리라 생각했다. 하지만 반격을 하는 철우는 여전히 절정의 무공을 펼치고 있었으니, 그들의 상식으로는 도저히 이해할 수 없는 괴변이었다.

하지만 그들은 모른다, 철우가 지난 육 년 전 산공독으로 인해 지옥의 입구까지 갔다가 그곳에서 천우신조를 만났다는 사실을.

그리고 그때 얻은 기연으로 적어도 산공독에 관해서만큼은 내성이 생겼다는 사실을.

철우가 그들을 향해 날아오는 순간, 복면인들은 급히 신형을 날렸다.

스스슥!

마치 연기처럼 여섯 명의 인물이 각자의 위치에서 증발했다. 아무리 당황할지라도 현실에 빠른 적응력을 보이며 신속하게 모습을 감춘 그들 또한 고도의 훈련을 거친 살수들이라고 할 것이다.

강호인들은 말한다, 살수들의 무공은 뛰어나지가 못하다고.

그렇다. 오랜 시간 동안 무공을 연마한 무사들과 정상적인 비무를 펼친다면 그들은 무조건 백전백패가 될 수밖에 없을 만큼 그들의 무공은 보잘것없다.

하지만 그럼에도 그들이 고수들을 해칠 수 있는 것은 기습과 암습, 그리고 그것을 가능하게 하는 사술(邪術)이 있고, 그들에게는 뛰어난 임기응변이 있었다. 무공이 강한 자보다는 상황에 따라 변화하며, 결국 원하는 상대를 제거하는 자가 진정 뛰어난 살수일 것이다.

동굴 앞에 선 철우는 주변의 공간을 훑어보았다.

암반과 앙상한 나무, 그리고 수북하게 쌓인 낙엽들이 모두 어둠에 잠긴 채 고요하기만 했다.

하지만 창졸간에 모습을 감춘 여섯 명의 복면인은 그 어둠 속에 있을 것이다. 그들은 어둠 속에 몸을 은폐하고 지척의 거리에서 철우를 노리고 있을 것이다.

"……."

철우는 공력을 끌어올리며 눈과 귀를 비롯한 오감을 극대화시켰다.

상승의 무공을 지닌 고수들은 십 리 밖에서 돌 굴러가는 소리도 들을 수 있다고 한다. 그런 일이 가능할 수 있는 것은 고수일수록 공력을 이용하여 오감을 극대화시킬 수 있는 방법을 터득했기 때문이다.

어느 한순간, 철우의 입가에 싸늘한 미소가 번졌다. 그와 동시에 철우는 무섭게 앞으로 치달렸다.

"왼쪽!"

푸욱!

철우는 달리는 자세 그대로 왼편의 거대한 암반 사이에 검을 꽂았다. 갈라진 틈에서 시뻘건 선혈이 흘러내리기 시작한 것은 바로 그 다음 순간이었고, 이미 철우는 검을 뽑아 반대편 나무에 꽂았다가 다시 빼내고 있었다.

"끄으으……."

검이 빠진 나무의 구멍에서 선혈이 뿜어져 나왔다. 그리고 암반에서 그랬던 것처럼 나무에서도 고통스런 신음이 흘러나왔다.

그 순간,

츄우웃!

철우가 딛고 있던 낙엽 속에서 갑자기 칼이 솟구쳤다. 칼은 정확하게 철우의 사타구니 사이로 파고들었다.

스르륵!

철우의 신형이 뒤로 휘어졌다. 두 발을 여전히 지면에 딛고 있는 상태로 몸만 뒤로 젖혀진 그의 모습은 마치 갈대와 같았다.

낙엽 속에서 솟구친 칼이 목표를 잃고 허공에서 멈출 때, 바람에 휘어진 갈대가 출렁이며 다시 원래의 위치로 돌아왔다. 그리고 갈대는 솟구친 칼의 바로 옆으로 검을 내리찍었다.

파앗!

낙엽 속에서 피가 위로 솟구쳤다. 마치 분수처럼.

밖에서 대기하고 있던 일곱 명의 살수 중 네 명이 창졸간에 목숨을 잃었다. 이제 남아 있는 살수는 세 명뿐이었다.

'정말 생쥐 같은 놈들이군. 그사이에 또 위치를 바꿨다니……'

창졸간에 모습을 은폐한 세 명의 살수를 해치우는 순간, 어느새 남아 있는 세 명은 또 다른 곳으로 몸을 숨겼다.

그때였다.

콰아아아!

거대한 아름드리 나무가 철우를 향해 쓰러졌다. 그대로 서 있는 다면 압사당할 정도로 거대한 나무였다. 무게 탓인지 철우를 덮치는 나무의 속도는 강맹했다.

하지만 고도의 신법을 운영하고 있는 철우가 나무에 깔린다는 것도 우스운 일. 철우의 신형이 지면을 차고 우측으로 신속하게 빠져나오는 순간, 마치 기다렸다는 듯이 수십 개의 암기가 그를 향해 짓쳐 들었다.

쐐쐐쐐쐐!

마치 별 무리처럼 쏟아지는 수많은 암기의 행렬.

철우는 검파를 거꾸로 잡으며 풍차처럼 돌리기 시작했다.

타타타탁!

풍차처럼 돌아가는 검막에 의하여 날아들던 암기들은 철우의 신형을 건드리지조차 못하고 옆으로 튕겨 나갔다.

철우는 그 순간 보았다. 쓰러지는 나무에 찰싹 달라붙어 있던 큼직한 거머리(?)가 자신을 향해 섬광처럼 쏘아오는 모습을.

그의 독문 병기는 기억 자 모양의 겸(鎌:낫)이었다. 겸은 빠르게 철우의 옆구리를 찍었다.

쩍!

그러나 승리는 철우의 몫이었다. 겸끝이 철우의 옆구리를 찍기 전에 검극이 그의 목젖을 먼저 꿰뚫은 것이었다.

"모두가 한결같이 독문 병기의 특징을 이용하여 살초를 펼치다니… 결코 범상치 않은 너희의 수법은 인정하마."

철우는 목을 꿰뚫린 채 입에서 시뻘건 선혈을 흘리며 전신에 경련을 일으키고 있는 복면인을 보면서 철검을 거두어들였다.

"꺼으윽!"

그제야 비로소 복면인의 입에서 선혈과 함께 저미한 신음 소리가 흘러나왔고, 그는 이내 낙엽 더미 위에 던지듯 몸을 뉘이고 말았다.

피이! 이잇!

공력이 약하면 도저히 들을 수 없는 미미한 파공음이었다. 철우는 흠칫하며 삼 장가량 뒤로 황급히 물러났다.

파파파꽉!

느닷없이 쌓여 있던 낙엽이 흩날리고, 쓰러져 있던 복면인의 팔 하나가 싹둑 잘려 나갔다.

'헉! 저, 저것은 삭골절명편(朔骨絶命鞭)?'

철우는 당황하여 하마터면 자신도 모르게 크게 외칠 뻔했다.

삭골절명편.

그것은 극히 작고 예리한 철편이 달려 있는 철선의 이름이었다. 상대의 몸에 격중되면 철선의 특성상 상대의 몸을 휘감게 되고, 그 줄을 잡아당기면 철선에 붙은 철편들이 살점은 물론 뼈까지 분쇄시키는 악독하기 이를 데 없는 기병(奇兵)이었다.

삭골절명편은 워낙 가늘고 미세하기 때문에 철우가 아무리 상승의 무공을 지니고 있다 할지라도 날아오는 방향을 찾기가 쉽지 않다. 바로 전에 그랬던 것처럼.

어디서 튀어나올지 모르는 기병 삭골절명편, 그리고 질식할 것처럼 캄캄한 어둠.

이 순간이 낮이라면, 아니, 최소한 달이라도 떠 있으면 그나마 날아드는 방향을 찾는 데 조금은 용이하겠지만, 불행하게도 달은 여전히 구름에 가려져 있었다.

피… 이… 잇……!

역시 청력을 극대로 끌어올리지 않으면 도저히 들을 수 없는 음향이 철우의 고막으로 스며들었다. 철우는 그 소리가 남서 방향에서 시작되어 자신의 다리를 노리고 있다는 것만을 파악했다. 그 이상 알아낸다는 것은 불가능이었다

철우는 급히 몸을 거꾸로 솟구치며 지면을 딛고 있던 하단에 철검을 내렸다.

피르르르!

그러자 철검이 뭔가에 휘감기고 있다는 느낌을 받았다. 철우는 검파에 쥐고 있는 힘을 풀었다. 삭골절명편에 휘감긴 철검이 어디론가 날아가는 모습이 보였다.

그곳이 바로 삭골절명편을 발출한 위치다.

철우의 신형이 무섭게 날아가는 자신의 철검을 쫓아갔다. 그곳엔 돌탑이 있었고, 철우는 돌탑에서 당혹스러워하며 부릅떠지는 어느 사내의 눈빛을 보았다.

푸욱!

철우는 인지와 중지로 그 부릅뜬 사내의 눈을 그대로 찍었다.

"으아악!"

처절한 단말마의 비명과 함께 돌탑이 무너지기 시작했다.

우르르릉! 콰앙!

자욱한 먼지와 함께 무너져 버린 돌 더미 사이로 자신의 눈을 잡고 너무도 고통스러워하는 검은 복면인의 모습이 보였다. 철우는 복면인의 가슴을 발로 밟았다.

우두둑!

갈빗대들이 부러져 나가는 섬뜩한 음향과 함께 몸부림치던 복면인의 움직임도 멈추고 말았다.

철우는 바닥에 떨어져 있는 자신의 철검을 회수했다. 예상처럼 실처럼 가느다란 철선이 검신을 휘감고 있었다. 철우는 철선을 풀며 이제 남아 있는 한 명의 위치를 찾아내기 위해 안광을 밝혔다.

뜻밖에도 남아 있던 유일한 복면인이 스스로 모습을 드러냈다.

휘이익!

그는 마치 새털처럼 철우의 앞에 내려섰다.

얼굴을 모두 복면으로 가린 채 오로지 눈만을 드러내고 있는 사내. 드러난 그의 눈은 암갈색의 형광을 번뜩이며 무섭게 철우를 노려보고 있었다. 철우는 본능적으로 직감했다.

이자는 단순한 살수가 아니다.

상대의 전신에서 뿜어져 나오는 기도는 마치 칼날처럼 예리했고, 죽음처럼 칙칙했다. 누구나 절정고수라고 인정하는 금룡표국의 수석 표사도 결코 이와 같은 기도는 발산할 수 없을 것이다. 따라서 이자는 그들보다도 강한 자일 것이고, 그렇기 때문에 당당하게 모습을 드러냈을 것이라고 생각했다.

"과연 대단한 놈이다. 고도의 교련을 받은 우리 아이들이 네놈의 털 끝 하나 건들지 못하다니……."

"삶과 죽음이 별것 있더냐? 그저 내가 너희들보다는 조금 더 운이 좋았을 뿐이겠지."

철우는 씁쓸한 표정으로 말을 받았다.

"아홉 명이나 되는 내 부하들을 죽여놓고 겸손을 떨다니… 그 터진 주둥아리를 제일 먼저 찢고 싶다는 생각이 드는군."

"애당초 너희들이 찾아오지 않았던들 이와 같은 살육은 없었겠지. 난 그저… 살아남기 위해서 나를 지키려 했을 뿐이니까."

"크큭, 살아남기 위해서라……."

복면인은 키득거리며 말을 이었다.

"그렇겠지. 주변에서 무슨 일이 생기든 네놈 혼자만 잘 먹고 잘살면 되겠지."

순간 철우는 흠칫했다. 그리고 불길한 느낌이 들었다.

"주변에서 무슨 일이든? 그게 무슨 소란가?"

"흐흐, 그게 무슨 얘긴지 모를 정도로 꽉 막힌 친구는 아닐 것 같은데?"

"서, 설마……?"

"크큭, 오냐. 우리의 동료들이 이미 네놈 대신 두 놈을 지옥으로 보내주었다. 기루 주인인가 하는 놈과 점가 녀석을."

순간,

쾅!

철우는 심장에서 천만 근의 폭약이 터지는 것 같은 충격을 받았다.

이, 이럴 수가! 그들이 죽다니?

왜? 무엇 때문에?

그저 나와 약간의 인연이 있었다는 이유만으로, 단지 그런 이유만으로 그들까지 해칠 수 있단 말인가?

철우의 얼굴이 딱딱하게 굳었다. 그의 눈빛은 차가운 광망을 뿌리며 복면인을 향했고, 음성 또한 차갑게 식어 있었다.

"무고한 사람들에게까지 살초를 쓰다니…….'

"크큭, 어떤 의뢰이든 액수 내지는 조건이 충족되면 당연히 일을 대행해 주는 게 우리들이라는 것을 잘 알 텐데?'

복면인은 여전히 여유가 있었다. 하긴, 그만한 여유조차 부리지 못할 인물이었다면 애당초 모습을 드러내지도 않았을 테니까.

"의뢰를 한 인간이나, 그 짓을 수행한 것들 모두 최악의 선택을 했군. 난 받은 것은 반드시 돌려주고야 말 테니까."

"크큭, 과연 그런 일이 생길 수 있을까?'

복면인은 빈정거리며 천천히 자신의 왼쪽 팔목에 뱀처럼 친친 감겨져 있는 검은 채찍을 풀기 시작했다. 일견하기에도 범상치 않은 병기. 철우의 검미가 꿈틀거렸다.

"흑! 흑명편(黑冥鞭)?'

그랬다. 복면인의 우수에 들려져 있는 무려 일 장 가까운 길이의 검은 채찍은 흑명편이라는 기문 병기였다.

대월국(大越國:월남)의 오지에서 서생하는 흑린사(黑鱗蛇)의 껍질을 하수목(夏漱木)의 수액에 반년 동안 담갔다가 꺼내 만든 것이라 질긴 것은 말할 것도 없고, 강도와 탄력 등에서 다른 채찍들과 비교할 수조차 없을 만큼 탁월했다.

"흐흐흐, 내가 어째서 굳이 모습을 드러냈겠는가? 그건 네놈이 펼치는 무공을 보니 당당하게 한번 겨뤄보고 싶은 호승심이 생겼기 때문이지."

"그리고 그만한 자신감도 있다는 얘기일 테고?"

"암, 물론이지. 패할 것 같으면 절대 이런 선택을 안 하겠지. 난 철저하게 현실적인 사람이니까."

그는 손목을 흔들며 천천히 흑명편을 돌리기 시작했다.

"흐흐흐, 받은 것을 돌려주고 싶겠지만, 그건 생각으로 끝내야 할 게야. 네놈은 결코 나를 넘지 못할 테니까."

비아냥거리는 괴이한 웃음과 함께,

쉬이익!

마침내 복면인의 흑명편이 대기를 찢으며 철우를 향해 쏘아져 갔다. 빛처럼 빠르고 칼날처럼 예리했다.

철우의 신형이 옆으로 휘어졌다. 낙엽 속에 숨어 있던 살수 중의 한 명을 몸을 휘게 하며 처리하였듯 이번에도 그의 신형은 갈대처럼 가볍게 움직였다.

채찍의 끝은 아슬아슬하게 철우의 관자놀이 옆을 스치고 지나갔다. 그러나 결코 그게 끝이 아니었다.

피이이잇!

분명히 스치고 지나간 흑명편이 느닷없이 방향을 급선회하며 철우의 목을 휘감으려 하고 있었다. 그러자 갈대처럼 옆으로 출렁였다가 다시 솟아오르던 철우의 신형이 느닷없이 꺼져 버렸다. 어느새 철우의 신형은 허공에 떠올라 있었고, 그는 그 상태에서 복면인을 향해 짓쳐 들었다.

쐐쐐쐐쐐!

철검이 대기를 수직으로 갈랐다. 하지만 복면인은 철우의 반격을 예상이라도 하고 있었다는 듯 신속하게 손목을 흔들었다. 그러자 흑룡편은 마치 한 마리의 살아 있는 흑사(黑蛇)처럼 철우를 향해 쏘아들었다.

까까까깡!

검과 편이 연속적으로 부닥치며 시퍼런 불꽃들이 사방으로 확산되었다. 이어 복면인은 신형을 기이하게 뒤틀리는가 싶더니 느닷없이 적수공권인 왼손을 뻗었다.

번쩍!

그의 좌수에서 시퍼런 검광이 터져 나왔다.

시커먼 편영(鞭影)은 철우의 전신을 휘감고 있는 상태에서 벼락같이 솟아 나온 검광. 그는 왼쪽 팔뚝에 한 뼘 정도의 비검(飛劍)을 감추어놓았고, 그것을 가장 결정적인 순간에 펼쳤다. 그리고 그것이 바로 그가 승리를 자신할 수 있었던 비장의 한 수였다.

검광은 그 끝이 보였다 싶은 순간 어느새 철우의 목 앞에 도달했다. 실로 상상조차 할 수 없는 엄청난 쾌검이었다. 하지만 검광이 그의 목을 꿰뚫으려는 찰나, 철우의 철검이 보다 빠르게 복면인의 심장을 관통했다.

쩍!

"……."

복면인은 당연히, 아니, 무조건 승리라고 생각했던 자신이 오히려 심장을 꿰뚫렸다는 사실이 믿어지지가 않았다. 눈은 커다랗게 불거졌고, 비명조차 새어 나오지 않았다.

그는 여전히 믿을 수 없다는 표정으로 어째서 이와 같은 결과가 초래됐는지 상황을 살폈다.

"이, 이런……."

검에 관통된 이후 그의 입에서 흘러나온 소리였다.

현란하게 몰아쳤던 흑명편의 끝이 철우의 왼손에 잡혀져 있었던 것이다.

파르르.

채찍은 여전히 미미하게 흔들렸고, 철우의 손바닥은 파열되어 피가 주르륵 흘러내리고 있었다. 설마 철우가 자신의 왼손을 희생시킬 것이라고는 꿈에도 계산에 넣지 못했다.

그것이 실수였고, 바로 패인이었다.

철우가 관통된 검을 뽑자 피분수가 쏟아져 나왔다.

콰아아!

"끄으으, 비… 빌어… 먹을……."

그는 자신의 몸에서 쏟아져 나오는 선혈을 보며 처음으로 신음을 흘렸다. 그리고 어찌할 바를 모르고 비틀거리더니 마침내 자신이 적신 피의 웅덩이에 쓰러지고 말았다.

"하아… 하아……!"

절로 가쁜 숨이 쏟아져 나왔다. 이날까지 누구보다도 냉철하게 살아왔고, 전투에서의 임기응변은 그 어느 누구보다도 뛰어날 것이라고 자부했으나, 그것이 결국 교만이었음을 그는 최후의 순간에야 깨달았다.

"네, 네놈이… 이, 이겼다……."

복면인은 숨을 헐떡거리며 힘겹게 입을 열었다.

"그, 그러나… 우리… 흑혈천이… 네놈을… 노리고 있는 한… 결국… 넌… 죽을 것이다……."

"흑혈천?"

철우의 얼굴이 굳었다. 그 역시 흑혈천이라는 살수 집단의 잔독한 위명을 익히 알고 있었기 때문이다.

"그래도… 축하는… 해주고… 싶구나……. 어쨌든… 목숨이… 잠시… 연장… 되… 었으니… 까……."

스르륵!

희미하게 끔뻑이던 그의 눈이 마침내 굳게 닫히며 고개가 옆으로 떨어졌다.

나무가 쓰러지고, 병장기 부딪치는 소리와 불빛, 그리고 연이어 터져 나오던 처절한 비명은 이제 더 이상 존재하지 않았다. 그저 죽음보다 깊은 정적만이 공간을 가득 메우고 있을 뿐이었다.

땡그렁!

한동안 돌처럼 굳은 모습으로 서 있던 철우의 우수에서 검이 미끄러지듯 떨어져 내렸다. 그리고 철우는 무너지듯 무릎을 꿇었다.

"끄으윽!"

그의 입에서 상처 입은 승냥이와 같은 신음이 새어 나왔다.

"난 일찍 부모를 잃은 고아라네. 내가 세상을 기억할 수 있을 만할 나이가 되었을 때 내겐 세 살 위의 형 한 사람뿐이었네. 부모도 없는 어린 형제들이 헤쳐 나가기엔 세상은 너무도 막막했지. 허기진 배를 채우기 위해선 무슨 짓이든 다했다네. 구걸도 했고, 남의 집 쓰레기통을 뒤진 적도 있었지."

"여덟 살 때, 지독한 가뭄이 들었다네. 모두가 먹을 게 없어 죽어가던 그 시절에 나도 결국 견디지 못하고 쓰러지고 말았지. 의식을 놓고 죽음을 기다리고 있을 때, 형은 어디선가 소나무 껍질을 구해왔고, 이빨로 잘게 씹은 다음 그것을 나의 입에 넣어주었네. 몇 번이나 그렇게 허기를 채우며 삶을 이어나갔지. 그토록 기다리던 소나기가 쏟아지는 날, 나는 이젠 살았다는 안도의 한

숨과 함께 옆에서 자고 있는 형을 흔들며 물을 길으러 가자고 했네. 그러나 형은 깨어나지 않았네. 아무리 수없이 소리쳐도 다시는 일어나지 않더군. 이미 죽은 것이었지. 쓰러진 동생에겐 소나무 껍질을 먹였지만, 정작 자신은 아무것도 먹지 못한 채 그렇게 죽어간 것이지."

"형의 죽음과 삶을 바꾼 나는 눈물을 흘리며 형의 몫까지 살겠노라고 결심했네. 정말 미친놈 소리를 들을 정도로 열심히 살았지. 남이 더러워서 안 하는 짓, 위험해서 안 하는 짓들을 마다하지 않고 온몸으로 부딪치며 그렇게 살았어. 그러는 동안 그는 몸으로 체득한 게 있다네."

"사람이란 동물은 위급하면 위급할수록 더욱 끈질기게 살아남으려고 하는 동물이라는 것을. 그렇게 하면 대개는 성공을 한다는 것을. 그리고 죽을 고비를 넘길수록 사람은 교활해지며, 어떡하든 살아날 구멍을 찾기 위해 본능적으로 더욱 지혜로워진다는 것을."

꽈르르르릉!

짙게 가린 구름이 결국 괴성을 토하는가 싶더니 마침내 비를 뿌리기 시작했다.

쏴아아아아!

마치 하늘에 구멍이라도 뚫린 듯 내린다는 표현보단 퍼붓고 있다는 게 옳을 정도로 억수 같은 비였다. 주저앉은 철우의 등판에도 장대비는 쏟아져 내렸다.

"끄으윽… 왕 대인……."

철우의 눈에선 피눈물이 빗물과 뒤엉키며 흘러내렸다. 하지만 왕 대인은 여전히 그를 향해 온화한 미소를 짓고 있었다.

"난 지금 남들이 보기엔 별것 아닌 기루의 주인이지만, 형의 죽음으로 삶을 맞바꿀 만큼 절망스러웠던 그때를 생각한다면 이만한 것도 기적과 같은 일이라고 말할 수 있겠지. 그리고 이젠 이 짓을 하지 않아도 남은 세월 우리 식구 충분히 먹고살 정도의 여력은 갖췄으니 정말 출세를 해도 많이 한 걸 게야."

"기루를 운영하면서 난 참으로 불행한 모습의 젊은 여인들의 너무 안타까운 좌절을 너무도 많이 보았다네. 이제 갓 스물이 넘어 한창 아름다워야 할 젊은 기녀들이 절망하고, 자살하는 모습들을 보자 나의 힘들었던 과거가 떠올랐네. 그래서 난 결코 그녀들의 절망을 무시할 수가 없었고, 그녀들이 자립의 기반을 만들 수 있도록 인생의 선배로서 돕고 싶은 게 나의 바람이지."

쏴아아아!

철우는 이날까지 누구를 존경해 본 일이 없었다.

자신에게 무공을 가르쳐 준 아버지는 늘 술에 취해 있었다. 자신을 버린 아내를 원망했고, 세상을 원망했다. 그러면서 자신을 한없이 타락시켰다. 철우에게 있어 아버지는 사랑과 그리움의 대상일 뿐 존경의 대상은 아니었다.

금룡표국의 노적삼 국주는 누가 봐도 성공한 사람이었다. 하지만 그는 철저하게 자기밖에 모르는 사람이었다. 자신에게 득이 되느냐, 아니면 득이 안 되느냐만 계산하는 냉혈한이었다.

노적삼에 비하면 왕 대인의 성공은 그다지 성공이라 말할 수 없을 것이다. 하지만 그는 쓰레기통을 뒤지며 살았던 고통스런 과거를 잊지 않았고, 지금도 고통받고 있는 이들의 편에 서서 살고자 했다.

말을 타면 종을 부리고 싶어지는 게 인간의 속성이거늘, 그는 단 한 번도 자신보다 못한 자를 무시하지 않았다. 아니, 오히려 별것 아닌 자신의 힘이라도 필요한 곳이 있다면 주저없이 손을 내밀어주던 사람이었다.

철우는 그에게서 인간과 인간 사이의 온정(溫情)을 느꼈고, 왕 대인의 곁에서 그가 자신의 아름다운 뜻을 펼칠 수 있도록 돕고 싶었다.

그랬는데…

그가 죽었다. 바로 철우 자신 때문에.

꽈르르릉!

천둥은 더욱 미친 듯이 굉음을 울렸고, 번개는 연신 천지를 번쩍거렸다.

"……"

철우는 광란하는 밤하늘 아래에서 온몸으로 장대비를 맞으며 앉아 있는 돌이 되어 있었다.

쏴아아아아!

第九章
관을 끌고 나타난 사나이

팔랑.

가지 위에서 최후까지 남아 있던 마지막 잎이 바닥에 굴렀다.

때는 어느덧 한겨울에 들어서고 있었다.

쐬이이잉!

매서운 삭풍이 항주 관아의 뜰을 할퀴고 지날 때였다. 흥분한 능진걸의 음성이 성주전 밖으로 터져 나왔다.

"대체 이게 어떻게 된 일입니까?"

그의 음성은 대단히 격앙되어 있었다.

"어제까지 분명히 뭐라고 하셨소? 사대문은 물론 산과 호수까지 철통같이 경계를 하고 있는 한 그자가 절대 빠져나가지 못한 채 아직도 항주에 있을 거라고 하신 게 누굽니까!"

"그, 글쎄요. 제가 그랬던가요?"

염달구는 어색한 표정으로 머리를 긁적거렸다.

"염 추관님, 지금 나와 농담하자는 겁니까?"

능진걸이 서슬 퍼런 표정으로 호통을 치자 염달구는 움찔거렸다. 그러더니 느닷없이 자신의 머리를 때렸다.

"아, 이제야 생각이 납니다. 그러고 보니 제가 그렇게 보고드린 것 같습니다. 근데 왜……?"

능진걸은 궤안(几案:책상) 위에 올려져 있는 양피지를 흔들었다.

"이걸 보십시오. 소주의 관아에서 보내온 서찰입니다. 소주의 혈랑산에서 열 구의 시체가 발견되었는데, 이 역시 철우란 자의 소행 같다는 소견서입니다. 이렇게 이미 다른 지역으로 도망쳐 버렸는데도 그자를 찾아내기 위해 최선을 다하고 있다는 얘기가 나올 수 있는 겁니까?"

"그, 그게……."

염달구는 더듬거리며 계속 머리를 긁적거렸다. 그는 조금 전에 서찰을 들고 온 소주의 전령으로부터 대강의 얘기를 들었다. 그 전령은 얼마 전까지만 해도 항주 포청에서 포쾌로 일하던 자신의 부하였다. 그는 기꺼이 소주에서 일어난 일을 염달구에게 얘기해 주었다. 때문에 염달구는 능진걸이 흥분한 이유를 처음부터 알고 있었으면서도 모르는 척 능청을 떤 것이었다.

능청이 통하면 좋고, 안 통하면 말고.

늘 야단을 맞으면서도 그의 생각은 이렇게 뻔뻔하고 단순했다.

능진걸은 또다시 그를 추궁했다.

"게다가 대왕루의 루주와 점가까지 살해당했소. 대체 그건 또 누구의 짓인지 알아냈소?"

"그, 그게, 글쎄… 워낙 귀신같은 솜씨로 살해를 한 것이라서……."

"그래서요? 아직 아무것도 못 알아냈다는 겁니까?"

"지, 지금은 그렇지만 최선을 다하고 있는 만큼… 조만간 범인을 찾아낼 수 있을 겁니다."

"내참, 그 얘기가 대체 몇 번째요? 그렇게 써먹었으면 이제 질릴 만할 때도 됐을 텐데."

"죄, 죄송합니다. 하지만 이제는 정말 부하들을 닦달해서라도 반드시……."

"됐습니다. 그만두십시오. 앞으로는 내가 직접 전면에 나설 테니까."

능진걸은 냉정한 얼굴로 단호하게 그의 말을 잘라 버렸다. 성주로서 산재한 다른 일도 많았지만, 더 이상은 염달구에게만 맡겨놓을 수 없다고 그는 생각했다.

그때였다. 문밖에서 사내의 음성이 들렸다.

"성주님!"

"무슨 일이냐?"

"북경 도찰원(都察院)에서 손님이 오셨습니다!"

"……!"

순간 능진걸의 눈이 크게 불거졌다.

탁자 위에 두 개의 찻잔이 놓여져 있다. 사십대 중반에 얼굴에서 개기름이 번들거리는 화복인(華服人)이 찻잔을 입에 가져갔다.

"음, 향이 별로구려."

그는 잠시 향을 음미하고는 미처 마시지도 않은 채 찻잔을 내려놓았다. 별로 달갑지 않은 얼굴이었다.

"난 도찰원에서 근무하는 도찰교위(都察校尉) 금감석(琴監昔)이라고 하오.”

“…….”

“도찰우중승(都察右中丞)님을 직접 모시고 있소.”

그는 등을 젖혀 의자에 기댄 매우 거만한 모습으로 능진걸을 향해
말을 뱉었다.

도찰원이란 일종의 국정 감사 기관이다. 고로 그 권세라는 것은 그
야말로 날아가는 새도 떨어뜨릴 수 있을 정도로 막강했다. 더욱이 도
찰원을 감독하는 부책임자인 도찰우중승을 직접 모시고 있다면 그 자
체만으로도 그는 충분히 거만을 떨 만했다.

“도찰교위께서 이곳까지 어인 일이신지요?”

능진걸은 그것이 궁금했다. 하여 단도직입적으로 물었다.

하지만 금감석은 그것이 불쾌했다. 그가 지방으로 감사를 나가면 성
주들은 버섯발로 뛰어나오며 허리를 조아렸다. 그리고 일단 상다리가
휘어질 정도의 각종 산해진미를 으리으리하게 차려 대접부터 하고, 용
건은 분위기가 무르익었을 때 천천히 물었다.

석 달 전에 방문한 제남성(濟南城)의 성주는 진귀한 요리는 기본이었
고, 그곳에서 가장 아리따운 기녀를 무려 한꺼번에 세 명씩이나 붙여주
며 그에게 극락 세계를 구경시켜 주기도 했다. 게다가 뒤로 돈도 챙겨
주었다.

그런데 자신의 앞에 앉아 있는 젊은 성주는 그저 차 한 잔으로 자신
을 대접하고 있다는 것 자체부터가 한없이 괘씸했다. 뿐만 아니라 어
서 용무나 읊으라는 식이다.

‘쯧쯧, 담 대인님이 화를 내실 만도 하군. 젊은 놈이 이렇게 요령이
없어서야 …….’

금감석은 못마땅한 표정으로 능진걸은 바라보고는 이내 입을 열었다.

"요즘 항주 때문에 조정이 시끄럽소. 지난여름엔 기녀들이 농성을 하는 초유의 사태가 발생하더니, 얼마 전에는 담중산 대인님의 영식이 무참한 모습으로 살해를 당하고, 게다가 출동을 한 많은 포두들이 살해 당한 일까지 생겼다고 하니 조정의 많은 대신들이 성주의 무능을 질책하며 흥분하고 있소."

"살인을 저지른 담 대인의 아들을 죄가 없다고 했기 때문에 그 모든 문제가 발생한 겁니다. 처음부터 제대로 일을 했다면 그런 불행한 일들이 생기지도 않았을 테고요."

"쯧쯧, 지금 무슨 변명을 하시는 게요? 당신은 이곳의 성주거늘, 그게 성주의 입에서 나올 수 있는 얘기요?"

금감석은 어이없다는 식으로 혀를 찼다. 그러나 능진걸은 차분한 표정으로 자신의 얘기를 이어갔다.

"물론 내가 책임져야 할 부분이 있다면 당연히 져야겠지요. 하지만 저 역시 여름이 지나서 이곳에 부임한 사람입니다. 담 대인의 아들이 일을 저지르고, 기녀들이 집단 행동을 한 그 이후에 부임하여 그 일을 바로잡으려 하던 중에 사건이 터졌을 뿐입니다."

"하면, 한 명의 살인자에 의해 무수히 많은 사람들이 항주에서 죽어 나갔는데도 책임이 없다는 얘기요? 그것은 결국 성주가 무능했기 때문에 일어난 일이오! 아시겠소?"

쾅!

금감석은 탁자를 내려치며 언성을 높였다. 어찌나 세게 내려쳤는지 찻잔이 들썩거리다가 뒤집어졌다.

"게다가 그 살인마는 소주에서도 살인을 저질렀소! 물론 그가 살해

한 상대들이 무림인이기는 하나 잔인무도한 항주의 살인마가 소주에
나타났다는 이유로 지금 그곳 성민들이 제대로 밖에도 돌아다니지 못
하고 있소!"

"……."

"이곳에서 사건이 일어났으면 그가 항주를 빠져나가지 못하도록 신
속히 대처했어야 함에도 불구하고, 당신은 그러지 못해 결국 이웃 지역
까지 큰 피해를 주었소! 그게 당신의 무능이고, 난 당신의 무능이 어느
정도인지 그것을 감사하기 위해서 이곳에 내려온 것이오!"

금감석은 말끝마다 '무능' 이란 단어를 붙이며 능진걸의 자존심을
철저하게 밟았다.

"앞으로 감사가 끝날 때까지 당신의 직무를 정지시키겠소! 그러니
당분간 관아에 나오지 마시오! 아시겠소?"

"……!"

능진걸의 얼굴이 딱딱하게 굳었다.

직무 정지!

이제부터 본격적으로 자신이 전면에 나서서 사건을 진두지휘하고자
했던 능진걸은 너무도 어처구니없이 무장 해제가 되었다.

*　　　　　*　　　　　*

"하하하!"

담중산의 입에서 앙천광소가 터져 나왔다.

"직무를 정지시켰다고? 하하! 그거 귀가 번쩍 뜨일 만큼 반가운 소
식이구먼! 하하하!"

한 번 터진 담중산의 웃음소리는 그칠 줄을 몰랐다.

"대인님께서 즐거워하시는 것을 보니 제 기분도 너무 좋습니다."

금감석도 덩달아 흐뭇한 미소를 지었다.

능진걸에게 통고를 한 후 그는 곧바로 담중산의 저택을 찾아왔다.

금감석이 모시는 도찰우중승은 담중산이 이끌어준 덕에 고속 출세를 한 인물이었다. 하여 담중산에겐 심복과 같은 존재였다.

담중산은 자신에게 예의를 차리지 않는 능진걸을 손보기 위해 그의 심복에게 서편을 보냈고, 심복은 자신의 심복을 시켜 항주 성주를 감찰하도록 만든 것이었다.

"흐흐, 감찰을 받는다는 건 관리에게 사형선고나 다름없지. 털어서 먼지가 안 나오는 사람은 없을 테니까."

"확실하게 털어볼 생각입니다. 사건은 물론이고, 개인적으로 이권 청탁받은 건 없는지, 그리고 뇌물 받아 처먹은 것은 없는지, 여자 문제는 또 어떻게 되는지 모두 화끈하게 다 까발려 버리겠습니다. 하하!"

"암! 이왕 감찰을 시작한 이상 당연히 그래야지."

담중산은 흐뭇한 미소를 짓고는 이내 밖을 향해 소리쳤다.

"애들아! 어서 상을 봐오도록 해라!"

'헉!'

금감석의 눈은 휘둥그레졌고, 입은 귀에 걸렸다.

말 그대로 산해진미가 상다리 부러질 듯 가득 차려져 있었다. 아마 황제의 수랏상이라도 이보다 더 화려하지는 못하리라. 곰 발바닥에서부터 돼지 귀에 이르기까지 뭍에서 사는 짐승 중 먹을 수 있는 것이라면 하나도 빠진 게 없었다. 상어 지느러미에서부터 민물 새우까지 물에서 사는 것도 없는 게 없었다.

비단 육류뿐이 아니라 채식류까지도 그게 먹는 것이면 빠짐없이 준비되어 있었다.

"허허, 어서 들게."

연신 침을 흘리며 상 위의 요리들을 쳐다보고 있는 금감석을 바라보며 담중산은 미소를 지었다.

"자네를 대접하기 위해 이십 명의 숙수와 하인들이 이틀 밤을 새워 차린 성찬이라네. 이게 다 자네에 대한 나의 애정이라 생각하고 부디 맛있게 먹어주길 바라겠네."

"가, 감사합니다. 그럼."

그렇지 않아도 관아에서 아무런 대접도 받지 못했던 터라 배가 출출하던 참이다. 금감석의 수저가 미친 듯이 움직이기 시작했다.

그는 정신없이 먹어대며 생각했다.

'이번 감찰은 분명한 기회다. 내가 많은 것들을 파헤쳐 내면 낼수록 담 대인은 기뻐할 것이고, 그렇게 되면 나도 이분의 그늘 아래에서 빠른 출세를 할 수 있을 것이다.'

엄청난 식성만큼이나 출세에 대한 그의 욕망은 한없이 컸다.

*   *   *

능진걸은 술잔을 잡았다. 노란빛 술이 찰랑찰랑 넘치는 잔을 단숨에 마셔 넘겼다. 쏜살같이 목구멍으로 쏟아져 들어간 술기운에 화끈 달아오른 뜨거운 기운이 온몸 구석구석 파고들었다.

하지만 얼굴빛은 천 년 풍상을 겪은 바위처럼 털끝만한 파동도 보이지 않았다. 앞가슴 옷섶에 흩뿌려진 술 방울 역시 훔쳐 내지 않았다.

"어이가 없군요. 이제 이곳에 온 지 넉 달밖에 되지 않았는데 벌써 감찰이라니……."

백발이 성성한 육순의 노인이 허탈한 표정을 지었다. 부정과 불의에 타협하지 않는 강직한 능진걸의 성품에 매료되어 항주까리 따라온 백당춘이었다.

능진걸은 천천히 창으로 걸어갔다. 화창을 여니 밤하늘에서 눈이 내리고 있었다.

"후훗! 아무래도 이곳에선 저의 의지대로 일을 할 수 없는 모양입니다."

능진걸은 씁쓸한 웃음을 흘렸다.

그는 알고 있었다, 이번 감찰이 담중산과 무관하지 않다는 것을.

"기운 내십시오. 성주님이 소신껏 일하셨다는 것은 하늘도 알고 있는 일입니다."

"백 사범님."

"말씀하십시오."

"지금 눈이 오고 있습니다. 모처럼 한 수 지도받고 싶군요."

눈이 내리는 밤.

두 사내는 목검을 쥐고 마당에 우뚝 섰다.

능진걸은 답답한 일이 있거나 괴로운 일이 있을 때면 백당춘에게 비무를 요청했다. 그는 앉아서 번민하기보다는 주로 격렬한 비무를 통해 자신의 답답한 체증을 털어내곤 했다.

어린 시절, 자신을 지킬 수 있는 힘 정도는 갖고 있어야 한다는 생각으로 그는 정화사(丁和寺)라는 절의 노스님으로부터 무공을 배웠다. 스승의 무공이 높지 않았던 탓에 그의 발전도 미약했다. 하지만 백당춘을 만난 이후에는 비약적인 성취를 보였다.

능진걸은 이 세상에 아무리 무공이 높은 사람이 많다지만 백당춘만큼 강한 사람은 없을 것이라고 생각했다. 황금 천 냥이 걸린 절정고수 철우도 백당춘에게는 십초지적도 되지 못할 거라 믿고 있었다.

언젠가 하북팽가(河北彭家)의 장로가 백당춘과 비무를 겨룬 후에 고개를 설레설레 저으며 이런 얘기를 던진 적이 있었다.

"도(刀), 창(槍), 검(劍), 극(戟), 부(斧), 심지어는 장편(長鞭), 연삭(軟索), 비륜(飛輪), 선타(旋陀) 등등 어떤 형태, 어떤 양식의 병기든지 그의 손에 들어가면 마치 여러 해 동안 심혈을 기울여 수련한 사람처럼 자기 맘대로 능숙하게 다룰 수 있다니, 대체 어떻게 그런 일이 가능한 게요?"

팽가의 장로는 자신의 무공 상식으로는 도저히 이해할 수 없다는 듯 너무도 당황스러워했고, 그때 백당춘은 이렇게 대답했다.

"그것은 화가(畵家)와 장인(匠人)의 솜씨를 분별하는 것에 비교할 수 있을 것이오. 장인은 오직 한 가지 기예만을 닦지만 화가는 의도필도(意到筆到), 즉 마음의 움직임에 따라서 붓도 움직이지요. 그러므로 천하의 모든 경물이 온갖 변화를 보인다 해도 화가의 붓끝을 통하여 그림 속으로 들어가지 않는 것은 없소이다. 사물의 이치를 달통한 화가의 오묘한 손을 걸치기만 하면 마치 하늘이 이루어놓은 것처럼 막힘없이 탁 트인 걸작이 나온다고나 할까? 아무튼 그런 것 같소."

백당춘은 무학(武學) 면에서 천하 기법의 정화를 꿰뚫어 터득한 사람이다. 사물이 움직이는 물리를 완전히 파악했으니 어떤 병기를 손에 잡더라도 모두 그 오묘한 위력을 남김없이 발휘할 수 있는 것이다.

그날 팽가의 장로는 천하엔 정말 알려지지 않은 고수도 많다며, 자신은 우물 안의 개구리에 불과했다며 크게 한탄했다.

능진걸은 팽가의 장로라는 절정고수조차 절망토록 만든 백당춘을 향해 달려들기 시작했다.

"타아앗!"

우렁찬 기합 소리와 함께 목검이 백당춘의 향해 쏘아져 갔다. 털끝만한 광점들이 내리는 눈과 겹쳐지더니 마치 그물처럼 백당춘의 정수리를 위에서부터 덮어씌워 내렸다. 백당춘이 공중제비를 틀며 가볍게 피해 나가자 능진걸은 마치 그렇게 할 것을 예상이라도 했다는 듯이 십여 차례를 연속해서 찔러 나갔다.

파파팟!

백당춘은 맨손으로 그의 공격을 막아냈다. 그의 손이 목검을 건드릴 때마다 쇳덩어리처럼 무거운 느낌이 목검의 검신을 거쳐 능진걸의 손목까지 전해져 왔다. 그것은 마치 번갯불을 건드린 듯 찌르르 하는 감촉이 온몸 구석구석으로 파고들면서 순식간에 전신을 마비시켰다.

원래 같았으면 능진걸은 이 정도에서 목검을 떨어뜨리며 백기를 들었을 것이다. 하지만 오늘 그는 전과 달리 투지를 보이며 악착같이 목검을 두 손으로 움켜쥐며 계속 파고들었다.

백당춘은 알고 있다, 자신의 내부에 쌓여 있는 울분을 모두 토해내고 싶어하는 능진걸의 심정을.

빠빠빡!

백당춘의 손이 허공을 가르며 자신을 향해 짓쳐드는 목검을 후려쳤다. 어쩌나 동작이 빨랐는지 능진걸은 미처 그의 손을 보지 못했다. 그저 마찰음만 들었고, 양 팔뚝이 끊어질 듯 고통스럽다는 것만을 느꼈다. 하지만 그럼에도 그는 집요하게 목검을 쥐며 공세를 펼치려 했다.

펑!

하나, 보다 먼저 육중한 음향이 그의 가슴에서 터졌다.

꽈당탕!

능진걸은 뒤로 정신없이 곤두박질쳤다.

"끄응!"

그는 신음을 흘리며 여전히 움켜쥔 목검을 바닥에 집고 일어서려 했다. 그러나 다음 순간 그는 미처 일어서지 못하고 크게 대자로 바닥에 눕고 말았다.

"하하하하!"

돌연 그는 하늘을 향해 크게 웃기 시작했다.

"이제야 좀 후련하구려. 하하하!"

능진걸은 내리는 눈을 맞으며 계속 그렇게 누워 있었다. 백당춘은 보았다, 능진걸의 눈에 고인 이슬을.

'성주……'

백당춘은 입술을 질끈 깨물었다. 그의 가슴도 찢어질 것처럼 고통스러웠다. 누구보다도 정대한 심성으로 백성을 위해 헌신하려던 능진걸의 의지가 때 묻은 인간들에 의해 밟히고 있는 것이 너무도 원통스러웠다.

하지만 그는 누워 있는 능진걸이 일어설 수 있도록 손을 내밀지는 않았다.

'누구나 넘어질 수 있는 법이고, 그럴 때마다 좌절하는 게 인간이다.

하지만 다시 일어설 때마다 더욱 강해지는 사람이 바로 성주다. 그것이 그가 남다른 점이고, 그래서 많은 사람들에게 추앙받아 마땅한 것이다.'

백당천은 천천히 등을 돌렸다. 눈발은 더욱 거세졌고, 능진걸은 여전히 크게 웃고 있었다.

"으하하하!"

*　　　*　　　*

눈이 내린다.

밤부터 내린 눈은 새벽닭이 울고 아침 새들이 우짖는 소리에 산하(山河)가 깨어날 때까지도 멈출 줄을 몰랐다. 온 세상이 하얗게 덮여가고 있었다.

북문 밖 관도.

항주 북쪽 특유의 가파른 산이며 날카로운 봉우리, 빈약한 들과 나무들이 자그마해지고 외로운 모습으로 두터운 눈 속에 묻혀가고 있었다. 온통 주변이 눈 세계를 이루고 있는 까닭에 과연 그곳이 관도였는지조차도 느낌이 오질 않았다. 당연히 인적은 전혀 보이질 않았는데……

사내, 낡은 마의 장삼을 펄럭이며 한 사내가 형태조차 남아 있지 않은 관도 위로 모습을 드러냈다. 그리고 그의 어깨엔 흰 원숭이가 천연덕스럽게 앉아 있었다. 철우, 바로 그였다.

포청에 끌려간 왕 대인과 마달평 점가가 풀려났을 때 그는 홀가분한 마음으로 항주를 떠날 수 있었다. 하지만 왕 대인과 마달평이 살해당할 줄은 전혀 생각하지 못했다.

자식을 잃은 아비의 입장에서 복수를 하고 싶은 마음은 이해할 수 있다. 하지만 아무 죄가 없는 왕 대인과 마달평에게 살수를 보냈다는 것은 상식 밖의 짓이다.

그래서 철우는 돌아온 것이다. 자신이 갖고 있는 힘을 남발하고 있는 그자를 응징하기 위해서, 좋은 뜻을 미처 펼치지도 못한 채 이 땅을 떠난 왕 대인과 한 세상 큰 욕심 부리지 않고 자신의 일만 하다가 횡사를 당한 마달평을 위해서.

철우는 그들의 한을 풀어주지 않고는 도저히 견딜 수 없었다. 하여 그는 이렇게 돌아왔다.

어느새 눈은 그쳐 있었다. 그렇지만 세상은 여전히 은가루로 덮여 있었다.

"어이, 젊은이!"

문득 어디선가 그를 부르는 소리가 들렸다. 철우의 시선은 소리의 주인을 향했다. 자신의 왼편에서 오십대의 촌로(村老)가 장작불을 피워 토끼를 굽고 있었다. 노인은 자신을 향해 오라고 손짓하고 있었다.

"이쪽으로 와서 이것 좀 들게나. 추위도 좀 녹이고."

끼옷! 끼옥!

반반이 눈빛을 반짝이며 철우를 보챘다. 고기라면 사족을 못 쓰는 반반이가 토끼 구이를 보고 어찌 가만있겠는가?

그러고 보니 오늘 반반에게 아무것도 먹인 게 없었다. 물론 자신도 마찬가지였다. 철우는 노인의 호의를 고맙게 받아들였다.

"자, 이쪽으로 앉지."

노인은 암석 위에 살짝 덮여 있는 눈을 치우며 자리를 권했다.

"감사합니다."

"자, 이것 좀 들게. 혼자 먹기에는 양이 많다 싶었는데……."

노인은 잘 구워진 토끼 다리를 하나 권하며 물었다. 그러나 그것을 받은 것은 반반이었다.

쩝… 쩝…….

"허어, 그 녀석. 제 놈의 주인 것을 중간에 낚아채다니……. 덩치는 토끼보다도 작은 녀석이 먹성 하나는 놀랍군."

노인은 어처구니없다는 듯 반반을 쳐다보았다. 그리고 다시 다리 한쪽을 철우에게 건네주었다.

"토끼가 아니고 닭이었다면 먹성 좋은 원숭이 때문에 자네가 먹을 다리는 없었겠구먼."

"잘 먹겠습니다."

"한데, 어디서 오는 길인가?"

"소주입니다."

"호오, 소주는 요즘 황금 천 냥짜리의 살인마가 또 사고를 치는 바람에 한창 시끄럽다면서?"

노인은 의미심장한 미소를 지으며 물었다. 하지만 철우는 그의 얼굴을 쳐다보지 않았다. 그저 묵묵히 먹으며 짧게 대답했다.

"글쎄요……."

"한데 말이야, 자네……."

노인의 암갈색 눈이 음험한 빛을 발했다.

"왜 아직도 쓰러지지 않는 건가?"

아닌 밤중에 홍두깨 같은 소리였다. 하지만 철우는 물처럼 고요한 시선을 그에게 던졌다.

"왜 내가 쓰러져야 한다고 생각하시오?"

"흐흐, 아무리 호신강기가 뛰어나다고 할지라도 독은 어쩔 수 없는 것 아닌가? 물론 이번 독은 공력을 잃게 만드는 산공독이 아니네. 그것은 지난번에 한 번 실패를 했으니 굳이 또 사용할 이유가 없지 않은가?'

지난번의 실패.

이로써 노인의 정체는 명백하게 드러났다. 그 역시 흑혈천의 살수였던 것이다. 하지만 철우는 대수롭지 않은 표정이었다.

"어떤 독이든 술이나 음식에 섞이는 순간 맛이 변하는 법이지. 하나 이것은 내가 먹어본 것과 전혀 다를 바가 없거늘……."

"흐흐, 그래도 독은 이미 너의 몸속 깊숙이 침투해 있다."

노인의 얼굴은 확실하게 승기를 잡은 듯 여유가 넘쳐흐르고 있었다.

"부골산(腐骨散)이라고, 체내에 침투하여 뼈를 부식시키는 저주스런 독이지. 네놈이 지금까지 버티고 있는 것은 다만 공력이 심후한 탓에 불과할 뿐이다."

"그런가?"

"흐흐, 물론이지. 네놈이 원숭이와 함께 다니고, 무슨 음식이든 식성 좋은 원숭이 놈이 먼저 먹어대니 음식 갖고 장난치기가 힘들다고 하더군."

"별의별 시시콜콜한 것까지 다 알고 있군."

"암, 우리 상대를 완벽하게 파악하고 있어야만 그만큼 성공률이 높은 법이니까."

노인은 득의양양하여 미소 지으며 말을 이어나갔다.

"지난번 네놈이 열 명의 우리 형제를 죽였지만, 그때 실질적으로 참가한 인원은 열한 명이었다. 모습을 드러내지 않은 그 한 명이 네놈에 관한 것을 모두 보고해 주었던 것이다. 어째서 부골산을 택했고, 굳이 음식을 이용하지 않는지 이제는 이해할 수 있겠지?'

"다른 건 충분히 알아들을 수 있겠는데, 어째서 내가 독에 중독이 되었다고 단정을 짓는지 난 그것을 아직도 모르겠다."

철우는 여전히 다리를 뜯고 있었다. 독에 중독되었다는데도 불구하고 그는 너무도 맛있게 먹고 있었다.

"호오, 정말 공력이 대단한 놈이군. 아직도 쓰러지질 않다니……. 하지만 아무리 심후한 공력을 갖고 있다 할지라도 네놈은 곧 쓰러지고 말 것이다. 난 너의 능력을 감안하여 음식이 아닌 네놈이 앉아 있는 그 암석 위에 부골산을 뿌려놓았거든. 흐흐, 이젠 이해가 되겠……?"

노인의 의기양양한 음성은 미처 끝을 맺지 못했다. 대신 그의 눈은 경악으로 크게 불거지고 말았다. 그가 웃음을 흘리며 얘기를 토할 때, 철우는 자신의 장포 자락을 걷어 올렸던 것이다.

한데, 놀랍게도 철우의 엉덩이는 자신이 앉아 있어야 할 암석 위에 한 뼘 정도의 높이로 둥실 떠 있는 것이었다. 노인은 자신도 모르게 당혹성을 토하며 뒤로 물러났다.

"이, 이럴 수가?!"

"언제 어디서 무슨 짓을 할지도 모르는 인간들이 바로 흑혈천의 살수들인데, 내가 어떻게 처음 본 당신을 신뢰하겠나? 더욱이 이렇게 인적이 없는 곳에서 홀로 토끼를 구워먹고 있는 인간인데 당연히 의심부터 하고 이곳에 왔겠지. 안 그런가?"

"여, 여우 같은 놈."

다음 순간 노인은 겸(鎌)을 움켜쥐며 철우의 목을 노리고 달려들었다. 하지만 이미 정체가 드러난 살수는 철우의 적수가 될 수 없었다.

피이잇!

그의 기억 자 겸보다 빠르게 철우가 먹던 뼈다귀가 먼저 튕겨 나갔다.

"억!"

달려오던 신형이 그대로 멈춰지고 노인의 입에선 헛바람이 새어 나왔다. 철우가 튕긴 뼈다귀가 노인의 미간에 정확하게 박혀 버린 것이다.

털썩!

노인은 미처 눈을 감지도 못한 채 눈 위에 엎어지고 말았다. 철우는 불붙은 나무 하나를 손에 들고 천천히 일어났다. 이어 그는 어느 한곳을 향해 지체없이 집어 던졌다.

"앗! 뜨, 뜨……."

불붙은 장작이 날아간 눈밭에서 느닷없이 한 사내가 소리를 지르며 모습을 드러냈다. 몸에 찰싹 달라붙는 백의에 백색 복면을 한 인물이었다. 그러자 눈밭에서 그와 같은 복장의 복면인들이 마치 유령처럼 튀어나오기 시작했다. 그들은 자신들의 위치가 노출되었음을 느끼고 일제히 합공을 펼쳐 나갔다.

모두 다섯 명, 철우와 그들 사이의 거리는 매우 짧았다. 거리가 있다면 살수들의 무공으로는 철우의 털끝 하나 건드리지 못할 것이다. 하지만 매우 짧은 거리, 그리고 흩어진 다섯 방향에서 그들은 일제히 철우를 향해 쏘아들었다. 모두 제각각인 병기를 들고서.

쐐쐐쐐쐐!

합공은 신속했고, 조직적이었다. 살수들에게선 보기 드문 연합 공격이었다. 아무리 철우라 할지라도 지척의 거리에서 번개처럼 달려들며 쏘아져 오는 다섯 방향의 살수들의 살초를 그대로 맞받아 친다는 건 무리였다.

파앗!

철우의 몸이 그 자리에서 연기처럼 증발했다. 살수들은 느닷없이 사라진 철우의 모습에 흠칫했다. 그들은 기겁하며 일제히 허공으로 시선을 옮겼다.

그곳에 철우가 있었다. 구름 사이로 모습을 드러낸 해를 뒤에 지고 떠 있는 철우, 그리고 그의 신형이 빛살처럼 밑으로 떨어지는 순간 복면인들은 철우의 등판에 찰거머리처럼 붙어 있는 흰 원숭이의 모습도 볼 수 있었다.

철검이 연속적으로 허공을 번뜩였다.

써서서석!

듣는 것만으로도 등골이 시린 음향, 소름 끼치고 기괴스러운 쇄골음과 파육음이 연쇄적으로 터져 나왔다.

그와 동시에 동체에서 떨어져 나간 팔다리와 머리, 몸통, 그리고 박살난 병기 조각들과 여러 줄기의 피 화살이 허공에 뿌려지기 시작했다.

번쩍!

철검이 묵광을 뿌릴 때마다 하얀 눈밭 위로 피가 떨어지며 확산되었다. 그러나 비명 같은 것은 들리지 않았다. 그런 것을 내지른다는 건 이런 상황 하에서 사치나 다름없는 일이었다.

철우가 펼쳐 내는 가공스런 검기에 의해 복면인들의 기문 병기는 장난감처럼 부서졌고, 비명이 목젖 밖으로 튀어나오기도 전에 명줄을 놓아버리고 말았다.

철우가 다섯 명의 살수를 도륙하고 철검을 거두기까지는 그리 오랜 시간을 요하지 않았다. 그것은 눈 깜짝할 순간이었고, 그렇게 빠르게 끔찍한 혈극(血劇)이 끝날 수 있었던 것은 복면인들의 투지 때문에 가능했다.

복면인들은 일단 철우가 자신들의 기습적인 합공에서 벗어났을 때 이미 패배를 예감했다. 하지만 그래도 그들은 도망치지 않았다. 그리고 철우가 역공을 펼칠 때도 수비를 하거나 신법을 이용하여 좌우로 물러나지 않았다.

오로지 공격뿐이었다.

팔과 다리를 잃으면서도 그들은 철우의 빈틈을 파고들었던 것이다. 그리고 복면인들은 죽으면서 깨달았다. 자신들의 능력으로는 그에게서 빈틈을 찾을 수 없다는 것을.

휘이이잉!

눈 덮인 대지 위로 바람이 스치니 바람이 부는 방향에 따라 핏물도 번져 갔다. 철우는 씁쓸한 표정으로 아무렇게나 뒹굴고 있는 시신들을 응시했다.

어딘가에서 살아 있는 일행 한 명이 지금의 이 상황을 흑혈천에 전할 것이다. 그리고 그들은 철우가 항주성 내로 들어서면 또다시 새로운 살수들을 보낼 것이다.

비단 그들만은 아니다.

철우의 목에 걸린 현상금을 노리는 사냥꾼도 있을 것이고, 관군도 자신의 직무에 충실하려고 할 것이다. 무수히 많은 사람들이 그를 가로막겠지만, 그래도 철우는 그곳으로 가야만 했다.

자신을 다시 이곳으로 부른 사람이 바로 그곳에 있었으므로.

철우가 항주를 향해 걸음을 옮기려고 하는 순간,

끼옥!

갑자기 반반은 그의 어깨를 벗어나며 모닥불 쪽으로 달려갔다. 반반은 미처 먹지 않은 상태로 계속 구워지고 있는 토끼 다리 하나를 갖기 위해 눈을 뿌리며 불을 껐다.

불이 꺼지고 구워진 고기의 뜨거운 온기가 식자 반반은 그것을 손에 들고 다시 철우의 어깨로 올라왔다.

끼끼끽!

다리 하나를 손에 쥔 반반은 이젠 가도 된다는 듯 흐뭇한 표정을 지었다.

"녀석, 그럼 그렇지. 다리 하나가 남았는데 네가 그냥 갈 리가 없지."

철우는 미소를 지으며 반반의 머리를 쓰다듬었다. 그리고 다시 항주성의 북문을 향해 걸음을 옮기기 시작했다.

*   *   *

항주 관아, 성주의 집무실 원탁엔 두 사람이 앉아 있었다. 똑같이 개기름이 번들거리는 얼굴이었고, 턱도 같은 이중 턱이었다. 멀리서 보면 쌍둥이라 착각이 들 정도로 비슷한 체형에 비슷한 외모를 가진 두 사내였다. 다만 차이가 있다면 연령이었다. 사십대의 사내는 도찰교위 금감석이었고, 오십대의 사내는 호장인 사공태평이었다.

"아니, 이게 뭐여?"

금감석은 원탁 위에 올려진 수많은 서류 뭉치를 훑으며 어이없다는 표정을 지었다.

"문둥이들이 살고 있는 마균촌(魔菌村)을 방문, 쌀 삼십 가마니 기증. 비류천에 제방 설치. 고아와 노약자들에게 쌀과 땔감을 무상 공급. 상습 조세 체납자에게 강제 징수. 형편이 곤란한 자에겐 성주령으로 조세 특별 면제……?"

그는 인상을 찌푸리며 사공태평을 쳐다보았다.

"이봐, 호장."

"왜 그러시는지요?"

사공태평은 의아한 표정으로 반문했다.

"내가 분명히 지시했지? 성주가 이곳에 부임한 이후에 한 짓을 알아오라고."

"그래서 알아왔잖습니까. 거기 적힌 대로입니다."

"이런 젠장!"

금감석은 버럭 노성을 지르며 탁자를 내려쳤다. 사공태평은 흥분한 금감석의 모습에 절로 어깨가 움츠려졌다.

"제, 제가 무슨 잘못이라도……?"

"임마! 삼십 년씩이나 관아에서 일을 했다면서 눈치가 이 정도밖에 안 돼?"

'이, 임마? 쓰불, 이 망할 놈의 자식이 끗발이 좀 높다고 욕까지 지껄이네?'

사공태평은 속에서 불이 치솟았지만 그렇다고 내색할 수는 없었다. 어쨌든 자신보다 금감석의 끗발이 높은 건 사실이었으니까.

"내가 그동안 성주가 한 일을 조사하라고 시켰을 때는 그의 비리를 알기 위함이야. 근데, 이걸 보고 무슨 재주로 그자를 처벌할 수 있겠나? 이렇게 일을 잘하는 친구를 말이야. 그래, 안 그래?"

"말씀하셨듯이 이 바닥에서 삼십 년 이상을 굴러먹었는데 어찌 교위님의 의중을 제가 모르겠습니까?"

"그렇게 잘 알아서 작성한 서류가 겨우 이따위냐?"

"그렇지가 않습니다. 제가 이곳에서 그동안 여섯 명의 성주님을 모셨지만, 이번 성주님처럼 일 잘하고 성실한 사람은 못 봤습니다."

"뭐?"

"말이 나와서 하는 얘기지만, 솔직히 나환자들이 있는 마균촌에 가서 악수도 나누고, 그들이 사는 모습을 살펴보고 쌀까지 갖다 주는 성주가 어디 있겠습니까? 그리고 땔감이 없어 오들오들 떨고 있는 노약자까지 챙겨주는 성주는 이번 신임 성주 말고는 본 적이 없었습니다."

"그래서 그 친구에겐 전혀 비리가 없다는 거야? 그런 거야?"

금감석의 입꼬리가 묘하게 비틀렸다. 비리를 찾아오라고 했거늘, 오히려 칭찬을 해대는 사공태평의 얼굴에 주먹이라도 한 방 갈겨 버리고 싶은 기분이었다.

"인간인 이상 누구에게나 약점이 있고 비리가 있을 거라고 생각하면서 조사를 했는데, 정말 그런 건 눈을 씻고 찾아볼 수가 없었습니다."

"그러니까 그 자식은 여태껏 뇌물 한 번 안 먹었고, 마누라 아닌 여자의 손목 한번 안 잡아본 그런 놈이란 얘기냐?"

"예, 정말 그렇습니다. 뇌물은 물론 여자 문제까지 완벽할 정도로 깔끔했습니다."

"에라! 이 한심한 놈아!"

뻑!

결국 그의 주먹이 사공태평의 면상에 꽂혔고, 사공태평은 요란한 소리를 내며 나가떨어졌다.

"없으면 만들어서라도 다시 작성해! 그렇지 않으면 네놈부터 먼저 모가지를 쳐버릴 테니까!"

금감석은 흥분하며 자리에서 벌떡 일어났다.

그때였다.

"교, 교위님."

추관 염달구가 헐레벌떡거리며 급하게 안으로 달려왔다.

"무슨 일인데 채신머리없이 호들갑인가?"

금감석은 못마땅한 얼굴로 쏘아보았다.

'채, 채신머리?'

보고를 올리기 위해 정신없이 뛰어왔던 염달구가 황당한 표정을 지었다.

'끙! 좌우지간 이 망할 놈은 말을 지껄여도 꼭 사람의 비위를 뒤집어 놓는 소리만 골라서 한다니까.'

너무도 융통성이 없어 고지식한 능진걸 때문에 질식할 것만 같았던 염달구는 측간에서 용무를 보던 중 그의 직무 정지 소식을 들었다. 어찌나 기뻤던지 뒤도 닦지 않은 채 뛰쳐나오며 사실 여부를 확인했다.

그 다음엔 하늘은 노력하는 자를 돕는다는 말을 떠올리며 하늘을 향해 눈물을 흘렸다. 누구보다도 치열하게 살고 있는 자신을 위해 하늘이 이와 같은 안배를 해준 게 틀림없다고 생각했다.

그랬는데, 그렇게 눈물이 날 정도로 기뻐했는데… 어처구니없게도 황도에서 내려온 젊은 도찰사는 마치 자신을 종놈 대하듯이 하는 게 아닌가? 하대를 하는 것은 물론 욕도 기본이었다. 게다가 내일 모레가 환갑인 자신의 머리통까지도 쥐어박았다.

아무리 '가늘고 길게 살자'를 좌우명으로 삼고 있는 염달구라지만, 그런 모욕을 당할 때만큼은 이것저것 생각하지 않고 그냥 금감석의 얼굴을 들이박고 싶은 분노를 느꼈다.

"임마! 급한 일이 있다고 해놓고 무슨 뜸을 그렇게 들이는 거야? 왜? 급한 줄 알았는데 생각해 보니까 영양가가 없는 얘기냐?"

금감석이 짜증 섞인 음성을 토했다. 목소리가 전보다 좀 커졌다. 그리고 이번에도 또 임마였다. 하지만 염달구는 분노를 느끼기보다는 오히려 크게 움찔거렸다. 혹시라도 자신의 내심을 들키지나 않았을까 봐 걱정하며 어색한 표정으로 말을 더듬거렸다.

"처, 철우가… 나, 나타났답니다."

"철우? 그게 뭐 하는 놈인데?"

"담 대인님의 영식을 살해한 바로 그놈 말입니다."

"뭐, 뭐라고?"

금감석은 용수철처럼 자리에서 벌떡 일어났다. 그리고 그는 어찌할 바를 모르고 크게 당황하기 시작했다.

"아, 아니? 자신을 잡기 위해 모두가 혈안이 되어 있다는 것을 알면서 그놈이 당당하게 또 이곳에 나타났단 말이냐?"

"그렇습니다. 이미 북문을 지키는 병사들을 간단히 기절시키고 성안으로 들어왔다고 합니다. 그리고 북문 밖엔 그가 죽인 것으로 보이는 여섯 구의 시신이 발견되었다고……."

"이, 이런, 이런! 아무리 항주의 관군들의 우습게 여겨도 유분수지, 그렇게 많이 죽여놓고 당당하게 여길 다시 돌아와? 이런 양심없는 놈 같으니라고."

금감석은 안절부절못하고 허둥거렸다. 하필 자신이 감찰을 하고 있는 이 시기에 돌아왔다는 게 너무도 기분이 좋질 못했다. 성주를 직무정지시켜 놨으니, 만약 철우가 사고를 치면 그에게도 책임이 따를 수밖에 없는 상황이었다.

"그래서? 그놈이 어느 쪽으로 갔다더냐?"

"아이들이 모두 기절하는 바람에 그것까지는……."

"아냐. 그딴 건 굳이 알 필요도 없어."

금감석은 염달구의 대답이 미처 끝나기도 전에 손을 저으며 말을 잘랐다. 물론 그대로 내버려 둬봐야 자신이 원하는 대답을 얻지도 못했겠지만.

"염 추관, 지금 즉시 포두들에게 모두 담 대인님의 저택을 철통같이 지키라고 지시를 내려라!"

"예? 전 병력을 그곳으로 운집시키라뇨? 그럴 만한 이유라도……?"

"이런 답답한 놈! 비록 조정에서 물러났다고 하지만, 아직도 황도에는 그분을 추종하는 후학들이 지천에 널려 있다! 그리고 그들이 막강한 관직에 앉아 있는데, 만약 담 대인에게 무슨 변고라도 생긴다면 우리는 당장 모가지가 잘려 나가고 말 것이다!"

"하지만 그놈이 굳이 담 대인을 해코지할 이유가 없는 것 같은데……."

"담 대인께서 그놈을 잡기 위해 자신의 사재를 내걸었다는 것만으로도 이유라면 이유가 될 수 있잖아, 안 그래?"

금감석은 버럭 노성을 질렀다. 염달구는 비로소 느낌이 온 듯 고개를 끄덕였다.

"아, 일리있는 말씀입니다. 살인에 미친놈이니 그 정도 이유만으로도 또 발광할 수 있겠죠."

"난 원래 일리가 없는 얘기는 하지 않는 사람이다. 그러니 그놈이 무슨 짓을 저지르러 이곳에 왔는지는 나중에 결과를 보면 알 터이니, 일단 담 대인을 지키는 데 전념을 다해라. 그러다가 그놈이 다른 곳에서 사고를 치면 그것도 사실 문제는 되겠지만, 어쨌든 항주 성민 수천 명이 죽는다 해도 담 대인 한 분을 지키는 게 우리에게는 더 중요한 일이다. 알겠느냐?"

"지금 즉시 병력을 출동시키겠습니다."

염달구는 포권을 취한 후 급히 사라졌다. 그러자 그때까지 한마디도 없이 듣기만 했던 사공태평이 걱정스런 표정으로 입을 열었다.

"저… 교위님."

"왜?"

"우리도 그쪽으로 피신하는 게 좋지 않을까요? 혹시 모르잖습니까? 물론 사재를 내놓은 것은 담 대인님이지만 우리 관리들도 그놈을 잡으려고 이곳저곳에 방문을 붙였으니, 그놈의 입장에서 보면 괘씸하게 생각할 수도 있잖습니까?"

"그러니까 놈이 이곳에 있는 우리를 노릴지도 모른다는 얘기인가?"

"생각해 보면 그럴 가능성도 있을 것 같은데……. 살인에 미친놈이라고 하잖습니까? 사람 죽이는 것을 밥 먹기보다 더 좋아하는."

"암, 물론이지. 무슨 짓을 할지 모르는 미친놈이니 당연히 우리가 알아서 몸조심을 해야겠지. 자, 어서 몸을 피하자고."

말이 끝나기가 무섭게 금감석의 신형은 실내에서 사라졌다. 그리고 사공태평도 젖 먹던 힘을 다해 그의 뒤를 따라갔다.

철우가 무엇 때문에 분노를 했는지, 그리고 왜 돌아와야만 했는지 이들로서는 알 수가 없었다. 이들은 그저 생존 본능에 충실했고, 그 본능에 따라 가장 경호가 완벽한 담중산의 저택을 피신처로 택하게 되었다.

혹시 무고한 성민들이 희생당할 수도 있다는 생각 따위는 머리 속에서 깨끗이 지워 버린 채 그들은 이미 관아에서 가장 우수한 말 한 필씩 나눠 타고 정신없이 도망치고 있었다.

*　　　　*　　　　*

담중산은 이미 혹혈야제를 통해 철우의 입성 소식을 들었고, 무슨 목적으로 이곳에 다시 돌아왔는지도 충분히 짐작하고 있었다.

'흐흐, 그 두 놈의 복수를 하겠다는 건가? 생각보다 의리있는 놈이군.'

담중산은 철우의 칼날이 자신에게 향해 있다는 것을 알고 있으면서도 금감석이나 사공태평처럼 당황하거나 허둥거리지 않았다. 오히려 여유있게 그를 기다리는 얼굴이었다.

담중산의 배포가 크기 때문일까?

물론 조정의 요직을 두루 섭렵하고 십여 년간 승상이라는 막강한 권좌에 올랐을 때는 분명 그만한 이유가 있을 것이다.

담중산은 보다 높은 출세를 위해 온갖 권모술수가 난무하는 치열한 현장에서 온몸을 던져 싸웠고, 그럴 때마다 승리했다. 그는 모략에도 능했고, 남다른 배짱도 있었다. 그리고 성공을 지키기 위해 요소요소에 자신의 수족들을 심어두는 안배까지 해두는 치밀함도 있었다. 그로 인해 수족들의 충성을 받을 수 있었고, 그들이 존재하기에 그는 맘껏 비리와 부정을 저지를 수 있었다.

담중산은 부정을 통해 얻은 불로소득을 결코 독식하지 않았다. 늘 수족들을 챙겨줬고, 받는 쪽에서 감격할 정도로 씀씀이도 컸다. 사람을 키우고 부리는 데 남다른 정성을 쏟았기에 그는 승상이라는 막강한 권좌에서 무려 십오 년씩이나 장수할 수 있었고, 은퇴를 한 지금에도 영향력을 행사할 수가 있었던 것이다.

그렇듯 치열한 문무백관들의 권력 암투에서도 꿋꿋하게 버텨낸, 그야말로 산전수전에 공중전까지 다 겪은 노회한 담중산이었기에 철우를 가소롭게 취급할 수 있었다. 아무리 모두가 두려움에 떨지라도 그에게는 그저 한낱 애송이에 불과할 따름이었다.

벌컥!

그는 술잔을 들이켰다. 그리고 팔등으로 수염을 훔치며 득의만면한 미소를 지었다.

"직접 찾아오겠다니 그저 고마울 뿐이다. 흐흐흐."

죽음처럼 깊고도 서늘한 웃음이었다.

휘이이이잉!

눈 덮인 언덕 위에 한 사내가 장포 자락을 펄럭이며 서 있었다.

철우였다.

그는 먼발치로 보이는 어느 거대한 저택을 내려보고 있었다.

"홍 순검님, 그놈은 엄청난 고수라는데 겨우 우리 열다섯 명으로 정문을 지킨다는 게 말이 됩니까? 병력을 더 지원해 주십시오."

"알았어. 다섯 명 더 보내주마."

"저희 쪽에도 추가 병력이 필요합니다."

"임마, 거긴 우리 병력이 없어도 돼. 그쪽은 관군들이 맡는다고 했으니까."

포두와 관군들이 병력을 배치하며 분주히 움직이는 모습이 철우의 시야에 들어왔다.

"……"

철우는 병력은 저들만이 아닐 것이라 생각했다. 저들 외에도 숨어 있는 병력이 있을 것이며, 조심해야 할 상대는 바로 그들일 것이라고.

철우는 천천히 등을 돌렸다. 그리고 한 사내를 떠올렸다. 아무래도 그의 도움이 필요할 것 같았다.

　　　　　*　　　　　*　　　　　*

"모든 병력이 담 대인 저택을 호위하고 있단 말입니까?"

능진걸은 어이없다는 표정으로 반문했다.

"그렇습니다. 정문을 비롯하여 외부로 통하는 여덟 개의 문과 내부에 있는 네 개의 문, 그리고 담 대인의 처소까지 지금 항주의 포두와 관군들이 모두 몰려가서 철통같은 경계를 서고 있다고 합니다."

백당춘이 무거운 표정으로 입을 열었다. .

"이, 이런 몹쓸 사람들 같으니라고. 관군을 개인을 위한 사병으로 전락시키다니……."

능진걸은 분노가 치밀었다. 그의 상식으로는 도저히 용납될 수 없는 일이었기 때문이다.

"철우라는 자가 담 대인을 노릴 확률이 높은 만큼 그런 식으로 대처한 것 같습니다."

"아무리 그렇다 해도 나라의 녹을 먹고 있는 자들이 모두 담 대인을 지키는 사병이 되었다는 게 말이 됩니까? 만약 그곳이 아닌 다른 쪽에서 일이 터진다면 그건 어쩌겠다는 겁니까?"

"……."

"그리고 살인마가 나타났다면 행방을 찾고 그자를 잡을 수 있도록 방법을 강구해야지 나타나자마자 모두 담 대인의 저택으로 몰려가서 사병 노릇을 한다니, 이게 정말 있을 수 있는 일입니까?"

능진걸의 음성은 크게 진노했다. 몰상식한 그들의 작태에 그의 분노는 식을 줄 몰랐다. 하지만 백당춘은 그와 달리 차분한 얼굴이었다.

"물론 그와 같은 지시를 내렸다는 것은 지나친 충성심이겠으나, 어쨌든 결과적으로는 제대로 된 일이라 생각됩니다."

"제대로 된 일이라니? 그게 무슨 말씀이십니까, 백 사범님?"

능진걸은 의아한 표정으로 백당춘을 바라보았다. 자신의 얘기라면 무조건 고개를 끄덕이며 절대적인 신뢰를 보였던 백당춘에게서 처음으로 들어보는 반론이었기 때문이다.

"철우라는 자는 분명히 담 대인의 목을 노리고 왔을 겁니다."

"어째서 그렇게 생각하십니까?"

"얼마 전, 그자가 몸담고 있던 기루의 주인과 점가가 살해당한 일이 있었다면서요."

"……?"

"아마도 그자는 그 소식을 들었나 봅니다. 그래서 그 복수를 하기 위해서 온 것일 테고."

백당춘은 씁쓸한 표정으로 음성을 발했다. 그러자 능진걸의 얼굴이 딱딱하게 굳었다.

"백 사범님, 그럼 기루의 주인과 점가를 죽인 사람이 담 대인이란 말씀입니까?"

"성주께서 그때 말씀하셨죠? 검시(檢屍)를 담당했던 순검의 말에 의하면 두 사람 모두 비도에 심장을 정확하게 꽂힌 상태로 절명했다고."

"그렇습니다만……."

"자객의 짓입니다, 담 대인의 지시를 받은."

"……."

"그리고 소주에서 발견되었다는 시체들 역시 똑같은 무복을 입고 있었다는 것으로 미루어보건대 분명 그들은 담 대인의 요구로 기루 주인과 점가를 죽이고, 그자를 제거하려다가 당한 게 분명합니다. 자객들이란 본시 대가 없이는 절대 움직이지 않는 인물들이니까요."

능진걸은 너무도 엄청난 얘기에 그만 숨이 콱 막히는 충격을 느꼈다. 그는 터질 것 같은 심장을 억지로 진정시키며 백당춘을 바라보았다.

"그자에게 복수하고자 하는 담 대인의 심정은 충분히 이해합니다. 하지만 아무런 연관도 없는 기루 사람들을 왜……?"

"상식적으로는 있을 수 없는 일이겠죠. 아무리 화가 날지라도 아들의 죽음에 그다지 연관도 없는 사람들까지 해치겠다고 마음먹었다는 것은. 그렇기에 지금의 담 대인은 제정신이 아니라고밖에 할 수 없을 겁니다."

"제정신이 아니라고요?"

"그렇습니다. 그는 지금 미쳤습니다. 자식의 죽음으로 인해 완벽하게 미친 사람입니다. 그렇지 않고서야 조정 최고위 벼슬인 승상까지 지냈다는 사람이 어찌 살수들에게 청부를 했겠습니까?"

"……."

"단언컨대 그는 살수 집단에서 그 무엇을 요구하든 상관없이 다 받아주었을 겁니다. 그렇지 않다면 살수 집단에서도 그와 같은 무수한 희생을 치르면서까지 집요하게 그의 목을 노리지는 않을 테니까요."

담중산과 살수 집단과의 거래, 무고한 대상에까지 청부…….

능진걸은 누구에게나 존경받던 담중산이 차마 그런 일까지 하리라 곤 생각하지 못했다. 그리고 수많은 희생을 치르면서도 계속 철우의 목을 노리고 있는 살수 집단과의 거래 조건도 궁금했다.

능진걸은 입술을 질끈 깨물었다. 그리고는 벌떡 일어나 벽에 걸려 있는 자신의 애검을 쥐었다. 백당춘이 당혹스런 표정으로 입을 열었다.

"성주님, 설마……?"

"아무리 직무 정지를 당했다고 할지라도 제가 이대로 앉아 있을 수만은 없군요."

능진걸은 비장한 얼굴로 대답하고는 거칠게 방문을 열었다.

하지만 그날 철우는 담중산의 저택에 나타나지 않았다.

*　　　*　　　*

하루… 이틀… 사흘…….

철우가 나타났다는 소문이 퍼진 지 사흘째가 되는 날이었다.

종일 해가 구름에 가려 있더니만 밤이 되자 눈발이 날리기 시작했다. 내리는 눈은 아직 미처 녹지 않은 눈 위를 덮어가고 있었다.

"아함~ 정말 올해는 눈 한번 징그럽게도 많이 오는군."

"우리 집 꼬마들이랑 눈싸움하기로 약속했는데, 젠장, 이 무슨 처량한 신세람."

눈발 사이로 투덜거리는 사내들의 음성이 들렸다. 담중산의 저택을 지키고 있는 포졸들이었다. 모두가 한결같이 피곤과 추위에 지쳤고, 불만으로 가득 차 있었다.

"그나저나 그 자식은 왜 안 나타나는 거야? 나타나려면 빨리 나타나든가, 아니면 안 나타날 것이라고 얘기를 하면 얼마나 좋아. 안 그래?"

"나타나더라도 이곳이 아닌 다른 쪽에서 나타나야지. 엄청난 놈이라는데, 이곳에 나타나면 우리가 무슨 재주로 놈을 막겠냐? 아무리 쪽수가 삼십 명이라지만."

"문이 여덟 개인데, 게다가 여기는 가장 인원이 많은 정문인데 설마 이곳에 나타……?"

매부리코의 사내가 얘기하다 말고 눈을 크게 떴다. 그리고는 어둠

속을 향해 손가락질을 했다.

"이, 이봐! 저, 저기 좀 봐! 이쪽으로 오고 있는 게 보이는 것 같은데, 뭐지?"

"설마……?"

포졸들은 긴장하며 일제히 매부리코가 가리키는 곳으로 시선을 옮겼다.

사내.

눈발을 헤치며 한 사내가 천천히 모습을 드러내고 있었다. 사내는 줄을 어깨에 걸고 뭔가를 끌면서 다가왔다.

"저, 저게 뭐야? 관(棺)이잖아?"

"내참, 저 자식 돈 거 아냐? 이 밤중에 관짝을 끌고 돌아다니다니?"

포졸들은 긴장했던 표정을 풀며 어이없다는 투로 빈정거렸다. 그러나 그 순간 매부리코의 눈은 더욱 크게 불거지고 있었다.

"헉! 바, 바로 그, 그놈이다!"

어찌나 놀랐는지 그의 음성은 부들부들 떨렸고, 얼굴은 시퍼렇게 경기를 일으키고 말았다.

그놈!

그렇다.

눈발을 헤치며 관을 끌며 그들이 있는 곳으로 천천히 다가오는 사내는 바로 철우였다.

『반역강호』 2권에서…